西湖梦寻

〔明〕张岱 著
王延鹏 注译

岳麓書社·长沙

前　言

张岱（1597—1689），字宗子，又字石公，号陶庵，别号蝶庵居士、会稽外史等，晚年又自号“六休居士”，山阴（今浙江绍兴）人。祖籍四川剑州，故其大多数著作均署“古剑陶庵老人”或“蜀人张岱”。张岱出生于累世显宦之家。高祖张天复，嘉靖廿六年（1547）进士，官至云南按察副使，甘肃行太仆卿。曾祖张元忭，隆庆五年（1571）状元及第，官至翰林院侍读，詹事府左谕德。祖父张汝霖，万历二十三年（1595）进士，官至广西参议。父张耀芳，副榜出身，为鲁藩右长史。同时，张氏家族又是书香门第。张天复、张元汴父子曾撰修《绍兴府志》《会稽志》及《山阴志》，“三《志》并出，人称谈、迁父子”。张汝霖潜心古学，并与黄汝亨等人结“史社”，其学术人品为当时学界所推崇。他曾花费三十余年来撰修《韵山》，后因其与《永乐大典》类似而辍笔。张耀芳自幼聪颖，平生只读古书，不看时艺。

张岱幼年体弱多病，寄养在外祖父陶允嘉家，得到外祖母马太夫人悉心照顾。他自幼聪颖，六七岁时就善于作对，被誉为“神童”。十岁后归家，在张汝霖的教导下系统研读文史。长大后更是博览群书，才艺丰富，兴趣广泛。他在《自为墓志铭》

中说："少为纨绔子弟，极爱繁华，好精舍，好美婢，好娈童，好鲜衣，好美食，好骏马，好华灯，好烟火，好梨园，好鼓吹，好古董，好花鸟，兼以茶淫橘虐，书蠹诗魔。"他纵情游历，长期寓居在江南繁华之地，并广交才士名流和市井人物。虽然也曾留意科考，但屡试不中，所以放弃举业，专心著史，意欲继承先人遗志，编修一部明史。然而不久，在风雨中飘摇的明朝灭亡，之后在江南建立起来的福王、鲁王小朝廷也都很快崩溃。顺治三年（1646），绍兴沦陷，张岱拒绝降清，举家避居山中。从此，张家家道中落，困顿异常。张岱感慨说："年至五十，国破家亡，避迹山居。布衣蔬食，常至断炊。回首二十年前，真如隔世。"张岱一生遭逢明清易代巨变，他本想以死殉国，当因《石匮书》未成，所以才寄居世间。明亡以后，张岱避世不出，虽然生活穷困，但却在衣食不继的岁月里编修完成《石匮书》等著作。

张岱著述众多，有《石匮书》《古今义烈传》《琅嬛文集》《夜航船》《陶庵梦忆》《西湖梦寻》《一卷冰雪文》等行世。在他诸多著述中，尤以散文流传最广，影响最大，人称"绝世散文家"。黄裳先生称赞："宗子散文第一，《梦忆》《梦寻》，天下无与抗手。"（《来燕榭书跋·琅嬛文集》）张岱散文题材广泛，凡风景名胜、世情风俗、戏剧曲艺、古董器物都有所涉及。他的散文感情真挚自然，描摹真切动人，语言流丽清新，同时充满浓郁的诗情画意。张岱散文艺术之所以具有特殊成就，是由于他开拓了明代散文的新境界，将视角由仕宦转到市井，更为接近生活，充盈着烟火气息。又因其遭逢家国巨变，所以他的散文充满了对故国家园的追忆，充溢着浓厚的麦秀黍离之悲。《陶庵梦忆》和《西湖梦寻》集中体现了张岱的故国之思和易代之悲，必须把握这条主线，才能真正理解独抒性灵背后的斑斑血泪。

《西湖梦寻》五卷，成于康熙十年（1671），为张岱七十五岁时所作。《四库全书总目》将其列于史部地理类，称“是编乃于杭州兵燹之后，追记旧游，以北路、西路、南路、中路、外景五门，分记其胜。每景首为小序，而杂采古今诗文列于其下。”张岱一生与西湖结下了不解之缘，他曾说：“西湖无日不入吾梦中，而梦中之西湖，实未尝一日别余也。”又因西湖历经战火，早已残破不堪，园亭桃柳、箫鼓楼船，都残缺无序，于是张岱想要在梦中寻找当日西湖的繁华胜景，留之后世。所以西湖之于张岱，即是他昔日衣锦繁华的象征，又是他今日国破家亡的见证，更是他梦中的精神家园。与其他地理类著述单纯介绍地理掌故不同，张岱的《西湖梦寻》更多的是记述前尘旧影，在追抚繁华往事之中，蕴含着无限的家国之痛。他在《西湖寻梦·柳州亭》里写道：“李文叔作《洛阳名园记》，谓以名园之兴废，卜洛阳之盛衰；以洛阳之盛衰，卜天下之治乱。诚哉言也！余于甲午年，偶涉于此，故宫离黍，荆棘铜驼，感慨悲伤，几效桑苎翁之游苕溪，夜必恸哭而返。”这是张岱写作《西湖梦寻》深层次的原因。当然，《西湖梦寻》中更多的是对西湖山水林壑、亭台楼阁、寺庙祠堂等景观的描摹，是对杭州历史掌故、风情民俗、日常生活的记述。全书层次清楚，笔墨简练，记人跃然纸上，绘景如在目前，宛如一幅精美的工笔长卷。有些篇章甚至杂采神鬼故事（如《城隍庙》等），有小说家笔法，使得全书不仅有浓郁的人文气息，也有很强的可读性，为历代记述西湖游记散文之最。

《西湖梦寻》有凤嬉堂、嘉惠堂等多种刻本。本次注译以《武林掌故丛编》本为底本，参校他本，不出校记。同时参考了夏咸淳、程维荣校注《陶庵梦忆·西湖梦寻》（上海古籍出版社 2001 年版）、林邦钧注评《西湖梦寻》（上海古籍出版社 2013 年版）。《西湖梦寻》版本众多，流布广泛，但尚未出现注译本。故笔者不揣鄙陋，尝试为之，注释力求准确，翻译力求雅洁，不便直译之处，则用意译之法。但因全书多引历代诗文，勉强翻译难以统一，故仅对张岱原文进行了翻译，其余引诗、引文等一概不译。然囿于自身水平有限，疏漏之处，在所难免，敬请方家指正。

目　录

自 序

我生不逢时，离开西湖已经有二十八年之久了，但西湖没有一天不出现在我梦中，梦中的西湖也从未有一天离开过我。顺治十一年、顺治十四年我先后两次回到西湖，到涌金门外商家的楼外楼，祁家的偶居，钱家、余家的别墅，以及我家的寄园，这一带临湖的庄园，早已化为云烟，仅仅剩下残砖断瓦。所以我梦中西湖所有的东西，现实中反倒没有了。走到断桥眺望，昔日的桃红柳绿、歌楼舞榭如同被洪水淹没似的，几乎荡然无存。我愕然心痛，就赶快离开。我本来是为西湖而来，但看到西湖如今残败的模样，反倒不如我梦中的西湖尚能保持当日繁盛的景象。

因而想到我所梦之西湖与李白之梦天姥不同。李白梦到的天姥，像神仙美女，乃是未曾见过的，他的梦充满了虚幻。而我梦到西湖，就像想到自己的家园亲人一样，梦到的都是以前的场景，所以这样的梦是真实的。如今，我租住在别人家已有二十三年了，但在梦中我依然生活在故园。以前的小仆，现在也早已白头，可在我的梦中他却还是幼年的模样。我爱好写作的旧习未除，从前的习惯难以改变。从此以后，我只是对着冷清寂寞的书斋，从容自得地躺在寓所，只有在梦里，西湖的湖光山色才能依旧完整地保存，从来没有改变。孩子们问我西湖，我偶尔回答他们，总是像在梦中说所梦之事，在别人看来，可能不是疯话就是梦话吧。所以写下《西湖梦寻》七十二则，将记忆保存下来，当作西湖的影子。我像是渡海归来的山里人，向从未见过大海的乡邻大肆赞美海鲜的美味，大家也觉得能一饱眼福。唉！只是山珍海味，吃过也就没了，仅仅是饱饱眼福又怎么可能解馋呢！

康熙十年七月十六日，古剑蝶庵老人张岱题

卷　一

西湖总记

明圣二湖

自从东汉马臻开凿鉴湖以来，由汉到唐，鉴湖最早取得名声。到了北宋，西湖才开始兴盛，并取代鉴湖的地位，从此，西湖岸边游人如织，而鉴湖淡远的景色，自然比不上西湖艳丽的风光。至于湘湖则地处偏远，车船不容易到达，所以湘湖的风景很少被高人文士所提及。

我的族弟张弘曾将西湖比作美人，将湘湖比作隐士，将鉴湖比作神仙。但我并不这样认为。在我看来，湘湖就似未出阁的少女，腼腆而羞涩，尚能看到她未嫁时的风姿。而鉴湖就像是名门闺秀，可以欣赏倾慕，但却不能狎玩。而西湖可看作是会唱曲的名妓，歌声和容貌俱佳，又靠在门口献笑，人人都有机会狎玩，正因为人人都有机会狎玩，所以人人都有机会欣赏西湖冶艳的景色。正因为人人都有机会欣赏，所以大家就对她有所轻慢。

西湖在春夏时热闹至极，到了秋冬时节则又被冷落；在花朝节时人们喧哄而至，到了中秋月圆之后又各自星散；在天朗气清时游人如浮萍一般集聚，等到雨雪纷飞则又寂寥安静下来。所以我曾经说："善于读书的人，无非是像董遇一样善于利用闲暇时光，而懂得游湖的人，也不过是会趁着西湖清净之时前来观赏。董遇说：'冬者，岁之余也；夜者，日之余也；雨者，月之余也。'雪峰古梅的景致，又怎么会逊色于烟笼长堤、柳树低垂的风姿；皓月高悬的夜晚，又怎么会逊色于花姿绰约的清晨；细雨纷飞的迷蒙，又怎么会逊色于天朗气清时的艳丽。只有真正理解西湖的人，才能领略它不同时节的美。”

至于曾在西湖生活的四位先贤，我曾经说：“白居易的乐观旷达，当然和林逋的沉静深邃有所不同；李泌的荒诞，自然也和苏轼的灵敏有所不同。”其他的比如贾似道的骄奢淫逸，孙隆的华美富丽，也各具特色。虽然他们都在西湖居住数十年之久，花钱数十万之多，但对西湖的性情、西湖的风致，却有做梦都没领略到的。世间穷酸的读书人，又怎么能轻易地谈游览西湖呢？

西湖北路

玉莲亭

白居易在杭州做太守时，为政清明，诉讼稀少。如果有穷人犯了法，就让他在西湖边种几棵树；如果有富人想出钱赎罪，就令他在西湖开垦几亩葑田。白居易在杭州任职多年，湖里的葑田都被尽数开垦，湖岸边树木也葱茏成荫。他常常在玉莲亭这里，与歌伎一起乘船，欣赏山水，随意漫游。当地居民在玉莲亭塑雕像来祀奉他。玉莲亭临着湖岸，湖里又种着许多青莲，用来象征白居易的高洁清白。向右转再往北，便是缆舟亭，楼船密密麻麻地排列在一起，旁边是高大的柳树，漫长的湖堤。游人来到这里，雇船到湖里游览的人非常多，那里热闹得像个集市。向东去是玉凫园，它是湖面的一角，位于偏僻的角落，少有游船往来。寓居西湖的人，如果他们想避开喧嚣烦杂，再没有比这里更适宜的地方了。园子里有一座阁楼，倚着阁楼上的窗户向南望去，沙洲旁的湖水泛起点点亮光，时常可以看到数百只鸭子出没于湖中，这种景致幽雅恬淡，令人神往。

昭庆寺

昭庆寺从狮子峰、屯霞石发端，因屯霞石赭红如云霞，风水先生就把它叫作火龙。后晋元年寺庙开始兴建，在吴越国乾德五年时毁于大火。北宋太宗太平兴国元年重建，并设立戒坛。北宋真宗天禧初年，改名为昭庆寺。这一年又毁于大火。等到明洪武至成化年间，屡次兴修，又都毁于火患。成化四年奉旨重建，由浙江按察使杨继宗负责监督。有湖州富民响应募捐号召，携带上万两白银资助寺庙重修。所以重修后的庙宇极其富丽堂皇。嘉靖三十四年，因为倭寇作乱，寺僧担心昭庆寺被倭寇占据，于是又将其付之一炬。等到平息倭寇之乱，重新修建昭庆寺之时，就采用风水先生的说法，搬迁民房，从昭庆寺的正门可以直接看到湖水，希望能够以此来压制火灾的发生。隆庆三年昭庆寺又被毁坏。万历十七年，司礼监太监孙隆以织造的身份资助昭庆寺重建，修建好的昭庆寺楼宇精良，陈设华美，盛极一时。

大殿两侧的东西走廊鳞次栉比，都是各式精致的商铺，商铺内出售各种新奇的商品。春天时昭庆寺设有庙会，商贩们会与来自普陀、天竺和浙东等地的香客以及乡村的妇女儿童开展交易，人声鼎沸，喧闹不绝，此起彼伏的各式叫卖声让人觉得自己好像不会说话了，耳朵也被震聋了，庙会一直要持续到夏天才会停止。崇祯十三年时，昭庆寺又遭遇大火，起火时烟雾漫天，火光把湖水都映红了。等到清初的时候，又在前代的基础上加以增修，整修后的昭庆寺戒坛整齐肃穆，比前代更为庄严。

有一种说法是，昭庆寺建造时，正好赶上吴越王钱镠八十大寿，昭庆寺的僧人圆净与古朴、天香、胜莲、胜林、慈受、慈云等相互约定，结成白莲社，诵经放生，为吴越王祝寿祈祷。每逢农历初一，登坛传法，居民都前来上香礼佛，用来彰显吴越王的功德，所以又被称为昭庆寺。今天为了纪念昭庆寺的前辈寺僧，就用他们的名号命名僧房的名字。

哇哇宕

哇哇宕在棋盘山上，昭庆寺后面，在那里有一处深不见底的山谷，其四周都是悬崖峭壁，方圆可达三四亩。山谷里一有声响，马上就可以听到回音，那声音犹如小孩的啼哭一般。在哇哇宕的上面有一块巨大的棋盘石，耸立在棋盘山的顶端。在棋盘石的下面建有烈士祠，用来纪念朱跸、金胜、祝威等人，他们都是抗金而死的义士，因为他们生前护卫百姓有功，所以至今百姓们仍在祭祀他们。

大佛头

大石佛寺，据史书记载，秦始皇东游时曾将游船系在这块巨石（大佛头）上。南宋时期，贾似道居住在西湖里湖岸边的葛岭，而南宋的皇宫建在凤凰山上，两地相距二十余里。每日，贾似道都要等到上朝的钟声响起，才乘坐湖船上朝。他所乘坐的大船不用篙楫，而是用长的锦缎做成缆绳，绞动盘车拉动前行，所以船只行驶飞快。大佛头正是贾似道用来系缆绳的石桩。等到贾似道败亡，后人就将大佛头镌刻成半身佛像，用黄金贴面，并在大佛头上建造庙宇，命名为大石佛院。大石佛院到元末被毁。明朝永乐年间，志琳和尚在原址重建，皇帝御赐大佛禅寺之名。

贾似道虽是误国的奸佞，但却对古董文物极其精通，凡是经他鉴定过的山水书画古董，无一不是精美绝伦的艺术品。他用锦缎做成的缆绳，也自有其独到之处。某一天，杭州发生火灾，贾似道正在半闲堂斗蟋蟀，前来报告火情的人络绎不绝，贾似道全然不顾，仅对来人说："等到火蔓延到太庙时再说。"不久，有使者报告："大火快要蔓延到太庙了！"贾似道才乘坐小轿前往事发地，四名大力士手持椎剑护卫左右，轿夫每走几步就更换一批，很快就到了火灾现场。他命令所有人员恭敬肃立，只是说道："如果太庙被焚毁，就斩杀指挥使问罪。"于是指挥使就率领数十名勇士，飞身跃上房屋救火，很快大火就被扑灭。贾似道虽是奸臣，但他令出必行，也有令人欣赏的地方。

保俶塔

宝石山高约六十三丈，周长有一十三里。吴越国时期，宝石山被钱镠命名为"寿星宝石山"，罗隐为此写下《封石记》。宝石山山顶是宝峰，上面有一座保俶塔，又叫作宝所塔。宋太平兴国元年，吴越王钱俶听闻南唐被宋所灭，忧心忡忡，于是率妻子孙氏、儿子钱惟濬、孙子钱承祐一起朝见宋太宗。他担心一家人会被太宗扣押在京城，便在佛前许愿说如果能够保佑他们平安归来，一定建塔还愿。对外就说是为了尊奉当朝天子而建。等他们一家人来到京城，宋太宗赐给他们礼贤宅居住，并给予了丰厚的赏赐。在京城居住两个月后，太宗就让他们回杭州了，临行之前太宗赏赐他一个黄色的包袱，封存得很严实，吩咐道：“在路上再悄悄打开来看。”等到钱俶打开包袱的时候，看到包袱内全都是群臣请求扣留他的奏章，他十分恐惧。回到杭州，他便立刻建造了保俶塔来报答佛的大恩。

“保俶”二字与“保叔”二字字形相近，所以“保俶”又被误称为“保叔”。不知道保俶塔故事的人就有了“保叔缘何不保夫”的感慨。钱俶为人恭敬谨慎，从京城回来以后，每次处理公务都偏东而坐，并对手下的官员说：“西北是京城所在的方位，天威临近不敢冒犯，我又怎么敢面北而坐呢！”每次入朝进贡前，他都要焚香沐浴后才敢出发。没过几年，吴越国接受大宋管辖，钱俶也被封为淮海国王。元代至正年末，保俶塔被毁，后经慧炬和尚重建。明代成化年间再次被毁，明正德九年经文镛和尚重建。嘉靖元年又被毁，嘉靖二十二年由永固和尚重建。隆庆三年，大风吹折了保俶塔塔顶，之后便日渐倾圮，等到万历二十二年时重新加以翻修。在保俶塔附近有寿星石、屯霞石。离寺庙百步左右有看松台，看松台凌驾在松柏顶端，下面是深沟巨壑，从看松台往下看，会让人惊恐不已。保俶塔下的石壁挺拔峭立，石壁旁有四五间精致的庐舍，真是天然形成的画廊。

玛瑙寺

玛瑙坡在保俶塔的西边，坡上的碎石晶莹剔透，如同玛瑙一般，当地人开采这些石头用来雕刻护身符。晋代在此处修建了玛瑙宝胜院，到元末被毁，明永乐年间又重建。芳洲和尚居玛瑙寺时，曾命仆人掘地种竹，偶然挖出一泓山泉，于是取名叫作仆夫泉。在玛瑙坡顶耸立着一座阁楼，凌空突起，是凭栏远眺的绝佳之处，俗称玛瑙山居。玛瑙寺中有一口大钟，钟声悠扬而深远，钟的大小正合适，足够刻下《妙法莲华经》和《金刚经》的全部经文。每天的十二个时辰里，都会有六名僧人负责敲钟。每敲一次钟，则《妙法莲华经》和《金刚经》的所有文字都幻化成了悠远的钟声。我以前觉得深夜里听到这钟声，自然能萌生悟道的念想，一旦到了白天，这样的念想就全部消失了。而现在白天听到这钟声，突然觉得也是一种提醒，仿佛大地山河都为之震动。所以寺庙里钟鼓声响起，就如同刻有《妙法莲华经》《般若经》的法轮转动一样启人心智。佛经上说："人世间钟声响起之际，也是地狱众生暂时脱离苦海之时。"只是明清易代后，恐怕玛瑙寺的和尚也有所懈怠，不再像以前那样尽责了。

智果寺

智果寺的旧址在孤山脚下，为吴越王钱镠所建。宋绍兴年间，因为原址要修建四圣观，智果寺就迁到了大佛寺的西边。起初苏东坡被贬谪到黄州，於潜人道潜禅师（号参寥子）从江浙去探望他，东坡梦见自己与道潜禅师赋诗的场景，依稀记得梦中有"寒食清明都过了，石泉槐火一时新"的句子。之后又过了七年，东坡出守杭州，参寥子正居住在智果寺中，寺中有一泓清泉从石缝中汩汩流出。

寒食节过后的第二天，苏东坡来寺庙里看望参寥子，参寥子就从寺中流淌的山泉取水煮茶，这情形正好和苏东坡当年梦中的场景相符。东坡看了看四周的高台，对参寥子说："我一生从未到过此处，但眼前所见之景，却好像是此前经历过一样。从这里走上忏堂应该共有九十三个台阶吧。"之后，东坡沿着台阶数了一遍，果然如此，他就告诉参寥子："我前世应该是这寺庙里的和尚，今天寺里这些和尚都应算是我的法裔。我死后，当舍弃肉身变成智果寺中的护法。"于是，参寥子就给东坡做了塑像，供奉在智果寺护法的行列中，并在墙壁上题了一首偈语，即"金刚开口笑钟楼，楼笑金刚雨打头。直待有邻通一线，两重公案一时修"。

此后智果寺日渐破败。崇祯五年，有一位扬州秀才，名叫鲍同德（字有邻），来到智果寺借宿。苏东坡两次托梦给他，让他张罗维修寺庙。鲍同德就以"落魄文人又怎么有办法做修寺这样的大事？"为借口，加以推辞。苏东坡在梦中说："你尽管去办，自然会有人帮助你修寺。"第二天，鲍同德看到墙壁上留下的偈语中有"有邻"两个字，便在心中立下修寺的宏愿，并写下了《西泠记梦》一文，且逢人就把文章拿给别人看。有一天在官邸里，鲍同德遇到扬州人姚永言，就把梦中的景象仔细讲给姚永言听。当时在座的人中有来自广东待任命的进士宋兆禴，宋兆禴听后大感惊异。第二天，宋兆禴占卜求官，求得了一个好签。之后，宋兆禴前往浙江仁和县赴任。姚永言鼓动他，他便勉力承担起维修智果寺的重任，寺庙这才得以重修。智果寺修缮时，恰好有泉水从寺庙后面流出，好事者于是就将泉水称为参寥泉。

六贤祠

宋代西湖有两处三贤祠：一处在孤山竹阁，用来祭祀白乐天、林和靖、苏东坡；另一处位于龙井资圣院，祭祀赵阅道、僧人辨才、苏东坡三位先贤。南宋宝庆年间，袁樵把位于竹阁的三贤祠迁往了苏堤，并在新的祠堂旁建了酒楼卖官酒。有人就写诗道："和靖、东坡、乐天，三人秋菊荐寒泉。而今满面生尘土，欲与袁樵趁酒钱。"

又据陈继儒笔记记载，杭州本有水仙王庙，距林和靖祠堂很近。苏东坡觉得林和靖以高洁著称，所以就将林和靖的塑像请到水仙王庙，一起接受香火朝拜。黄庭坚在《水仙花》诗中曾化用这个典故，写道："钱塘昔闻水仙庙，荆州今见水仙花。暗香靓色撩诗句，宜在孤山处士家。"如果是这样的话，那宋代西湖先贤祠内祭祀的大概只有林和靖一个人吧。明正德三年，杭州知府杨孟瑛重新疏浚西湖时，设立四贤祠，用来祭祀李邺侯、白乐天、苏东坡、林和靖四位先贤。因为疏浚西湖的功绩，杭州人又在四贤祠内增加了杨孟瑛，称为五贤祠。后来又将杨孟瑛的塑像迁出，加上周新、王世贞两位先贤，号称六贤祠。

张明弼感慨道："西湖祠堂里祭祀的先贤，最好是长期生活在西湖，其风流韵致，能和西湖山明水秀的景致相契合的人，这样才有资格接受百姓的供奉。而周新生性冷淡，又被封为神明，已有专门的祠堂祭祀他；王世贞虽为文士，但寓居西湖时间太短，现在将这两人与李泌等四人并列，恐怕他们两人也很难和原来的四人熟悉吧。”人们对他的观点都深表认同。

西泠桥

西泠桥又名西陵桥，相传这是苏小小故事中永结同心之地。等看到方子公诗中：“‘数声渔笛知何处，疑在西泠第一桥。’陵当写作泠，恐怕是苏小小弄错了。”我说：“不用管，只要写成西陵就好。且白居易断桥诗中有‘柳色青藏苏小家’，断桥离此处不远，难道不可以借这诗句作为写成西泠的依据吗？”昔日赵孟坚时常客居杭州，恰逢端午节，周密带着朋友邀请赵孟坚一同泛舟西湖。酒喝得正高兴，赵孟坚摘掉帽子，端起酒壶淋湿头发，然后两脚张开，两膝微曲着斜倚在栏杆上，高声吟诵着《离骚》，旁若无人。落日的余晖洒在西泠桥，掠过孤山。等船停在岸边树丛里，他突然指着茂林深处，瞪大眼睛喊道：“这里真可谓是荆浩然、董叔达笔下最得意的山水！”附近数十艘船里的游人都惊叹不已，觉得他犹如神仙下凡，真有名士风度。在苏东坡以后的文人里，能品味山水意趣的，恐怕只有赵孟坚了吧！

岳王坟

岳飞冤死狱中，狱卒隗顺背起他的尸体，穿过杭州城来到北山将其安葬。后来朝廷求购岳飞安葬之处，隗顺的儿子才说出具体位置。开棺时，岳飞容貌如生，朝廷以礼节将他安葬。隗顺的生平事迹不见于史传。然而岳飞今天能享受崇高的祭祀并得以流芳百世，都是有赖于隗顺的功劳。太史倪元璐说："岳王祠中用泥草给岳飞塑像，却用铁来给秦桧、万俟卨塑像，似乎人们想要秦桧、万俟卨永垂不朽的愿望，比对岳飞来得更为强烈。"

岳飞的谥号改为忠武，是从隆庆四年开始。而在岳飞墓前设秦桧、王氏和万俟卨三人的塑像，则起于正德八年，当时的指挥使李隆用铜铸造了这三人的塑像，但很快就被游人砸碎。后来重塑时增加了张俊的塑像，且四人都被反绑着跪于殿外。从万历二十六年起，按察司副使范涞用铁像替代铜像，游人捶打更为厉害，导致这四个塑像的头都被捶落，下半部分也因乱石投掷损毁严重，只有肩膀部分保存相对完整。

在岳飞墓旁有银瓶小姐墓。岳飞被害时，岳飞之女手持银瓶坠井而死。杨维桢有乐府赞曰："岳家父，国之城；秦家奴，城之倾。皇天不灵，杀我父与兄。嗟我银瓶为我父，缇萦生不赎父死，不如无生。千尺井，一尺瓶，瓶中之水精卫鸣。"在岳飞墓前曾有被分尸的秦桧像。天顺八年，杭州同知马伟将秦桧像锯断并分到不同地方，使其身首异处，来展示秦桧被分尸的样子。隆庆五年，大雷将秦桧像击毁。太史朱之俊感慨道："仅仅是一个铁首木心的秦桧像都不能保存，可见真是人神共愤。"天启七年，浙江巡抚建造生祠巴结魏忠贤，将生祠建造得精巧夺目，之后又将苏堤第一桥迁到百步之外，整个工程数日完成，人们惊叹其速度之快。崇祯改元后，魏忠贤事败，百姓毁掉了他的生祠，并商议是否能用拆卸下来的砖木维修岳王庙。占卜之后，岳飞不应允。

岳云是岳飞的养子，年仅十二岁时就随张宪打仗，有赖于他的神勇，随州、邓州之战大获全胜，张宪称他为“赢官人”，此后全军将士都这么称呼他。岳云手握两个重达八十斤的大铁锤。岳飞每次征战，他都冲锋在前，当他立下奇功，岳飞都会将他的功劳隐去。岳云官至左武大夫、忠州防御使。他死时年仅二十二岁，后被追封为安远军承宣使。他使用过的铁锤保存至今。

张宪为岳飞的部将，征战中屡立战功。绍兴十年，兀术领兵在临颍驻扎，张宪大败敌军，追袭十五里，使得中原士气大振。秦桧主张议和，要求他班师回朝。秦桧与张俊密谋杀害岳飞，就想诱劝岳飞的部将捕风捉影，诬告岳飞，却无人响应。于是张俊就罗织罪名陷害张宪，张宪被打得体无完肤，仍然据理力争，拒不屈服，最后冤死在狱中。景定二年，张宪被追封为烈文侯。正德十二年时，一名叫王大祐的百姓挖到了他的墓碑，于是张宪得到隆重的祭祀。太守梁材修建了祠堂，修撰唐皋撰文纪念他。

牛皋的墓在栖霞岭上。牛皋字伯远，汝州人，是岳飞的部将之一，战功赫赫。秦桧怕他怨恨自己，就在某天军士聚会时，下毒害死了他。牛皋临死时，长叹一声说：“我已年近六十，官居侍从郎，即使死了又有什么遗憾呢。只恨和议一旦成功，国家将日渐衰弱。大丈夫不能战死沙场马革裹尸来报答君王，实在让人遗憾啊！”

紫云洞

在杭州烟霞岭右侧有个紫云洞。那里怪石嶙峋，草木苍翠，洞穴像被从空中劈开，而山顶又层峦叠嶂，仿佛是大自然建造的大厦。南宋时权臣贾似道曾命令工匠在此疏通出空地，用来建设庵堂，并在上面刻上观音大士像。又以双石相倚作为门，每当清风徐来，从山谷空隙处透出，久坐则让人觉得寒冷。洞中又有一块凹地尤为突出，里面所存的水很是清澈，深不见底。洞下有懒云窝，四周青山合围，被翠竹松柏所掩映，树木深处又有一庵堂。名流贤达游览至此，则每每有遗世独立之思。紫云洞旁有一条幽深沟壑，古人凿石，听见金鼓声就停下来，所以取名为“金鼓洞”。洞下有一泓清泉，名为“白沙”。好事者以此泉水煎茶，所以白沙泉得以与济南的虎跑泉齐名。

卷　二

西湖西路

玉泉寺

玉泉寺先前是净空院。它始建于南齐建元年间，高僧昙起曾在此说法。昙起讲经高妙，引得龙王也来此听经，并在此处抚掌开出一泓清泉，于是百姓便在此修建了龙王祠。晋天福三年，又在泉眼东边修建了净空院，后来宋理宗钦赐了“玉泉净空院”的匾额。龙王祠前面有一亩见方的池塘，因龙王祠里泉水洁白如玉，所以池塘里的水也是澄澈透明，一眼望见底。池塘中有一百多尾各色游鱼，每当游人投掷食物，鱼儿都争先恐后游过来盘旋着争夺，很有趣味。玉泉的底部有气孔，出气时就像风箱一般，因此又被称为神龙泉穴。在玉泉旁边有细雨泉，即使是天朗气清时，水面也如雨点洒落，当地人也不知道是何缘故。从玉泉寺流出来的泉水可以灌溉多达四千亩的良田。离玉泉寺较近的一处叫作鲍家田，因为当时这里是吴越王的丞相鲍庆臣的封地。万历二十八年时，司礼监太监孙隆在池塘边扩建了僧房。春暖花开之日，岸边游人往来穿梭不停，各自携带瓜果食物前来玉泉寺观鱼，他们投喂的食物太多，导致鱼儿都吃得很饱。与玉泉寺放生池里的鱼比起来，这里的鱼简直快要被撑死了。

集庆寺

九里松为唐代刺史袁仁敬亲手种植。松树枝繁叶茂，枝叶都能伸到上天竺一带。松树左右各三行，每行相距大概八九尺。九里松郁郁葱葱，苍翠夹道，松枝上又有藤萝覆盖，人从树下走过，脸都被树荫映绿了。从九里松向前走一里多路，便到了集庆寺。集庆寺是宋理宗宠爱的阎妃布施建造的寺院，于淳祐十一年建造。阎妃，鄞县人，她因为妖艳而在后宫宠冠一时。因为阎妃的缘故，寺庙里的匾额都是理宗御笔题写，建造得也格外精巧富丽，为当时西湖岸边诸多寺庙之首。刚建集庆寺时，大兴土木，乱采乱伐，导致勋臣旧辅的坟墓都不能保存。为了修建寺庙，朝廷大肆抓壮丁，鞭打追捕，搞得鸡犬不宁。所以当时有人就在寺庙法堂的大鼓上写诗加以讽刺："净慈灵隐三天竺，不及阎妃好面皮。"宋理宗得知后，十分不满，下令搜捕写诗之人，却并没抓到。至今，在集庆寺内还保存着两幅理宗的画像。宋代皇陵早已被胡僧发掘，尸骨无存，寸草不生，而理宗的遗像竟靠着其宠妃布施修建的寺庙才得以保存，这是多么可笑啊！元末集庆寺被毁，明洪武二十七年时重建。

飞来峰

飞来峰棱角分明，玲珑精巧，似乎是米芾袖中的一块奇石。假使有爱好奇石者见到它，必定会衣冠整齐地恭敬参拜，不敢对它有丝毫的简慢和无理，而只会以石丈称呼它。我对番僧杨琏真加深恶痛绝，因为他曾命人在飞来峰上遍凿佛像，以致现在飞来峰上罗汉、世尊之类的佛像比比皆是，就好像西施晶莹美艳的肌肤被刺上台池鸟兽，然后被墨水涂染一样。飞来峰原本奇格天成，无端遭到锥凿，令人极为痛心，转念又怨恨它没有继续隐匿于西方，而是轻易地落入凡间，受人锥凿侮辱。也像是君子生不逢时，却没有隐匿遁形，反因才华出众而遭到无端摧残，同郭璞、祢衡一样遭遇悲惨。印度高僧慧理大师曾感慨道：它究竟是为何飞来啊！这样的感慨字字饱含心痛，又见爱惜之深。

且番僧杨琏真加下令在溪流沿岸所刻的罗汉像都以他的容貌为准，这些罗汉有的骑狮，有的骑象，有的则有侍女裸体献花，无法一一描述。先贤田汝成曾锥碎其中一处，我少年时曾在岣嵝山房读书，也锥碎过其中一处。听闻当日番僧杨琏真加住在德藏寺，专门挖掘古墓，且喜欢与僵尸淫媾。当他得知寺后有朱提举夫人与陆左丞爱女之墓，二人又都是貌美而早逝并用水银灌殓，便命人挖掘二人的墓。当时德藏寺有一位法号真谛的和尚，性格迂愚而又秉性刚直，平时在寺内干些打柴取水的粗活，听闻这件事后勃然大怒，在寺内大声辱骂。住持担心会因此遭致横祸，就将他锁禁起来。

等到五鼓，番僧杨琏真加起身，催促众人掘墓。真谛和尚跳墙而出，抽出韦驮手中木杵奋力击打番僧，将番僧的脑盖打裂，凡是参与救护的随从人员，没有不被真谛和尚所伤的。只见真谛和尚在众人之中跳动腾跃，每次跳起的高度都过丈，仿佛是猛禽飞舞，老虎腾跃，这绝非常人之力可及。一时间灯烛全都熄灭，所用挖掘工具悉数尽毁。杨髡大为惊恐，认为这是韦驮显圣，不敢继续挖掘，就立即率众离去，也不敢查问真谛和尚的详情。像真谛这样的僧人着实为山灵扬眉吐气。

冷泉亭

冷泉亭位于灵隐寺山门左侧。四周被红墙绿树掩映，树木葱茏，树荫阴森。冷泉亭正对峭壁，一泓清泉从峭壁上飞流而下，水声泠然，凄清入耳。在冷泉亭后有十余株娑罗树，树干粗大，需两臂环抱。娑罗树枝叶繁茂，浓荫下吹来习习凉风，让人感到浑身清凉。秋初时节，成熟的西栗同樱桃一般大小，打开壳后，色泽如蜜蜡，香气如莲蓬。天启四年，我在岣嵝山房读书，灵隐寺的僧众便将西栗作为清供。在我看来，芡实没有它松脆，鲜胡桃又比不上它香甜。

每当仲夏月夜乘凉时，我就把枕席等卧具搬到冷泉亭中，躺着欣赏皎洁的月亮，这时山间淙淙流淌的溪流，犹如丝竹的合奏。张公亮听到这水声，不觉地吟诵起林丹山的诗来："流出西湖载歌舞，回头不似在山时。"说的是这泉水声自带金石声，在没流入西湖前就已作歌舞声了，那这水不流入西湖又流入哪里了呢？我曾经感慨西湖之畔，没有人不带歌舞，没有山不带歌舞，也没有水不带歌舞。不论是脂粉纨绮，还是村妇山僧，都一样如此。于是想起先贤陈继儒所言："西湖有名山，无处士；有古刹，无高僧；有红粉，无佳人；有花朝，无月夕。"曹娥雪也同样有诗解嘲："烧鹅羊肉石灰汤，先到湖心次岳王。斜日未曛客未醉，齐抛明月进钱塘。"

我在西湖岸边居住多年，大多数时候都在湖船上过夜，夜里总能看见湖面上的月亮。现在隐居在灵隐寺，深夜坐于冷泉亭内，再次夜夜对着山间明月，哪有心情消受？我以前说懂得幽赏西湖的，没人能超过苏东坡，但即便是东坡，也未免一入夜就进城。而深山清寂，皓月空明，枕石漱流，卧醒花影，这样清幽的景致恐怕除了林和靖、李岣嵝以外，再也没有其他人懂得欣赏了吧。即便是慧理大师和骆宾王，也没有我这样的情致吧。

灵隐寺

明末昭庆寺大火，不久灵隐寺也大火，紧接着上天竺寺又遇大火，三座规模宏大的寺庙相继毁于火患。当时具德和尚是灵隐寺住持，在他的努力下，不出数年，灵隐寺最早完成重建。灵隐寺始建于东晋咸和元年，由高僧慧理主持修建，山门上高悬的“景胜觉场”匾额，相传为葛洪所书。寺庙内有四座石塔，乃是钱镠所建。北宋景德四年，改名为景德灵隐禅寺。元至正三年被毁。明洪武初再次重建，改名为灵隐寺。宣德七年，在昙赞和尚主持下重建了山门，又在良玠和尚主持下重修了大殿。重修后的大殿中放置着一块拜石，约一丈多长，奇石上自带花卉鳞甲等纹路，精巧如画。正统十一年，玹理和尚修建了直指堂，堂上所悬的匾额为张即之题写。隆庆三年又被毁，万历十二年如通法师主持重建；万历二十八年，司礼太监孙隆又加以翻修，到崇祯十三年再次被毁。

具德和尚翻阅如通法师重建灵隐寺时的账本，当时重修已花费八万两白银，要按照现在的工料费用计算，至少需要翻倍。具德和尚事无巨细，费心筹谋，能马上办就立刻去办。他化缘的本事极大，怕是高僧莲池和金粟也无法企及。具德和尚是我的族弟，顺治十四年，我到灵隐寺去看他，当时大殿和方丈尚未开工。然而东边一带已经建起清幽的楼阁多达九进，楼阁中有客房僧舍共百余间，茶几藤床、陈设器皿等日常用品也很快置办到位。厨房中最初铸造了三口大铜锅，锅内能煮三担米，可供千人食用。具德和尚指着铜锅对我说："这便是我十余年来所挣的家产。"这几口可供千余名僧众同时吃斋饭的大锅，也是其他寺庙所没有的。

中午时分，具德和尚正陪我用斋饭，只见有沙弥前来送文书，我不知何事，他只是对沙弥说："让库头开仓。"沙弥立马去办。等我吃完饭踱步走出寺门，只见有千余人蜂拥而至，肩挑大米，顷刻间走到米仓，搬运时没有一点声响，结束后迅速离开。见此情景，我便好奇地询问具德和尚，他说："这是丹阳的一位施主，每年都会送五百担大米前来，就连水夫和挑夫的工钱都全部自付，甚至不许他们在寺里喝口水，七年来都是这样。"我大为感慨。便问大殿什么时候可以建成，和尚说："应该明年六月就可以完工，为弟六十岁了，信徒万人，每人馈赠十两银子，就可得十万两，那样便可成事。"过了三年，大殿和方丈都建成了。我曾写下诗句记录落成时的盛况。

北高峰

北高峰在灵隐寺背后，有数百级的石阶，需蜿蜒曲折三十六次，才能攀登到山顶。山顶上有一座华光庙，用来供奉五显财神。在半山腰处则有马明王庙，每到春天，养蚕人都会到这里祈祷。北高峰顶上有一座七层佛塔，佛塔始建于唐天宝年间，会昌年间被毁；五代钱镠时重新修复，南宋咸淳七年再次被毁。此地群山环绕，湖水清澈，犹如明镜，在山顶上极目远眺，歌舫渔舟犹如水鸟出没在西湖中，远处烟波里的舟船只能看到零星的影子。西望钱塘江，江水好似刚洗过的绸缎，与海水相接，水天一色，茫茫无际。张公亮有诗句称赞这里的景致："江气白分海气合，吴山青尽越山来。"这诗句饱含画意。

此时的杭州城，正江潮涌动，潮水蜿蜒，左右映带。城内房屋鳞次栉比，草木蔓发，郁郁葱葱。登高远望，杭州城如凤舞龙盘，充盈着蓬勃向上的王者之气。山脚下有无着禅师塔。禅师俗名文喜，是唐肃宗时的人，圆寂后埋葬于此。南宋时，韩侂胄看中这块地，要将它用作自己的墓地，打开无着禅师塔时，发现了一个陶龛。无着禅师容貌如生，头发垂过肩膀，指爪盘屈绕身，有舍利子数百粒，打开地宫后其肉身三日不坏，最终被韩侂胄火葬了。

韬光庵

韬光庵坐落在灵隐寺西北处的半山腰，是唐代韬光禅师所建。韬光禅师乃是蜀地人，唐太宗时，他辞别师父外出云游，临别时师父嘱咐他说："遇天可留，逢巢即止。"韬光禅师一路云游，当他来到灵隐山巢沟坞时，正好赶上白居易（字乐天）任杭州郡守，韬光禅师幡然领悟："师父的叮嘱在这里应验了。"于是他就在巢沟坞筑庙修行。白居易听说此事后，与禅师成为莫逆之交，并为禅师居住的法堂题写了"法安"的匾额。韬光庵内有金莲池和烹茗井等古迹，且在庵堂的墙壁上还有赵阅道、苏子瞻等人的题名。韬光庵右边是纯阳殿，该殿在万历十二年建成，当时的参政郭子章还为此写下碑记。

相传，骆宾王讨伐武则天失败后四处逃亡，后出家为僧，曾在韬光庵中隐居。宋之问从贬谪之地重返江南，偶然在庵内借宿。当晚月色极明亮，宋之问沉思再三，吟出了这样两句："鹫岭郁岧峣，龙宫锁寂寥。"之后就一时滞塞，苦思冥想而不得。有老僧点燃长明灯，问他道："这位少年，你深夜不眠，在此苦苦吟诗，不知是为何？"宋之问回答说："我刚才想写一首诗来描写今夜庵内清幽的景致，但无奈一时思路凝滞，只得了上联，却一时怎么也想不出下联了。"老僧就让宋之问把刚才所作的两句诗读给他听，宋之问就吟诵了一遍。老僧说："为何不接'楼观沧海日，门对浙江潮'呢？"宋之问听完后愕然惊叹，觉得诗句遒劲，文辞清丽，他深受启发，后面的诗句也就源源不断地写出来了。等到黎明时宋之问想再拜访老僧，但他早已不在寺内。有知情者告诉宋之问说：昨夜你遇见的那位僧人正是骆宾王啊。

岣嵝山房

李茇号岣嵝，是杭州人，住在灵隐韬光山下。他在韬光山建造了几间房舍，凌驾于山间沟壑之上。淙淙溪水从房舍下流出，房舍高耸之云端，四周都是蓊蓊郁郁的古树，十分典雅幽致。李茇在此居住，孑然一身。他爱好作诗，与天池徐渭关系密切。每有宾客前来，他就让僮仆驾一叶扁舟，泛舟于西泠与断桥间，自己与宾客整日在小舟上笑谈吟咏。他生前就自己用山石垒好墓穴，并跟僮仆交代，如果自己死了，就埋在这里。李茇著有《岣嵝山人诗集》四卷。天启四年，我和赵介臣、陈章侯、颜叙伯、卓珂月以及我弟弟平子等人在岣嵝山房中读书。李茇本人超然物外，岣嵝山房中又只有山果蔬菜，颇觉淡薄凄清。只恨我当时功名之心还未尽除，难以摆脱俗念，因而亵渎了山间神灵，至今想来，都觉得惭愧不已。

青莲山房

青莲山房乃是包涵所建造的别墅。山房种植着许多修竹与古梅，紧挨着莲花峰，有清幽的溪涧穿过，四周都是高崖峭壁，掩映在茂林高山之中。涵所公爱好山水，每日必游乐，以此为趣。青莲山房台榭精美，是西湖岸边诸家别墅之首。它四周的围墙都由碎石堆砌而成，门则是柴根所编，在富贵之中，又隐约有草野之气。正如李昭道笔下的山水图卷一样，虽然画卷中多是竹篱村舍等景致，但亭台楼阁却金碧辉煌。当时涵所公的青莲山房里有各式的歌伎，行走在其中的人，直到今天，依旧能感受到其中的香艳。当时都是珠翠成团，锦绣成堆。即使是其中任意一处楼阁，也都宛转曲折，环绕盘旋，让人有目眩神迷之感，不能轻易走出。可见主人构思精巧，如同隋炀帝建造迷楼一般。包涵所当日豢养歌伎之众，之后两浙的达官显贵再也无人能及。今天虽然青莲山房已数次易主，从旁经过的人还是会把它称作为包氏北庄。

呼猿洞

在杭州武林山上有呼猿洞。东晋慧理禅师曾经在此畜养过黑白两只猿，每当灵隐寺月明之时，两只猿常发出长啸，隔着山相互应答，长啸声清澈明亮，响彻山谷。后六朝刘宋时，有僧人智一仿慧理禅师畜猿旧事，在武林山畜养了几只猿，每当所畜养的猿在山谷长啸时，则山间所有的猿都会汇聚于此，所以人们将智一称为猿父。有好事者建立了一个饭猿堂，用来给猿布施食物。今天黑白两只猿还在山间活动。那些高僧住持往往能够见到，有的见过黑猿，有的见过白猿。高僧具德和尚到武林山时，则黑白两只都见过。

我曾在寺庙的居室中写过一副对联赠送给具德和尚：“生公

说法，雨堕天花，莫论飞去飞来，顽皮石也会点头。慧理参禅，月明长啸，不问是黑是白，野心猿都能答应。”之后，具德和尚在灵隐寺的名声也便愈发显赫。后来具德和尚听闻径山寺宣称历代佛教中开宗立派的高僧大德多出径山，就迁往径山修行。然而具德和尚在径山修行后，发现自己与径山寺多有不合，没过多久，便圆寂了。那时才知道盛名之下不易自处，即便是高僧，也不可贪图虚名。

三生石

三生石在下天竺寺后面。据苏东坡《圆泽传》记载：洛阳东北的惠林寺，故光禄卿李憕的住所。安禄山攻陷东都洛阳时，李憕誓死守城，后因城池失陷遇害。李憕之子李源，年轻时是个贵公子，以放纵善歌而闻名一时。等到父亲李憕遇害，他悲愤不已，暗自发下誓言：不做官、不娶妻、不吃肉，并在惠林寺居住了五十多年。惠林寺有一位圆泽禅师，通晓音律，李源与他交游甚密，经常与他整日促膝交谈，所谈内容他人无从知晓。

有一日，李源和圆泽禅师相约游览四川的青城山与峨眉山，李源想从荆州乘船穿越三峡逆流而上，圆泽禅师有所顾虑，主张由陆路取道长安斜谷入川。李源坚决不同意，说：“我已断绝尘世间的俗事，又怎么可以再次到京城去呢！”圆泽禅师默然良久，喟叹道：“看来人的定数真是由不得自己啊！”于是他们一起走水路。船到南浦靠岸后，他们看到一个穿花缎背心的妇人正在河边取水，圆泽禅师看见后，叹息着对李源说：“你知道么，我之所以不愿走水路，就是因为怕见到她啊！”李源很惊讶，询问原因。圆泽禅师说：“她俗姓王，我前生的业力注定要投胎做她的儿子。因为我不愿继续轮回，抵抗到如今，所以她怀孕了三年还没能分娩。现在既然碰见了，那就说明避无可避了。劳烦你用符咒帮我速去投生。三天以后，当婴儿洗澡的时候，请你来王家看望我，我会以一笑为证。十三年后的中秋夜，你到杭州的天竺寺外，我们再见面。”

李源听后，悔恨交加，只好哭着为他沐浴更衣。黄昏时分，圆泽禅师就圆寂了，那个妇人也随之产下一个男婴。三天以后，李源打听到王家，去看望婴儿，婴儿见到李源果真露出了灿烂的笑容。李源便把事实真相告诉了王家，王家便出钱把圆泽禅师埋葬在山下。李源心中悲痛异常，便没有心思去游山玩水，他返回惠林寺，询问圆泽禅师的徒弟，其徒弟告诉李源说，圆泽师父早已预知此事了，所以临行前就写好了遗书。十三年后，李源从洛阳赶到杭州西湖天竺寺，去赴圆泽禅师之约。刚到寺外，就听到葛洪川畔有牧童拍着牛角唱歌道：“三生石上旧精魂，赏月吟风不要论。惭愧情人远相访，此身虽异性长存。”

李源知道那牧童正是圆泽禅师的后身，于是他高声问道：“泽公，一别十三载，不知是否一切安好？”牧童答道：“李公真乃守信义的君子，可惜我俗缘未了，不能再和你亲近了，只有坚持努力修行佛法，才不会堕落。那样我们才能有后会之期。”

随即又唱起一首歌："身前身后事茫茫，欲话因缘恐断肠。吴越山川寻已遍，却回烟棹上瞿塘。"牧童于是离去，从此不知去向。两年后，当朝大臣李德裕听说了这件事，认为李源是忠臣之子，又很孝顺，遂向朝廷奏请推荐，请赐予他谏议大夫一职。李源坚决不肯接受官职，后来在惠林寺去世，时年八十有一。

上天竺

上天竺始建于五代后晋天福年间，当时道翊禅师在此建造了茅庵。一天晚上，道翊禅师看到寺前的山涧中隐隐闪烁着微光，他走过去俯身察看，发现光来自一块刻画着观音大士像的奇木，于是他就将这尊像请回寺中供奉起来。后汉乾祐年间，从勋禅师从洛阳带来了古佛的舍利子，安置在大殿顶上，古佛的舍利子妙相庄严，端正殊好，即使在白天都可以看到它发出的白光，此后附近的百姓对上天竺更加尊崇了。五代时期，武肃王钱镠时常梦到有白衣人请求翻修居所，醒来觉得应该是观音大士托梦给他，于是就命人在上天竺建造了观音看经院。

北宋咸平年间，浙西一代久旱无雨，郡守张去华便带着下属用幡幢华盖迎请观音下山，一时间雨水充足，旱情缓解。从此以后凡是求雨则有求必应，但每次降雨则大多滂沱不休，所以百姓又戏称其为烂稻龙王。南渡时，达官显贵们施舍的珍宝数量众多，精美异常，其中不乏日月珠、鬼谷珠、猫睛等，这些珍宝非常名贵，即使是在皇宫也难得一见。

北宋嘉祐年间，沈文通为杭州郡守，他认为观音是靠声音来弘扬佛法，而不是靠静思冥想，所以就主张用教化的方式弘扬佛法，代替修禅冥思，同时让元净禅师（号辨才）主持寺中事务，元净禅师带领僧众开山筑室，修缮寺庙，几乎修造了上万个台阶。治平年间，郡守蔡襄奏请皇帝赐予灵感观音殿匾额。辨才又在此基础上开凿了前山，开辟出二十五寻空地，又对先前的寺庙再次翻新。南宋建炎四年，金兀朮率军攻入杭州，宋高宗赵构逃难到海上。金兀朮来到天竺寺，看见寺庙中供奉的观音像，喜爱异常，就将它放在随行的车上，与《大藏经》一起运回了北方。

当时有个名叫知完的和尚，率领他的徒弟跟随金兀朮一起到了北方。等到了燕地，他们就在都城西南五里，一个叫玉河乡的地方，修建寺庙来供奉这尊观音像。而上天竺的僧众就重新用其他木料雕刻了一个类似的观音像，并谎称说："当时金兀朮来天竺寺时，已将佛像藏到了水井中，现在才将它取出来。"其实后来人们见到的佛像早已不是先前的那一尊了。

南宋乾道三年，又兴建了十六观堂。乾道七年时，将观音院改为观音寺，而且寺庙所有匾额都由皇帝亲笔题写。南宋庆元三年，改为天台教寺。元代至元三年被毁。至元五年，庆思和尚主持重建，仍然改回天竺教寺。元末再次被毁。明洪武初年重建，万历二十七年重新翻修。崇祯末年又一次被毁，清初再次重建。当时通往普陀山进香之路断绝，所有想拜观音大士的香客，都只能就近在天竺寺进香，所以一时间上天竺成为东南香火最兴盛的寺庙。每逢农历二月十九日观音菩萨的诞辰，住在山上的善男信女人数众多，以至于大殿内外都被挤得满满当当，再没有可以通行的地方，其兴盛可与南海潮音寺相媲美。

卷　三
西湖中路

秦　楼

秦楼最初名叫水明楼，是苏东坡主持修建的。建好后，东坡常常携妾朝云到此游览西湖的美景。至今秦楼墙壁上仍留有三首诗，就是东坡先生的手迹。过秦楼不远处，就可以看到白居易建造的镜湖楼。宋代杭州的官宦之家，游春时则在柳州亭雅集，竞渡则选择玉莲亭，登高时会一同登临天然图画阁，看雪则会前往孤山寺，寻常的宴客则会在镜湖楼。只是历经战火后，秦楼也被废弃，变为了普通民居。

片石居

由昭庆寺沿着西湖往西，原是餐香阁，如今名叫片石居。片石居幽雅精致，是文人雅士的临湖别墅。在片石居临湖一带，四周分布着各式不同的酒楼茶馆，这些酒楼茶馆正对着西湖，敞亮舒爽，不仅令人心胸开阔，而且让人觉得日月清朗。唐代诗人张谓笔下的“昼行不厌湖上山，夜坐不厌湖上月”，就写尽了这种感慨。再往西就到了桃花港，在桃花港北面有一座石函桥，此桥是唐代刺史李泌所建，桥上还建有水闸，以使湖水最终流入古荡。水闸开启时湖水会沿着东西马塍、羊角埂流到归锦桥，共四条支流。白居易《钱塘湖石记》记载：“北面有石函桥，南面有引水用的长竹管，湖水流出一寸，就可以灌溉五十多顷的农田。”水闸下方嶙峋的石头正是由湍急的流水冲刷而成。

十锦塘

十锦塘又名孙堤，在断桥南面。万历十七年，孙堤由司礼太监孙隆疏浚湖泥修筑而成。堤宽约二丈，同苏堤一样，两岸都种植着桃树和柳树。年岁日久，堤岸上的树木茂盛粗壮，蓊蓊郁郁，都有两臂环抱那么粗。漫步在孙堤上，皎洁的月光透过疏密有致的枝丫，投下斑驳的印记，如同星星点点的残雪。一向所说的断桥残雪，也许是说这斑驳的月光吧。苏堤距离杭州城较远，堤上又横卧着映波、锁澜等六座拱桥，人迹罕至。孙堤可以直达西泠桥，故而游人如织，车水马龙，加上孙堤两岸荷香四溢，湖光山色美不胜收，如行走在山阴道上，令人应接不暇。如果所乘之船较小，可以直接划入里湖，假使所乘之船较大，也可以沿着堤岸从锦带桥缓缓前行，慢慢划到十锦塘尽头的望湖亭。越靠近孤山，湖面越是宽广。孙东瀛将堤岸修葺得十分华丽，还增修了富丽堂皇的观景露台。露台既可用来观赏风月，也可用来摆设宴席。当时，在露台上每天都会上演不同的戏剧。现如今露台已改成了龙王堂，龙王堂内仅剩两边悬挂的几副楹联，其他地方都散乱无章，萧索凄清，早已失去了往日歌舞升平的景象。

再往前走，就来到太监孙隆的生祠。生祠背靠孤山，面朝西湖，显得十分壮丽。近年来卢太监在此念佛，因此改叫卢舍庵。同时又将孙隆的塑像也藏在佛龛之后。孙隆当时花费数十万金银重新修整西湖，其功劳不在苏东坡之下，如今他的遗像却不能饱览这让人沉醉的湖光山色，而被关在佛龛之后面对着墙壁，令人十分郁闷。

孤　山

据《水经注》记载：水呈现出黑色称之为卢，不能正常流动称之为奴；山不与其他山陵相连称之为孤。梅花屿位于西湖里湖与外湖之间，四面都是高峻的山峦，无所附着，所以称之为孤。这里湖水干净澄澈，可以照人倩影。站在孤山的亭台中可以看到两岸山明水秀的景致，尤其是可以观赏到里外两湖倒映着岸边层峦起伏的山峰，就好像是蓬莱三山都倒映在水中一样。

孤山的山麓间多种植梅树，这里原本是林逋养鹤的地方。林逋终生隐居在孤山，宋真宗屡次征辟，他都没有出仕，于是宋真宗就赐给他“和靖处士”的雅号。当时，林逋曾在笼中豢养了一对白鹤。每当林逋泛舟西湖，游览西湖不同寺庙时，如果有客来访，童子就打开牢笼放出仙鹤，一旦仙鹤展翅飞入云霄，在天空中不断盘旋，林逋必定匆匆划着小艇归来，他以仙鹤飞起作为有客来访的信号。林逋临终时曾留下绝句：“湖外青山对结庐，坟前修竹亦萧疏。茂陵他日求遗稿，犹喜曾无封禅书。”绍兴十六年，宋真宗在此修建四圣延祥观，将原有的诸多寺庙及官员百姓的墓地尽数迁往他处，唯独保留了林逋之墓，没有迁徙。等到元朝番僧杨琏真加发掘林逋的墓时，仅仅发现了一块端砚和一根玉簪。明成化十年，郡守李端重新修复了林逋墓。天启年间，有王道士拟在这里种植千树梅花，恢复当年胜迹。之后，太史张鼐补写了《孤山种梅序》。

关王庙

在西湖北山有两座关王庙，其中靠近岳坟的那座是万历十五年杭州人施如忠出资所建。施如忠客居燕地时，一次乘船过潞河，突然狂风大作，飞沙走石，在舟船将要倾覆的一刹那，恍惚间看见关羽率领诸位河神前来搭救，众人才幸免于难，等到他返回杭州，立即在西湖岸边建造了关王庙，用来祭祀关羽和诸位河神。这座关王庙的碑记由当时的吏部尚书张瀚所写。

靠近孤山的这一座关王庙原本低矮狭窄。万历四十二年，在金中丞的倡议下重新翻新而成。碑石记文由太史董其昌亲手书写，碑文如下："在西湖岸边星罗棋布着诸多寺庙古刹，除了不同的佛寺以外，取得合法祭祀地位的，仅仅有岳飞、于谦与关羽三人。万历四十二年秋，宋神宗梦见圣母在半夜传诏，命其将关羽封为伏魔帝君，将关羽原来穿戴的盔甲改为王公贵族所穿的礼服，同时改军旗为王旗。让关羽与五帝一样尊贵，接受百姓崇奉祭祀。曹操、司马懿、王莽、桓温等奸臣，活着的时候被称为乱臣贼子，死后也要下地狱做鬼。他们的行径与关羽的忠义相比，何止是天壤之别啊。考虑到原先的祠堂低湿狭小，与圣母所传诏书的旨意不合，于是由金中丞父子在当时首先提议重新加以翻修。新修的关王庙坐落在原先孤山寺的旧址，运来建材，垒筑土石，修整后的关王庙楼宇规整，法相庄严，气度不凡，整个工程历时三年最终完成。金中丞考虑到我是实际上的首倡者，就嘱咐我写下碑文。”

“据我的考证，孤山寺又名永福寺。唐代长庆四年，曾有僧侣在寺庙石壁上镌刻《法华经》。当时恰逢元稹出守越州，任浙东观察使，又有杭州太守白居易为孤山寺写下碑记。加上诸多地方诸侯资助钱粮，所以当时修建的孤山寺盛况空前。但世事皆有定数，经过了数百年的岁月变迁，原先的孤山寺早已化为尘埃，而数百年后在孤山寺的旧址上修建关王庙，用佛典解释就是原来的孤山寺并不是所谓诸佛的化身，而今天修建的关王庙也不是关王的化身。正如佛经所说舍弃生命才能不朽，放弃肉体方得永恒。孔孟所提倡的杀身成仁、舍生取义，与《法华经》所弘扬的教义本没有质的区别。有人说忠臣义士还需要进一步修炼，只有修行之后才能看破生死，这都是虚妄之语。历经数百年，石壁依旧岿然不动，却没有发现当年刻印佛经的痕迹。关王庙修建后不久，四川发生叛乱，关羽带兵前往，在他的帮助下最终平定叛乱，确有其事，并且作为奏报呈给了当朝天子，这并非是怪力乱神。只是如今女真叛乱，我大明尚未派兵征讨，帝君既然能报效曹操的恩德，又如何不回报神宗的恩典呢？如果关王能左挟岳鄂王，右挟于少保，驱使九天神雷，投掷火铃，骑上昭陵铁马，率领蒋庙塑兵，一起征讨北方，想必荡平叛乱就如同当年踏平蜀道一样易如反掌。关王庙修好之后，先是金中丞镇守福建凭借关帝的帮助，屡次歼灭倭夷，功勋卓著，所以虽然当时修建关王祠的费用比其他祠高出许多，但也是金中丞冥冥中注定之举。”

关王庙内楼宇精致雅洁，法度森严，又加上碑碣清秀雅丽，柱联工整通顺，庙宇内所有碑记都文采斐然，与施忠如所建的关王庙相比，一雅一俗，真可谓是天壤之别。

苏小小墓

苏小小为南齐时钱塘名妓。容貌艳丽，为杭州青楼之冠，才情出众，以容色艳美著称。可惜她很早去世，死后葬在西泠桥边。但她的芳魂一直未散，时常在西湖岸边的花丛中出现。北宋时期，有一位名叫司马槱（字才仲）的名士，在洛阳时梦见一位美女，手执檀板歌唱。司马槱问起她的名字，女子回答说：“西陵苏小小。”询问曲名，女子说是《黄金缕》。五年后因为苏轼的举荐，司马槱被调到杭州做秦少章的幕僚，闲谈中跟秦少章说起此事。秦少章觉得很惊奇，就告诉他：“苏小小之墓，现在就在西泠桥边，你何不带上美酒前往祭奠？”于是，司马槱立即起身去寻苏小小的墓，前往祭拜。当天晚上，司马槱梦见苏小小与他同寝，并说：“妾愿意以身相许。”就这样，司马槱与苏小小幽婚，整整持续了三年。之后，司马槱死于杭州任上，死后埋在苏小小墓旁。

陆宣公祠

为何会在孤山建陆宣公祠呢？这是因为少保陆炳是世宗乳

母的儿子，当时他依仗恩宠，大权在握，对外好宣称自己是宣公的后代，就在西湖岸边建立祠堂来祭祀宣公。陆宣公祠规模宏阔，吞吐湖山。祠堂内台榭精美，一时冠绝西湖。陆炳依仗滔天的权势，胡作非为，一旦知道谁家有丰厚的产业，便去巧取豪夺。当时，在陆宣公祠旁边是原锦衣卫王佐家的别墅，他的别墅修建得气势不凡，但王佐的孽子不成器，陆炳就乘机搜罗他的罪状，想逼他献出家产。同时还逮捕了孽子的母亲，也就是原锦衣卫王佐的妾室。在公堂审问时，孽子强行申辩。他的母亲跪在公堂下，详细地呈述孽子的罪状。孽子涕泪俱下，说母亲是要置他于死地。他母亲大声呵斥他说："死就死了，还有什么好说的！"又指着陆炳的座位，回头对孽子说："原来你的父亲坐在这里也不是一日两日，参与审理这些案件也不是一日两日，但却生了你这样的不肖子，真是天道轮回，报应不爽，你现在去死，我都嫌晚！"陆炳听后惊得脸颊发红，立刻派人送王佐之妾出去，最终也没有攫取王佐的家产。

陆炳去世后，宣公祠被抄没入官，但因祭祀的是名相贤臣陆贽而得以保存。明代隆庆年间，御史谢廷杰在宣公祠后增祀两浙的名流贤达，增加了严光、林逋、赵忭、王十朋、吕祖谦、张九成、杨简、宋濂、王琦、章懋、陈选等人。之后，会稽进士陶允宜令人将他父亲陶大临自制的牌位藏匿在怀中，趁没人的时候，偷偷地放置在诸多名流贤达的旁边，被人讥笑为痴孝。

六一泉

六一泉在孤山南麓，又名叫竹阁或者勤公讲堂。这里是北宋元祐六年，东坡先生与惠勤禅师一起哭祭恩师欧阳修的地方。当时，惠勤禅师的讲堂刚建好，在挖掘过程中得到了这一泓清泉，于是苏东坡为它写下了泉铭。因为苏东坡和惠勤禅师两人皆出自欧阳修的门下，而这个泉水刚挖出的时候，恰逢欧阳修去世的消息传来，两人痛哭流涕，伤心不已，所以就将它命名为六一泉，看到这泉水就能想到恩师欧阳修。之后，惠勤禅师的徒弟又在泉水上建造了石屋，并在石屋上镌刻上铭文。宋高宗为康王时，曾经出使金朝，某天夜里赶路途中，看见四个巨人拿着兵器在前面开路。等到宋高宗南渡登基后，便询问方士，方士说这四个巨人是紫薇垣的四位大将，分别是天蓬、天猷、翊圣、真武。宋高宗想要报答这四位天神的恩德，就废弃了竹阁，在原址上修建了延祥观，用来祭祀这四位天神。至元初年，元世祖又将延祥观废弃，改建为帝师祠。从南宋初年到元末，六一泉的泉水消失了约二百余年。等到元末战乱时，泉眼又重新显现，但泉上的石屋早已倾圮，镌刻的泉铭也被相邻寺庙的僧侣搬走。

明洪武初年，有一个叫行升的和尚，锄荒扫尘想要恢复原来的寺庙。他在原址上重修了石屋，又四处搜求丢失的泉铭，放置在原处。他想仿照重修参寥泉之事，在此修建祠堂，用来祭祀东坡、惠勤禅师，可惜力有不足。教授徐一夔为此写下疏文："回顾这方胜地，其实更是名邦。惠勤禅师曾在这里修行，苏轼也数次前往此地。惠勤禅师和苏东坡虽然僧俗有别，但却同出欧阳公门下；他们二人都是深情厚谊之人，听闻欧阳修仙逝的消息，就一同在孤山下痛哭。因这二人精诚所至，所以山岳也献出甘甜的泉水来缅怀欧阳公。重修参寥表面上仅仅是为了缅怀先贤，实则为彰显坚守的定力。现在这里虽然保留了古迹，但已经破败，必须重修新祠。重修祠堂的举动并非仅仅是广种福田，更是要一起完成这一桩文坛盛事。所以不论是文士还是僧侣，都希望能够尽力相助，使得修建后的祠堂能够和这湖光山色永久共存。所以我也乐意写下这段文字，希望大家不要见笑。"

葛　岭

葛岭是道家仙翁葛稚川（葛洪）的修仙之地。仙翁名叫葛洪，号抱朴子，是江苏句容人。葛仙翁的从祖葛玄，笃信道教，修炼多年，后来求得仙术，并将仙术传给弟子郑隐。葛洪跟随郑隐研习多年，得到了他的真传。之后，上党人鲍玄将自己的女儿嫁给葛洪为妻。咸和初年，王导招补葛洪为主簿，干宝推荐葛洪为著作郎，但他都力辞不就。后来，葛洪听闻交趾一带盛产适宜炼丹的丹砂，就希望能够出任勾漏县的县令。等到葛洪来到广州，刺史郑岳竭力挽留他，于是葛洪就留在了广州罗浮山中炼丹修行。日子就这样过去了好多年。一天，葛洪留下一封书信给郑岳："我要到京师远游，不久就会出发。"郑岳看到这封书信之后，急忙前往罗浮山与葛洪道别，而葛洪打坐到正午，昏昏然好像熟睡的样子，然后安然离世，卒年八十一岁。后来收尸入棺时，发现仙翁身体已经轻如蝉蜕，后世都认为仙翁已经羽化登仙去了。

智果寺的西南是初阳台，建在锦坞上，葛仙翁曾经在此修炼。初阳台下有投丹井，如今在马氏的园子内。明宣德年间杭州大旱，马氏在修砌水井的过程中得到一方石匣和四个石瓶。石匣坚固无比，无法打开。而在石瓶中则有若干像芡实一样的药丸，吃下去没有任何气味，马氏觉得没有什么用处，就将石瓶丢弃。后来，施渔翁吃到了一枚石瓶中的药丸，就活到了一百零六岁。马氏在疏浚水井后，井水反而会散发出一股恶臭，无法饮用，马氏便将石匣投入井底，井水又变得清洌如初。

苏公堤

浙江杭州有西湖，安徽颍上也有西湖，两处西湖都是名胜，而苏东坡曾连任杭州与颍州的郡守。东坡刚到颍州任职时，颍州人说："您只需利用游湖之余，就可以处理好公务。"因此，秦观作了一首绝句："十里荷花菡萏初，我公身至有西湖。欲将公事湖中了，见说官闲事亦无。"后来东坡到了颍州任职，写下一份奏书表示感谢："作为翰林学士，曾经享有出入宫禁北门的荣耀；接连出守两地，相继为管理西湖的长官。"所以东坡在杭州任职时，请求疏浚西湖，用挖出的葑泥，建造了由南向北横亘西湖的长堤，人称苏公堤。他在堤岸两边夹植桃柳，又在堤岸中间建造了映波、锁澜等六座桥。南渡之后，西湖之畔的各式楼船画舫，都十分精美华丽。后来因为湖水的侵蚀，湖堤日渐残破。等到明代，在成化以前，里湖已变成了民居，而六桥下也只剩如丝的流水。正德三年，杭州郡守杨孟瑛着手疏浚西湖，增修苏堤，新修的苏堤西边以北新堤为界，堤坝高二丈，宽五丈三尺，又重建了里湖的六桥，并在堤岸边种植了上万株柳树。整修之后的西湖又重现昔日繁盛的景象。然而随着时间的流逝，堤岸边的柳树日渐衰败，日渐稀少，堤坝也愈加残破。

明嘉靖十二年，县令王钝下令所犯罪行较轻的人可以通过在西湖堤岸上种植桃柳来赎罪，此后，西湖堤岸上就遍植桃柳，每当春日融融，堤岸上一派桃红柳绿，红紫交错，灿烂得如同锦缎一般。后因战火，所种桃柳又被砍伐殆尽。万历二年，盐运使朱炳如又命人在堤岸上重新栽种杨柳，于是当年灿如锦缎的盛景又得以重现。等到崇祯初年，湖堤上的柳树都已郁郁葱葱，有两臂环抱那么粗。到了太守刘梦谦与士大夫陈生甫这辈，每年二月苏堤上都会举行盛会。盛会当日，他们从城中搜求羊角灯、纱灯等各式彩灯万余盏，将彩灯遍挂在苏堤的桃树和柳树上，地上则用红毯铺地，娈童、名妓一齐在红毯上纵酒高歌。夜幕时分，又命人在堤岸上点起数万根蜡烛，将湖岸照得恍如白昼。在湖中的游船上，遥望堤岸上点燃的数万根蜡，能观赏到湖面婆娑的倒影。箫管笙歌，喧嚣一夜，一直到清晨才停歇。后来如此奢靡赏湖的消息传到了京城，太守因此被降级。

遥想东坡任杭州太守期间，春季时每当遇到闲暇，必定会约朋友一起泛舟湖上，早上会在湖山之间赏景的佳处吃饭。吃过饭后，每人乘坐一叶小舟，舟上有一个队长，各自带领数名歌伎，任小舟随湖水飘飘荡荡。午饭休息后，听到锣声后集合，在望湖亭或竹阁中再次相会，尽兴游玩。到一二鼓的深夜，夜市尚未歇业时才秉烛而归。城中士人小姐在两旁夹道观赏。这真是旷古未有的风流韵事、盛世之乐，只可惜斯人已逝，盛景不再。

湖心亭

湖心亭原为湖心寺，西湖三塔，湖心亭是其中之一。明代弘治年间，按察司佥事阴子淑执法严厉。然而湖心寺的僧侣自恃有镇守的宦官撑腰，就紧闭寺门，在寺内胡作非为，拒不接纳长官巡查。阴子淑在暗访中发现了湖心寺僧众所干的勾当，就下令毁掉湖心寺，同时推倒了湖心塔。嘉靖三十一年，太守孙孟在湖心寺的遗址上修建了湖心亭。新修的亭台大约有一亩多地，四周建有石栏。登临湖心亭，就可将西湖的湖山盛景一览无遗。可没过多久，孙孟修建的湖心亭就坍塌了。万历四年时，佥事徐廷祼重建湖心亭。万历二十八年，司礼监孙东瀛改湖心亭为清喜阁，在原来的基础上踵事增华，翻新重建。翻新之后的亭台金碧辉煌，规模宏阔，游人在远处望去就像是海市蜃楼一样。当时的湖心亭吞吐烟云，恐怕滕王阁、岳阳楼等这些江南名楼都没有这样壮观的景象。春和景明时，湖心亭就成了热闹的集市，山景、睺罗、书画、古董等各色商品堆满台阶，人声鼎沸，喧闹嘈杂。而如若是在月亮初升的夜晚登临湖心亭，又会觉得寂静凄凉，仿佛进入鲛宫海底。那如水的月光倾泻在湖面上，水汽在空中慢慢弥散开来，更让人觉得凄清寂静，不可久留。

放生池

宋代在宝石山下有放生碑。天禧四年时，杭州通判王钦若奏请将西湖设为放生池，禁止渔民捕鱼，郡守王随为此立下放生碑。如今的放生池，在湖心亭以南。放生池外面有堤坝，堤坝上有曲折的红色围栏，又有彩虹一般的拱桥横跨其间。放生池掩映在蓊蓊郁郁的草木中，显得格外岑寂。古代所说的三潭印月，即在如今的放生池。每到春和景明的时节，西湖上的游船像鸭子一般浮在水面，数量众多，但到放生池一带游览的，却极其稀少。放生池一带的佛寺大都重楼高阁，规模宏大。所建佛舍也精良别致，威仪肃穆，静寂无声。只是放生池水域面积狭小，水质浑浊不堪，而所养的鱼却远多于平常，导致这些鱼大多被挤得缺鳞少鳍，头大尾瘠。如果鱼能倾诉的话，一定会吐露自己所遭受的种种折磨。从道理上说，若能打开禁锢的藩篱，让鱼儿在水里自由地游玩，这样才符合鱼的天性。只是很可惜，这道理很难让普通僧人明白。

早年我到云栖寺时，看到鸡、鸭、鹅、猪、牛、羊等都被关在一起，忍受饥饿，最后掉进水淹死的不计其数。我屡次三番地向莲池禅师提出要将它们放归自然，但莲池禅师也不能免俗，说姑且如此吧。后来某一天，莲池禅师看见兔鹿猢狲也被关在牢笼里，我乘机对他说：“鸡鸭猪羊需要人来喂养，但兔鹿猢狲却可以自己捕食，假如可以将它们放归山林，又何苦这样关押着它们，让它们饱受折磨。”莲池禅师会心大笑，将所有的牢笼悉数撤掉，听任它们回归自然，在场的人都觉得十分欣慰。

醉白楼

杭州刺史白居易（乐天）畅游西湖、高歌长啸时，有位名叫赵羽的隐士，他所住的临湖别墅最为宽敞畅快，白居易经常到他家，与他欢饮达旦，从来不拘泥于官民身份之别。赵羽因为经常与白居易往来，就请白居易为自己的别墅题字。白居易当场就写下“醉白”两个字。赵羽的别墅在茅家埠，如今改成了吴庄。庄内现存一棵苍翠欲滴的古松，其枝干旁逸斜出，犹如虬龙，已有数百年的历史。想必昔日白居易老先生也一定曾在这棵古松下徘徊吧。

小青佛舍

小青相传为扬州人。十岁时偶遇一位老尼，老尼亲口将《心经》传授给小青，她听一遍就立刻能背诵。老尼感慨道：“这个孩子早慧福薄，希望能托付给我，做我的弟子。”但小青的母亲没有同意。

小青长大后，喜好读书，能通音律，善于下棋。后来不幸嫁给了一位杭州的富商做妾。富商的正妻嫉妒心极强，想方设法凌辱逼迫她。有一天，正妻携小青一同前往天竺礼佛，正妻问她："西方有那么多佛祖，为什么世人唯独喜欢参拜观音大士呢?"小青回答说："因为观音大士慈悲为怀，所以受人尊崇。"正妻露出狡黠的笑容说："我也会像观音一样慈悲为怀的。"于是将小青隐匿在孤山的佛舍，令一位尼姑看管她。小青闲来无事，便喜欢顾影自怜，不断地与影子说话，有人走过来才会停止。故她的诗里有"瘦影自临春水照，卿须怜我我怜卿"之类的句子。后来小青得了痨病，不吃东西，每日只喝少许的梨汁，奄奄一息。于是就请画师来为她画像，画了很多次，都说不太像。后来画师注视许久，将她画成娇媚柔弱的样子。小青才说："终于像了。"画完像之后，尼姑将梨汁放在她的睡榻前，连呼了几声："小青！小青！"小青已因伤心而气绝身亡了，年仅十八岁。她死后留有一卷诗稿。正妻听说小青的死讯，立刻赶往佛舍，要来小青的画像和诗稿，付之一炬后匆匆离去。

卷　四

西湖南路

柳州亭

柳州亭南宋初年时为丰乐楼。宋高宗将汴梁一带的百姓迁移到杭州、嘉兴、湖州等地居住，恰巧当年风调雨顺、五谷丰登，高宗为了表示与民同乐之意，就兴建了这座楼，取名丰乐楼。在丰乐楼左边，有孙东瀛建造的问水亭。问水亭一带长堤映虹，柳树婆娑，画舫楼船像南飞的大雁一样依次在亭前停泊。清晨则解开绳索出游，傍晚又在此收缆泊船。每日都是人声鼎沸，车水马龙，络绎不绝。

堤岸东侧尽头是三义庙。经过一弯小桥后折返向北，是我祖父的寄园、吏部戴斐君的别墅。折返向南，钱象坤、商周祚、祁彪佳、余煌、陈襄范等各家园亭鳞次栉比地建于此处。走过这一带，又能看到黄元辰的池上轩、周中翰的芙蓉园等诸多园林。而今战乱之后，西湖岸边的园林都已化为灰烬，只剩下满地的残砖剩瓦和些许的衰草枯杨。李格非曾写过《洛阳名园记》，认为可以通过名园的兴废，来预测洛阳的盛衰；可由洛阳的盛衰，来推测天下的治乱。确实如此啊！我在万历四十一年又偶然经过此地，看到故园离乱，曾经的亭台水榭都已被荒草荆棘所掩盖，不禁悲从中来，一想到陆羽隐居苕溪的故事，更觉得要夜夜痛哭而返。

灵芝寺

灵芝寺原是武肃王钱镠的宫苑。因为这里出产灵芝，所以钱镠就献出此地用来建造佛寺。到宋代时，灵芝寺的规模已相当宏大，宋高宗和孝宗两朝，当朝天子曾四次亲临灵芝寺礼佛。灵芝寺内有浮碧轩、依光堂，是新科进士题名的地方。灵芝寺元末被毁，明永乐初年，竺源和尚重建，万历二十二年又加以翻修。我幼年时曾到此看过牡丹，寺内的牡丹枝叶茂盛，高达三米多，枝上花蕊烂熳，花开最盛时有数千朵，一时间成为西湖盛事。

灵芝寺的旁边有显应观，是宋高宗为祭祀崔府君而建。崔府君名子玉，唐贞观年间任磁州滏阳令，为政卓有建树，生前当地百姓就已建生祠祭祀他，去世后成神，祭祀就更为隆重。宋高宗还是康王时，有一次为了躲避金兵，在逃往钜鹿途中，所骑之马突然死亡，他只得在雨中独行，路遇一个三岔口，不知往哪走。正在这千钧一发之际，高宗忽然看到路旁有一匹白马，他就立刻骑上白马飞奔前行，一路奔驰来到崔祠。这时白马忽然消失，只见祠堂里的泥马汗如雨下，于是高宗就往祠堂中避宿。睡梦中，高宗梦见有天神拿法杖捶地，催促他赶快上路。等到高宗匆忙间出门，发现白马又已在门口等候。高宗骑着白马飞奔到斜桥，恰巧碰到耿南仲前来迎接。他策马过河途中，白马瞬间融化，仔细一看，原来是崔府君祠中的泥马所变。等高宗一即位，就立刻修建祠堂报德，之后历朝都以崇高的礼遇进行祭祀。六月六日是崔子玉生辰，每逢那天，祠堂内都游人如织，香火鼎盛。

钱王祠

钱镠是浙江杭州临安石鉴乡人，骁勇善战，有勇有谋。壮年时靠卖盐为生，生活困顿。唐僖宗时，率兵平定王仙芝，抗拒黄巢，消灭董昌，战功赫赫，声名远播。后梁开平元年，梁王朱温封钱镠为吴越王。有谋士劝钱镠拒绝接受朱温的诏命，钱镠笑着说道："我岂能白白失去这次仿效孙仲谋的机会呢?"于是欣然接受。之后，钱镠把他的故乡石鉴乡改为临安县，将部队改为锦衣军。这一年，钱镠回乡扫墓祭祖，大宴乡亲，所到之处旌旗招展，锣鼓喧天，声振山谷。钱镠来到当年玩耍过的地方，将这里尽数蒙上精美的丝绸，并将幼年经常玩耍处的树木和石头都封官加爵，甚至连昔日贩盐的担子，都用锦缎盖好。

乡邻中有一位九十多岁的老婆婆，也带着酒水在道路旁迎接，钱镠下车后赶忙前去拜见。老婆婆抚摸着钱镠的后背，呼唤着他的乳名："钱婆留，真高兴看到你都长这么大了。"原来钱镠刚出生时，家里有异象，钱镠的父亲很害怕，就准备将钱镠丢在乡间的小溪里，多亏了这位老婆婆苦苦劝说，钱镠的父亲才最终将他养大，于是就取名叫钱婆留。钱镠在乡间大摆宴席，款待同乡；又另外用蜀锦搭建了宽敞的帷帐，用来款待妇女。年龄超过八十岁的赐金爵饮酒，年龄超过百岁的赐玉爵饮酒。钱镠起身劝酒，唱起了还乡歌助兴，他唱道："玉节还乡兮挂锦衣，父老远近来相随。斗牛光起天无欺，吴越一王驷马归。"

当钱镠准备兴建宫殿时，有术士说："如果是在原来府第的基础上扩大翻新，王位相传不超过一百年；但如果是将西湖填塞一半后新建宫殿，王朝可以延续千年。"钱镠笑着说："又怎么知道一千年中不会再出真命天子呢？又何必让百姓受苦！"因此没有填湖改造。北宋熙宁年间，苏轼任杭州郡守，奏请将龙山上荒废的祠堂妙音院修葺翻新，改为表忠观，来祭祀钱镠。如今也早已荒废。明代嘉靖三十九年，督抚胡宗宪在灵芝寺旧址修建了祠堂，并在祠堂内重塑了吴越国三世五王的雕像，每逢春秋时节都会举行隆重的祭祀，又命钱镠的十九世孙钱德洪悉心守护，同时让郡守陈柯重刻了苏轼的《表忠观碑记》供奉在祠堂里。

净慈寺

净慈寺为后周显德元年吴越国王钱弘俶所建，最初称为慧日永明院，建成后迎奉衢州的道潜禅师在此修行。道潜曾想求吴越王赏赐黄金来铸造十八阿罗汉，却一直没有禀明。一天夜里，吴越王忽然梦到有十八个巨人随行。第二天，道潜禀告了这个请求，吴越王觉得十分神奇，就当即应允了，于是修建了罗汉堂。北宋建隆初年，延寿禅师就以佛理和经世之策为基础编撰成了一百卷《宗镜录》，因此改名叫宗镜堂。北宋熙宁年间，郡守陈襄延请宗本和尚任住持。一年大旱，西湖里的水都干涸了。而在净慈寺的西角忽然涌出一口甘泉，而且有金色鳗鱼在泉水里游弋，于是就在此处开凿水井，上千名寺僧饮用井里的水，水都不会枯竭，因此将其命名为圆照井。

宋室南渡时，净慈寺毁于战火，之后道容禅师会聚了一批工匠历时五年重建了净慈寺，并在寺中重塑了五百阿罗汉，同时建造田字殿来供奉这五百阿罗汉。绍兴九年，朝廷又赐净慈报恩光化寺的匾额。不久再次被毁。宋孝宗时，一名和尚化缘来重修宫殿，但每日他都在外面吃到酒足饭饱才回来，寺里的和尚问他募捐到多少钱，他回答说："都在我肚子里。"就这样募捐了三年，他将每一笔布施的钱都明明白白地写在功德簿上。一天，他在街头大喊一声："我要重修宫殿。"说完他又置办酒菜，喝得酩酊大醉，之后他抠喉大呕，但所呕之物撒到地上后都变成了黄金，之前所有募捐尽数在此，于是净慈寺得以重建。这个和尚就是有名的济颠禅师。见多识广的人都说："他是永明延寿禅师转世。"

嘉泰年间，净慈寺再次被毁，嘉定三年重建。重建后的净慈寺规模宏大，一时为西湖诸寺之首。翰林程珌为此写下碑记，其中有"湿红映地，飞翠侵霄。檐转鸾翎，阶排雁齿。星垂珠网，宝殿洞乎琉璃；日耀璇题，金椽耸乎玳瑁"之类赞美的语句。当时郡守建议将京辅的佛寺排列等次，等级最高的称为五山，为诸寺庙的统领，净慈寺是当时五山之一。在此以前，寺僧取水艰难，需要去湖边担水。绍定四年，法薰禅师在殿前用锡杖扣地，地中涌出两泓清泉，于是凿为双井，供寺僧饮用，从此解决了净慈寺吃水的问题。淳祐十年，兴建了千佛阁，宋理宗御赐“华严法界正偏知阁”八个大字。

元末，西湖岸边的寺庙均毁于战乱，唯独净慈寺得以保存。明初洪武年间，净慈寺被毁，此后法净和尚重建。明代正统年间再次被毁，宗妙和尚又主持重建。万历二十年，司礼监太监孙隆在此基础上进一步翻修，铸造铁鼎，修葺钟楼，兴修井亭，建造棹楔。相传永乐年间，建文帝曾在这里隐遁，如今寺中仍保留了他的遗像，从遗像上看，建文帝身材魁梧，迥异常人。

小蓬莱

小蓬莱位于雷峰塔右边，原为南宋宦官甘升的园子。园内奇峰如云，古木蓊郁，宋理宗也时常驾临此地游园。园内有一株御爱松，大约已有数百年的历史了。这园子自古就被称为小蓬莱。大石上有宋代的石刻“青云岩”“鳌峰”等字。如今是黄汝亨（贞父）先生读书的场所，汝亨先生将其改名为“寓林”，并在石头上题写了“奔云”二字。我认为“奔云”能描摹出石头的情状，但这个名字却没有什么道理。

大石如同一朵硕大的滇茶花，每当微风细雨飘落，大石半入泥土，如同有着三四层多褶皱的花瓣。人在其中走，就好像蝴蝶飞入花心无须不缀。大石同英石一样颜色黝黑，上面爬满了苔藓，好像是入土千年的商周青铜器，青绿彻骨。贞父先生为文章巨宗，门人有数百人之多，当时的名士鸿儒几乎都出自他的门下。我幼时跟随祖父一起拜访过先生。先生脸色暗黑，胡须浓密，五官突出，又十分爱笑。交际应酬时八面玲珑。他可以一边聆听客人谈话，一边阅读来信并回信，一边交待奴仆处理事务，虽然杂事烦冗，但却从不出错。每有客至，无论贵贱，都会摆上饭菜款待，晚上则与客人同榻而眠。

曾经有一次，我的一名书记员前往先生处，这名书记员非常邋遢，但先生对他的起居饮食也一视同仁。天启六年，我重返先生寓所时，原先的亭台楼阁都已倾圮，只在房间中看到了先生遗物，顿觉睹物思人，悲从中来。现在是顺治十四年，我再次来到这里，看到园子的围墙已全部倒掉，所有的亭台楼阁都化为瓦砾，更觉得感伤。我本想在此建造祠堂祭祀东坡先生，但前往买地，主人却不肯出售。如今这里林木苔藓都已荡然无存。那块“奔云”石也早已残缺大半。想必数年以后，这里会被荒草枯杨掩盖，从此再无人烟。曾经的胜景仙境也只能浮现在想象中了。

雷峰塔

雷峰是南屏山的支脉。此处中峰高耸，四周回环掩映，所以旧时又名中峰或回峰。宋代曾有一位叫雷就的人在此居住，所以取名雷峰。吴越王曾在这里修建佛塔，起初想修十三层，大概千尺高。后来因财力不够，只建了七层。由于这塔是吴越忠懿王钱弘俶为黄妃得子所建，所以旧时又称王妃塔。元末，雷峰塔发生大火，之后仅剩下塔心。于是雷峰夕照就成为西湖十景之一。我曾经看到李长蘅的题画：“我的朋友闻子将曾说：‘湖上有两座佛塔，保俶塔如美人，雷峰塔如老衲。’我极其欣赏这句话。万历三十九年，我在小筑时，曾与沈方回一起在池上看荷花，乘兴写下了一首诗，其中有句诗是：‘雷峰倚天如醉翁。’严印持看到后，高兴地说道：‘你把雷峰塔比作老衲远不如你把它比作醉翁更为贴切。’大概是由于我住在湖上山楼，每天都与雷峰塔朝夕相对，每当暮色沉沉时，看到雷峰塔像一位略显衰老的老翁，那场景尤其令人心醉。然而我的诗最后一句是：‘此翁情淡如烟水。’其实就是根据子将把雷峰塔比作老衲的说法而来。万历四十一年十月酒醉后记录。”

包衙庄

西湖上有精致的楼船，实际上是从副使包涵所开始。包涵所家的楼船有大、中、小三种不同型号：头号的楼船上有歌舞、筵席、配有歌童，中号的船上装满了书画，小号的则用来安置美人。涵老觉得歌伎并非是侍妾，于是仿照石崇、宋祁的先例，令所养的歌伎都出来见客。他还常让这些装扮靓丽的歌伎骑马在郊外缓缓而行，穿柳而过，以此为人生乐事。更多的时候，在涵老包衙庄绮丽的台阁上、别致的花园里，歌伎们吹笛弹筝，起舞弄影，声如黄莺。每有宾客到访，则命歌童舞女排演剧目，不仅演出精彩纷呈，就连伴舞和锣鼓也都精美绝伦。有时，包涵所会带着歌伎一起乘兴出游，一旦出游必定在外住上十来天，而所经路旁必定会聚集众多的围观者，大家争先恐后地询问他们的住处。

包涵所在西湖岸边有两座园子，南园位于雷峰塔下，北园则在飞来峰下。两地山石众多，累积重叠，奇特峻峭。两处园子里借山石作溪涧间的桥梁，但不重复在山上叠山，设计得井井有条。大厅采用拱斗抬梁的方式，省掉了其中的四根支柱，显得格外宽敞，用来舞狮尤其畅快。北园按照八卦房的样式设计，园内亭台十分规整，分作八格，如同扇面。在其中最狭窄的地方，横放一张床，安装能前后开合的纱帐，如果放下里帐，则床就向外，如果放下外帐，则床就向内。同时在门上打开透明的窗户，涵老在室内焚香静卧，则八张床都能看得清楚。涵老二十年间在西湖都是这样穷奢极欲。他觉得反正和金谷、郿坞一样，不是寒酸简朴能建成的，索性繁华到底，跟杭州人说的“左右是左右”是一个道理。西湖之畔的世家大族无所不有，奢华至极，在西湖岸边建造金屋华堂也不足为奇。而普通的穷酸书生只能长叹一声罢了。

南高峰

南高峰位于西湖南北诸山的分界线上，山路狭窄崎岖，路旁树木葱茏，如果不是穿上芒鞋布袜，扶着手杖奋力前行，则无法向上攀爬。南高峰顶上有一座佛塔，始建于后晋天福年间，宋代崇宁、乾道两朝都曾翻修，元末被毁。塔原本有七层，如今仅存三层。登临佛塔向四周望去，东面是一望无垠的平原旷野，可见炊烟袅袅、日出日落，同时可以一览西湖的湖山胜景。南面能俯览大江，能看到波涛汹涌的江面上渔船在雾霭中若隐若现。塔的西边与巨大的岩石相接，四周怪石嶙峋，洞穴深邃，让人有一探究竟的想法。佛塔西边的岩石上刻有各种祥瑞图案，巧夺天工。塔的北侧属于丘陵地带，高低不平，既有旁逸斜出的古木竹林，又能看到连片的麦浪。山顶上的巨石像高峨巨冠一般高耸入云，名为先照坛，相传有道士在此降妖除魔。峰顶有钵盂潭、颍川泉，久旱无雨时也从不干涸，大雨滂沱时也从不溢出。在钵盂潭的旁边有白龙洞。

烟霞石屋

由太子湾往南折返而上就到了石屋岭。过了石屋岭可见大仁禅寺，在寺庙的左边是烟霞洞和石屋洞。石屋洞长约二丈六尺，洞内宽敞明亮，形状像轩榭，可以容纳好几桌筵席。洞的上方镌刻有五百一十六尊罗汉像。石屋洞尽头深邃狭窄，曲径通幽，云雾缥缈。在石屋洞旁边有蝙蝠洞，洞内的蝙蝠大的有乌鸦大小，它们相互衔着尾巴，互相牵连。蝙蝠的粪便奇臭，附近的古庙等建筑多受蝙蝠粪便的影响。绍兴会稽的禹庙也是如此。由山顶往右就可达到新庵，王亹、陈洪绶曾经在此读书。我曾前往探访，觉得这里的山石很像飞来峰，但因为未曾遭到番僧杨琏真加的胡乱开凿，显得更为清洁隽秀。这里的峭壁奇峰景色秀丽，让人耳目一新，神清气爽。

南宋建炎年间，附近的百姓为了逃避战乱，躲在洞内，数千人因此幸免。石屋岭下面的水乐洞曾是南宋嘉泰年间郡王杨次山的别苑。当时杨次山在别苑里垒石筑亭，将别苑建得精雅别致。但因年久失修，别苑里荒草丛生，再也听不到洞内叮咚的水声了。后来水乐洞被贾似道高价购买，贾似道命寺僧去探求水乐洞兴废的缘由，但无果而终。一天，贾似道在洞内游览，低下头查看，忽然若有所悟，说道："空荡的山谷才能有回声，飞溅的流水才有声响，现如今洞内积水严重，洞外泥土堆积如山，又怎么能听到叮咚的水声呢?"于是命人挖掘堆土，疏导积水，飞溅的水声再次从洞涧内传出，水声节奏清脆自然。湮没了二百年的胜景，能再次恢复，真是一大幸事。于是在此修建亭台，将收藏的东坡真迹刻在亭上作为纪念。

高丽寺

高丽寺本名慧因寺，后唐天成二年，吴越钱武肃王始建。北宋元丰八年，高丽国王的儿子僧人统义天入朝进贡，请净源法师传授华严宗。元祐二年，统义天将《华严经》三百部汉译佛典请入高丽寺中，同时为了表示尊崇，施舍重金建造了华严大阁藏塔用来藏经。元祐四年，统义天以祭奠净源法师的名义，又进奉了两座鎏金宝塔。但因为杭州刺史苏轼上疏进言："周边的外族不能不停地进入中国，会影响边防，同时也应该拒绝统义天所赠送的金塔。"宋神宗听从了苏轼的意见，就没有接受佛塔。元延祐四年，高丽沈王奉诏在此进香诵经。元朝至正末年，高丽寺被毁，明洪武初年重新修葺，俗称高丽寺。

重修后的高丽寺金碧辉煌，设有宏伟壮丽的转经筒，就连大殿柱子下的石墩都异常精美，规模为当时西湖诸寺之首。明代万历年间，如通禅师又在此基础上加以翻修。我小的时候跟随先母到高丽寺烧香，拿出三百文钱让仆役推动转经筒，转经筒不停地转，发出咿咿呀呀的声响，好像在演奏音乐。后来转经筒越转越快，仿佛飞起来一样，连推的人都无法赶上它旋转的速度。

法相寺

法相寺，俗称长耳相。后唐时有一位法真禅师，相貌迥异于常人，耳朵长达九寸，耳朵上方超过头顶，下方垂到下巴，人称长耳和尚。天成二年，法真禅师由天台山国清寺寒岩云游来到西湖，武肃王钱镠热情地接待了他，此后法真禅师就在法相院修行。乾祐四年正月初六，法真禅师预感大限将到，就召集门徒给他沐浴更衣，然后盘足坐在方丈内，无疾而终。法真禅师去世后，弟子们给他的真身贴上金箔，供奉在佛龛里，认为禅师是燃灯古佛转世。从此凡是要祈求子嗣的妇女，都会来此拜谒，悬幡设供从未间断。法相寺也因此名著一时。在法相寺后面有锡杖泉，因泉水清洁甘甜，所以寺内斋饭也格外洁净精良。寺前长有茭白笋，白嫩如玉，香气如兰，质地细腻，入口甘甜，是世间难得的美味。然而要品尝新鲜的茭白笋，必须要在新秋八月时节，其他的时候都无法享用。

于坟

于谦墓位于杭州西湖三台山，少保于谦对社稷有再造之功，却蒙冤身死，行刑当天，天空阴云密布，四方的百姓也都来为他送行。于谦死后，夫人被流放到山海关，一天夜里，夫人梦到于谦托梦，说："我虽然肉身已死，但魂魄尚存，唯独眼睛无法看见，所以要借你的视力在皇帝面前显形。"第二天，于谦的夫人突然失明。恰逢天灾导致奉天门损毁，英宗亲临现场视察，在火光中看到于谦的身影，英宗想到于谦的忠心，心生怜悯，于是就赦免了于谦的夫人，让她重归故里。夫人再次在睡梦中梦到于谦，这次于谦来归还视力，夫人得以重见光明。于谦死后，遗骸被都督陈逵悄悄嘱咐人埋葬。继子于冕希望能够将他安葬在钱塘祖坟里，后来皇帝下旨将于谦安葬在西湖之畔。

成化二年，明宪宗为于谦平冤昭雪，并派行人马暶奉旨祭祀，圣旨中称赞他的话大略是："在国家多难之际，能够保全社稷，为官多年一直都能秉持公心，但不幸为权奸所害。先帝已经知道你被人冤枉，而我实在怜悯你的忠心。"弘治七年，明孝宗赐他"肃愍"的谥号，并修建了一座名叫"旌功"的祠堂来祭祀他。万历十八年，于谦的谥号改成了"忠肃"。万历四十二年，御史杨鹤为于谦翻修了祠堂，祠堂规模宏大，焕然一新，并请云间陈继儒作了碑记。碑记如下："大概忠臣为国不惜死也不惜名。不惜死，然后有豪杰般的英勇；不惜名，然后有圣贤般的隐忍。黄河之所以排山倒海，是因为它有豪迈奔腾的气势；

既能潜伏地中流淌一万三千里，又能弯曲变化，是因为它能屈能伸。”

“当年土木之变，英宗被俘，于谦痛哭上疏，制止迁都南京，又连夜召集军队前来救驾。瓦刺人掳携英宗经大同、宣化，一路到北京城下，并用天子做人质，命令打开城门，于谦登临城池严词拒绝，说道：‘我大明王朝有赖天地祖宗护佑，已经有皇帝了。’这种类似的情况在《左传》中有记载，楚国人仗着兵力强大，掳走了宋公来攻打宋国。公子目夷命宋人回应说：‘有赖于天地祖宗护佑，我国已经有国君了。’楚人知道虽然俘虏了宋公也灭不了宋国，于是释放了宋公。《史记·廉颇蔺相如传》也有记载，秦王逼赵王在渑池会盟，意图对赵王不利。廉颇送赵王到边境，对赵王说：‘大王您这次去会盟，三十天应该就能回国，如果过了三十日还不回来，就请允许我们拥立太子为王，从而断绝秦国吞并赵国的念头。’又有《王旦传》记载：契丹犯边，宋真宗亲征澶州。王旦说：‘十日之内，没有胜利的消息传来，我们当如何处理？’真宗沉默许久说：‘让皇太子登基。’这三件事，是于公读书得力处。往前说，于公就是宋国的目夷；往后说，于公就是廉颇、王旦。为什么这么说呢？哎！英宗的皇子朱见深立而被废，而他被废后应该立谁为君，谁不知道呢？于谦的见识，怎会在王直、李侃、朱英之下？又怎会在钟同、章纶之下？”

“于谦审时度势，有些话不能说，有些话不必说。当时英宗被俘，皇子朱见深作为太子，不救就成了卫辄，救又和宋高宗处境一样，不能战又不能和。为了抗击瓦剌，这是不能说的话。英宗既已回朝，朱见济夭折，朱祁钰病重，天意人心都已明朗，当时的情形，不是英宗又还能有谁？不是景帝又还能有谁？只需等待时机，光明正大地率领百官上朝奏请英宗复位，这原本是不必说的话。而像徐有贞、石亨、曹吉祥等一样武力夺位，是政变，不是正道；是一场浩劫，不是因时而动；是纵横家的手段，不是社稷大臣的策略。有人说：‘于谦怎么不离开呢?’哎！于谦怎么能离开呢？于谦在则英宗安全，朱见深也安全。如果于谦因为诤谏而被免职，怎么知道南宫之内不会出现‘烛影斧声’的变故呢？太子被废以后，又怎么不会再现宋朝德昭之类的事件呢？于谦虽想协调郕王的兄弟关系，而实际上也是在暗中保护英宗父子，所以我们知道，英宗回朝是于公的功劳，复得皇位也是于谦的功劳，朱见深得以再被立为太子还是于谦的功劳。人们能看到眼前所见的，而看不到于公背后的苦心。能看到的是于公的英勇豪杰，看不到的是于公所拥有的圣贤般的隐忍。于公既可以直面生死，又能在面对暴君时做到隐忍有度，于公真是有古代大臣的用心啊!”如今于公的祠堂已修缮一新，四方之人接踵而来，求于公托梦来占卜吉凶，于公都会在梦中给予明确的答复。

风篁岭

风篁岭多翠竹，所以显得风姿卓越，凄清冷艳。那里林壑深沉，远非一般俗景可比。淙淙溪流从山上龙井流出，一年四季从不间断，更显得灵动秀丽。风篁岭原先大多是荒地，少有植被。北宋元丰年间辨才禅师在此修行，对风篁岭进行了精心治理，种植了大量翠竹，取名叫“风篁岭”。一次，苏轼到龙井来拜访辨才禅师，辨才禅师与苏轼相谈甚欢，苏轼离开时，两人还在边走边谈。不知不觉间，辨才禅师就送到了风篁岭上，弟子们惊讶地说道：“禅师您已经过了平日送人的范围，送到了风篁岭了。”辨才大笑，说：“杜甫有诗云：‘与子成二老，来往亦风流。’”后来为了纪念这一段风流故事，就在风篁岭上建造了一座亭子，取名叫“过溪”，也称作“二老”。苏轼为此专门写诗铭记：“日月转双毂，古今同一丘。惟此鹤骨老，凛然不知秋。去住两无碍，人土争挽留。去如龙出水，雷雨卷潭湫。来如珠还浦，鱼鳖争骈头。此生暂寄寓，常恐名实浮。我比陶令愧，师为远公优。送我过虎溪，溪水当逆流。聊使此山人，永记二老游。”

龙　井

在西湖南山上下有两处龙井。位于南山上的是老龙井，井水寒凉，清澈见底，被茂密草木所掩映，原本无人问津。后因老龙井所在地盛产茶叶，于是就成为西湖两山之间的绝品。顺着老龙井再往上就到了天门，经天门可以到达三天竺。往南则是九溪，山路通徐村，溪水顺着山涧流向钱塘江。往西是十八涧，顺着山路可以到达月轮山，溪水从六和塔下流出。龙井寺原名延恩衍庆寺。唐朝乾祐二年，由附近居民募捐化缘修缮衍庆寺，并改名为报国看经院。北宋熙宁年间，改名为寿圣院，由苏东坡题写匾额。绍兴三十一年，改名为广福院。淳祐六年，改名为龙井寺。元丰二年，辨才禅师从天竺返回后，一直居于龙井寺，不再云游，他与苏东坡、赵阅道等人交游密切。后人为了纪念他们三人，专门建了三贤阁，后因年岁日久，龙井寺毁坏。万历二十三年，司礼太监孙隆重建龙井寺，精心规划其中的亭台楼阁，又筑桥修路，挖掘了浴龙池，新建了霖雨阁。新修的龙井寺景色秀丽，布局合理，焕然一新，此后前来观赏的游人络绎不绝。

一片云

在龙井寺中有一块神运石，此石体积巨大，高超过六尺，奇怪突兀，所以寺僧特意将它立在檐下。神运石旁种植着一株木香，木香缠绕在神运石上，枝叶从孔穴里穿梭出来，宛若龙蛇。明正统十三年，宦官李德在龙井寺居住。这一年气候异常干旱，李德就令士兵疏浚龙井。开始清淤时，在龙井中发现了二十四块铁牌、一座玉佛、金银各一锭，金银上还有大宋元丰年号的题款。后来在清淤的过程中又得到这块巨石，八十个人一起用力才将它抬起。抬出来后发现巨石上有“神运”两个大字，本来旁边还有其他题款，但由于年代久远，都模糊不清，无法辨识了，所以也不知道神运石具体雕刻的时代，只知道大约是当时求雨投下去的。风篁岭上有一片云石，有一丈多高，云石青润玲珑，精巧得好像雕镂过一样。石上有古松盘桓其间，显得勃郁葱茏。草莽间有一个石洞，堆砌得极其险峻工整。云石的背后是司礼太监孙隆所建的片云亭，片云亭前面有石棋枰，上面镌刻着“兴来临水敲残月，谈罢吟风倚片云”的诗句。往来的游人大多喜欢倚靠在石棋枰上休息，不愿匆忙离去。

九溪十八涧

九溪位于烟霞岭以西，龙井山以南。九溪的水系弯曲回环，九折而出，所以称为九溪。九溪的山路崎岖，树木葱茏，人烟罕至，所以格外幽静，别有天地，非一般的俗景可比。溪下是十八涧，涧壑深邃，如果不是遗世绝俗的苦修僧侣，普通人无法在此长住。按照地方志记载，涧内原有李岩寺、宋阳和王梅园、梅花径等遗迹，如今早已湮没无存了。九溪离西湖主景区较远，位置又十分偏僻，即使是对西湖各处名胜古迹十分熟悉的人，如若问及九溪十八涧，大多也茫然无知，无从回答。

卷　五

西湖外景

西　溪

粟山高六十二丈，绕山一周共十八里二百步。山下面有座石人岭，类似人的形状，陡峭挺拔，旁边耸立着两座类似于发髻的山峰。过了石人岭就来到了西溪，这里居住着数百户村民，他们聚族而居，形成村落。相传在宋室南渡时，宋高宗初次来到武林，因为这个地方物产丰富，便想在这里建都。后来寻得凤凰山做都城，便说："西溪暂且留下，供定都备选。"后人于是便将此处命名为西溪。西溪偏僻幽静，古梅众多，梅树枝条短小，弯曲交错，极像黄山松。喜欢梅花之人来到这里，买上些很小的梅树，栽种在花盆里，作为观赏的盆景，也别有风韵。西溪山间有秋雪庵，庵内都是大片的芦花，皎洁的月光洒下来，把芦花映得像堆积的白雪，这真是一道奇妙的景观。在我看来，西湖确实是江南盛景，漫步其中，就会被绚烂的景色和优美的乐曲所包围，目不暇接，流连忘返。但假如要在西湖岸边寻找一处像桃源、菊水一样可以隐居的幽深溪谷，那么西溪一定是首选。我的朋友江道闇在西溪有一座精致的庭院，曾邀请我一同在此归隐。只因我留恋凡尘，未能赴约，现在想来深为遗憾。

虎跑泉

虎跑寺本名定慧寺，唐元和十四年性空师所建。唐宪宗赐名叫广福院。大中八年改名为大慈寺，唐僖宗乾符三年又在

“大慈寺”前面加了“定慧”两个字。宋末被毁。元大德七年重建。之后再次被毁。明正德十四年，由宝掌禅师主持重建。嘉靖十九年又毁于灾祸。嘉靖二十四年，由山西永果和尚主持重修。今人都以虎跑泉来给寺庙命名，所以此寺庙一般被称为虎跑寺。

很久以前，性空禅师原为山西永济卢氏之子，后来师从高僧怀海求得佛法。一天，他来到大慈山游玩，喜爱这里灵气充裕，就想在这里住下来修禅。只是苦于此处没有水源，他想还是另觅他处修行。夜里性空禅师梦到神人对他说：“禅师不要担心水源，西湖南岸山峰上有童子泉，等我派两只老虎把水驱赶来。”第二天，性空禅师果然看到两只猛虎刨地作穴，地中流出清香甘冽的泉水。于是性空大师就留在此地修行。明洪武十一年，学士宋濂入京，经过山下。主僧邀请宋濂一起观赏虎跑泉，寺里的僧侣身披僧衣一起念动梵咒，泉水忽然之间喷涌而出，在空中飞舞。宋濂觉得十分奇特，就专门为虎跑泉写了一篇铭文。城中喜爱烹茶的人都喜欢从虎跑泉这里取水烹茶，每日要取水千担。虎跑寺中就发放调水符，每次取水都要凭调水符，经验证后才能取用。

凤凰山

唐宋以来，杭州的官府治所都坐落在凤凰山脚下。宋室南渡后，以凤凰山作为行宫。苏东坡有云“龙飞凤舞入钱塘”，说的就是凤凰山山麓右侧。从吴越国一直到南宋，几代王朝都在这里建都，这是因为凤凰山风水极佳，帝王之气汇聚于此山脉。元代，番僧杨琏真加想要破解江南的帝王气，就纵火烧毁了南宋故宫，在其遗址上修建了报国、兴元、般若、仙林、尊胜五座寺庙，并修筑镇南塔，以此来镇压江南的王气，结果凤凰山日渐衰败。现在的杭州府治所是当日南宋开元故宫，位于凤凰山的左侧。明朝因袭前朝，把杭州府的治所设在凤凰山，但将布政使和按察使等官衙都建在凤凰山左侧，一时间凤凰山又成为东南重要的城镇。这难道不是王气转移，又时有显露的表现吗？如今山川坛、八卦田、御教场、万松书院、天真书院的遗址都分列在凤凰山山麓左、右两侧。

宋大内

据《宋元拾遗记》记载，宋高宗喜好山水，所以在皇宫大内中又建造了别院，美其名曰小西湖。宋高宗自从退位以后，一直居住在这里。别院内到处都是金碧辉煌的楼阁，争奇斗艳的花草和成群结队的妃嫔宫娥。宋高宗在内颐养天年，死时享年八十一岁。武肃王钱镠亦享年八十一岁，高宗与他年寿相同，有人就说高宗其实是武肃王钱镠转世。而据《南渡史》记载，宋徽宗在汴时，一次梦到钱镠找他索要吴越国的土地，恰巧这一天高宗出生。后来高宗果然南渡，建立南宋，管辖范围也主要是原来吴越国的故地。徽宗想到梦中的前尘往事，觉得更为郁闷。元朝建立后，杨琏真加烧毁南宋皇宫大内，并在废墟上建了五座寺庙，分别是报国寺、兴元寺、般若寺、仙林寺、尊胜寺。按方志记载，报国寺就是宋朝垂拱殿，兴化寺就是芙蓉殿，般若寺就是和宁门，仙林寺就是延和殿，尊胜寺就是福宁殿。所以那时南宋大内雕梁画栋的宫殿中，尚有个别得以保存。此外，杨琏真加还在南宋大内的故地上建造了一座高二百丈的白塔，白塔内藏有数十万卷佛经，拥有上千座佛像，装饰得豪华奢靡。杨琏真加还挖出南宋皇室宗亲的遗骸，然后掺杂牛马的枯骨，镇压在白塔之下，取名镇南，蕴含“镇压江南”王气之意。可没过多久，白塔就遭到雷击，之后张士诚寻找机会将其彻底毁掉。

梵天寺

梵天寺地处山川坛后面，为北宋乾德四年吴越王钱俶所建，最初名叫南塔寺。治平十年，改名为梵天寺。元朝元统年间被毁，明朝永乐十五年重建。梵天寺内有两座石塔、灵鳗井、金井等遗迹。此前，宁波阿育王寺有灵鳗井。武肃王钱镠迎阿育王舍利到梵天寺供奉，在南廊凿井过程中忽然看见灵鳗，就将这口井也称为灵鳗井，赞宁禅师对此事曾有专门的记载。东坡任杭州通判时，寺僧守诠禅师在梵天寺修行。东坡造访梵天寺，看到寺庙墙壁上有一首诗：“落日寒蝉鸣，独归林下寺。柴扉夜未掩，片月随行履。惟闻犬吠声，又入青萝去。”东坡提笔写了一首应和之作：“但闻烟外钟，不见烟中寺。幽人行未已，草露湿芒屦。惟应山头月，夜夜照来去。”苏东坡的诗同样清远幽深，与梵天寺墙壁上的诗句文气吻合。

胜果寺

胜果寺，唐代乾宁年间由无着禅师主持修建。地处松柏环绕、涧流淙淙之地。前有罗刹石，后靠凤凰山，景色优美，是观赏钱塘江景的绝佳之地。从南塔出来，拾阶而上，就来到了胜果寺。北宋熙宁年间，寺僧清顺在此居住。清顺禅师清心寡欲、深居简出，没有重要的事从不入城。凡是来馈赠粮食的，清顺禅师也不过留下数斗，装在茶几的瓦盆中，每日取少许食用。蔬菜竹笋一类的供应，也一直较为缺乏。一天，苏东坡偶然间来到胜果寺，见墙壁上写着一首小诗："竹暗不通日，泉声落如雨。春风自有期，桃李乱深坞。"东坡就问寺僧是何人所作，有人就说是清顺禅师所写。东坡被清顺禅师的诗才所打动，与他一见如故，相谈甚欢。从此，清顺禅师声名鹊起。

五云山

五云山离杭州城南有二十里，这里山峦叠嶂，林壑幽深，连绵起伏，最高峰高达千丈，山脉绵延十五里。沿着钱塘江从徐村进山，顺着盘山道往上，要走六里，经七十二处湾、登千余级石阶才能到达山顶。五云山中有伏虎亭，建有石梯，便于行人往来通行。行走到半山腰，就来到了月轮山。月轮山上有一口天井，即使遭遇大旱也会有清冽的井水。东边是大湾，北边是马鞍，西边是云坞，南为高丽，再往东则是一排排山峰。其中有五座山峰排列井然有序。五云山高耸入云，在其山顶甚至可以俯看南北两座高峰，它们像锥子一样直插云霄。登上山顶，极目远眺，长江像一条玉带，西湖如同一面铜镜，那江上往来的船只好似一只只戏水的野鸭子，出没在烟波之中，真是一道奇妙的风景。宋代每年年终初雪祭祀时，五云山的寺僧必定会手捧雪向皇帝祝贺丰年。他们黎明时分进入城中，这时城里尚未下雪。这是因为五云山地势高，气温低，所以寺僧们看到初雪的时间最早。

在五云山顶上有真际寺，寺里供奉着五福神，凡是做生意的人必定会到这里祈福，跟五福神来借本。他们拿走五福神面前供奉的纸钱，一旦获利，就会加倍奉还。前来借本的人太多，导致五福神面前一直没有余钱。即使尊神可以放债，也难免因此而穷困。一想到这些，难免会捋着胡须大笑。

云　栖

云栖，北宋熙宁年间志逢禅师曾在此居住，传说志逢禅师能驯服老虎，所以世人称他为伏虎禅师。北宋天禧年间，御赐了“真济院”的匾额。明弘治年间，因洪水侵袭而倒塌。隆庆五年，莲池大师俗姓沈，名祩宏，字佛慧，为杭州富商沈氏的子孙，出家前为博士弟子，精通儒家典籍，如果他参加科考也必定能够高中。然而莲池大师生性喜好清净，习儒之余，对佛法也有精深的研究。因其爱子早殇，其妻又不幸去世，他对佛教产生了更加浓厚的兴趣。一天，莲池大师翻阅《慧灯集》时，不小心打碎了茶碗，恍惚之间看到妻子变成了臭秽之物。莲池大师幡然顿悟，觉得人间俗物不过是镜花水月。他作歌寄寓自己的心意，于是忘却尘世间的种种，专心研究佛法。当地学政对此感到十分惋惜，亲自前来挽留。即便如此，莲池大师也不为所动，而是跟随蜀地禅师剃度受戒，皈依佛法。后来莲池大师云游四方，走到河南伏牛山，修行过程中进入梦境，梦里还会念叨以前的旧作，而所谓一笔勾销之类的话更是隐隐出现。途经东昌府谢居士家时已更为释然，口占一偈："二十年前事可疑，三千里外遇何奇。焚香执戟浑如梦，魔佛空争是与非。"这时，莲池大师似乎已经破解疑惑，放下一切，然而终究没有到大彻大悟的境界。

之后，莲池大师回到杭州，在原来云栖寺的旧址搭了一个茅棚，整日默坐冥思，悬锅煮粥，每日仅食一餐。他在胸前悬挂一块铁牌，上面写着："铁若开花，方与人说。"久而久之，附近的百姓都被他的苦行坚意所感动，四方的施主纷纷前来为他修筑寺庙，这里的寺庙渐渐越盖越多，弟子也越来越多，莲池大师这才开始讲说佛法。莲池大师的佛法倾向于南山戒律和东林净土两派，先后写出了《戒疏发隐》《弥陀疏钞》等多部有影响的著作。一时间，名扬天下，连江东的硕学鸿儒都来向他讨教问题。侍郎王宗沐问他："夜里老鼠吱吱作响，是要说尽一部《华严经》吗?"莲池大师反问他说："猫儿突然出现，又是为何?"王侍郎无话可说。莲池大师又代王侍郎解答："走却法师，留下讲案。"又为此写下一篇颂，说："老鼠唧唧，《华严》历历。奇哉王侍郎，却被畜生惑。猫儿突出画堂前，床头说法无消息。大方广佛《华严经》，世主妙严品第一。"莲池大师讲说佛法，持论严正，讲解精微。即使是按察使和郡守前来，莲池法师也能从容不迫地讲说佛法。海内名贤都对莲池大师的讲解心悦诚服。孝定皇太后让人绘了莲池大师的画像，挂在宫中每日参拜，并赐给他绣有蟒纹的精致袈裟。莲池大师却不敢接受，依旧穿着旧日的袈裟，终生没有更改。云栖寺的斋饭一直都只有蔬菜。无论是高官还是百姓到寺庙来礼佛，都一概平等，从来没有加菜的特例。

杭州樊令问大师，说："心如果杂乱无章，何时才能清静呢？"大师说："让自己一直在一个地方，就什么事都可以办。"在坐的一个读书人说："专格一物，是可以仅仅在一个地方待着，那样的话又能办得了什么事呢？"大师答："如果说格物，只应当依照朱熹所说的'豁然贯通'去做，那样的话，什么事办不好呢？"有人问大师："为什不推崇先知先觉呢？"大师说："就好像两人一起看《琵琶记》，一个人从未看过，另一个人早就看过且预先知道结局，但毕竟是大家一起看戏，能因为一个人知道结局而增减其中的一出戏吗？"浙东屠隆邀请大师到净慈寺观看他新写的剧本《昙花传奇》，虞淳熙觉得大师平素严守戒律，就加以阻止。没想到演出当天，大师竟然与达官乡绅一同到现场观看，并没有觉得有什么忤逆。云栖寺戒律严格，平时杜绝钗钏之类的声响，但大师有时会抚琴弄箫来修身养性。莲池大师晚年时写下《禅关策进》一书。大师的著述，大多叫人严守戒律，好似峻峭的山峰，又像寒冰一样冷峻。但大师推崇白居易（乐天）的旷达，并编选了白居易的诗稿。他在平时的生活中也诙谐幽默，洒脱自得，有惠永禅师清散的遗风。并不因为严守戒律而毫无生气，变成宋旭所说的担板汉，真是不可思议的高人啊。大师出家五十年，所有的体验都写在了书中。万历四十三年六月的最后一天，大师给诸多好友写信辞别，回到山中设斋饭，交代弟子布施的事宜，好像将要远行一样。七月三日，他沉睡不醒，直到第二天才醒来。弟子辈问大师的后事，大师也一一吩咐下去。七月四日中午，大师命弟子将他挪向西面，睁开双目像没有疾病时一样，口中轻声念佛，趺坐去世。

吴地原有神名叫李昙，曾降临在毗山，对众人说大师前世是古佛。杨万春也曾经见到大师显出佛身在吴中布施。一个信徒偶然间看见空空的房间里，有四名鬼魂拿着灯走来，忽然又出现三座莲台，大师坐在其中一座莲台上，就如同一尊佛像。听很灵验的占卜师说，张果在永明寺听大师讲授《心赋》。李屯部的夫人平素并不信佛，但却愿意在大师门下受戒，过了一年，夫人三指微微弯曲，坐化而死，死前说大师其实是阿那吉多转世。而一般的僧俗将要坐化时，也多愿意请莲池大师去讲说戒律和佛法。然大师却说自己本是凡夫俗子，怕说多了会受到苛责，从不敢多说。坐化前一天，偶然透漏天机，说见到了一柄大莲华盖，之后就再也不说他往生的奇谈了。

六和塔

月轮峰在龙山以南。之所以称为月轮，是因为山峰形圆如月。北宋张君房担任钱塘令时，曾夜宿月轮山，见月中桂子纷纷落下，那场景如同烟雾回旋成穗，又像牵牛花一样慢慢坠下。月轮峰旁有六和塔，北宋开宝三年，智觉禅师在这里建塔，用来镇压江潮。六和塔共九层，高五十余丈，突兀高耸，直插云霄，登临塔顶可以俯瞰山川。夜间行船的船夫将其视为灯塔，以塔中灯光作为航行的向导。北宋宣和年间，六和塔因方腊起义而被毁。南宋绍兴二十三年，智昙禅师重建此塔，改为七层。明嘉靖十二年又被毁。六和塔中有汤思退等编纂的《佛说四十二章》、李公麟刻的观音大士石像等文物。六和塔下是渡鱼山，隔岸则是剡中诸山，历历可数。

镇海楼

镇海楼旧名朝天门，为吴越王钱氏所建。朝天门原本由石头堆垒筑成，镇海楼则是在朝天门的基础上，加盖高楼而成。镇海楼的地基都是垒石，楼高四丈四尺，东西长五十六步，南北长二十八步。左右都有石级可以登楼，连同地基一起算的话，高达十一丈。元代至正年间，改名为拱北楼。明洪武八年，又更名为来远楼，后来觉得此名不祥，又更名为镇海楼。成化十年，毁于大火，嘉靖三十五年重修，当年九月又发生大火，总督胡宗宪再次重建。镇海楼建成后，胡宗宪召幕僚徐渭前来，对他说："重修镇海楼的碑记，你帮我草拟。"徐渭草拟完《镇海楼记》后呈给胡宗宪，胡宗宪十分满意，给他丰厚的赏赐，说："听说你一直寄人篱下。"于是就让主簿从库房支取二百二十两银子，给徐渭建房使用。徐渭觉得酬谢太重，不敢收下。

胡宗宪说：“与唐代的裴度比起来我还自愧不如。你的《镇海楼记》写得非常好，即使是皇甫湜在世，也会自愧不如。如果按照福先寺碑‘一字三缣’的价码来衡量，我给的酬劳实在算不了什么，你怎么会觉得太多了呢?”

徐渭听完胡宗宪的话后十分感激，拜谢之后收下了银两。他用所得银两在城东南买了十亩地，建造了二十二间房，又兴修了两方池塘，用来养鱼种荷；在房舍周围种了几十棵品种不同的果树；又编织篱笆，建造围栏，并在围栏旁种上枸杞，围栏外则种上一片片竹林，竹林里的竹笋都长势喜人。每有宾客前来，徐渭就捞鱼烧笋，再配上自家的水果，与朋友一起对酒当歌。最初房间内的陈设较为杂乱，整理后则面貌一新，于是徐渭将亲手题写的“酬字”二字做成匾额，悬挂在厅堂上。

伍公祠

吴王赐死伍子胥后，就将他的尸体装在马皮制成的皮囊里，让尸体顺江漂流。传说伍子胥死后化身为潮神，因流扬波，依潮来往，荡激堤岸，势不可挡。有人曾看到他穿银甲，骑雪狮，还有人看到他乘素车，骑白马，站立在潮头，于是当地百姓为了纪念伍子胥，就在吴山（胥山）上为他立庙。每年农历八月十六，钱塘江潮水极大，犹如千军万马奔涌而来，杭州百姓就摇旗擂鼓迎接潮神。弄潮之戏，大概发源于此。北宋大中祥符年间，朝廷给伍公祠赐了一块“忠靖”匾额，并将伍子胥封为英烈王。南宋嘉熙年间，钱塘江海潮大涨，京兆尹赵与权前往伍公祠祭祀，水患立刻平息，于是赵与权奏请在伍公祠中兴建了英卫阁。元代末期，伍公祠被毁，明代初年重建。伍公祠内有唐代卢元辅《胥山铭序》、宋代王安石《庙碑铭》等碑记。

城隍庙

在宋代以前，城隍庙原本在皇山，旧名永固山，绍兴九年时，迁建至吴山。宋初，封孙本为土地神。明代永乐年间，封周新为土地神。

周新是南海人，最开始名叫日新。文帝常常称呼他为周新，于是改名。周新中举后担任大理寺评事，每次遇到疑难案件，都能很快断案。永乐初年，拜为监察御史，敢于弹劾权贵，仗义执言，被称为“冷面寒铁”。长安城中如有婴儿啼哭，一提到周新的名字，婴儿就立刻停止啼哭。后来他担任过云南按察使，之后又改任浙江按察使。周新刚进入浙江地界时，就发现成群的飞虫围着马头飞，周新尾随这些飞虫来到一处丛生的荆棘，在荆棘中发现一具尸体，死者身上系着一片钥匙和一个铁的小标识。周新检验之后说：“死者生前是一位贩布的商人。”他将钥匙和标识取下收起来，等到了杭州城，就令人四处寻买布匹，然后仔细验识布匹上的印文，看到布匹上的印文同死者身上所系标识吻合的全部留下。通过这样的方式，他找到了卖布的商家，立即将贩布人逮来审问，最后将杀害贩布商人的强盗全部缉拿归案，又通知死者家属拿回布匹，并依法严惩了盗贼，死者家属大为吃惊。

周新坐在大堂中，突然有旋风吹来树叶，这些树叶与周围的树叶迥然不同。左右的小吏说："这种树木杭州城中没有，只有距城很远的一座寺庙里有种植。"周新说："难道是那座寺庙的僧人杀人了吗？又是一桩冤案啊。"于是前往寺庙大树下，果然挖出了一具妇女的尸体。

又一天，有一位商人在夜里从远方归来，将要回家前，把金子暂时藏在丛林中寺庙的石缝里，第二天早上来取，发现金子不翼而飞。商人就向周新报案。周新问他："有没有与你同行的人呢?"商人回答说："没有。"周新又问："那你有没有告诉别人呢?"商人想了想说："没有告诉别人，仅仅跟我的妻子提起过。"周新立刻命人把商人的妻子押送过来，进行拷问，发现了盗贼乃是与妻子私通的男人。当时商人突然回到家，私通者还藏在妻子的房间，暗中窃听到商人与妻子的对话，便趁夜黑风高将金子全部偷走。周新处理的案件大多是这一类的。

周新去所辖区域巡行，微服私访某县，被县官碰到，收押在大牢里，于是在大牢中尽知此县的民生疾苦。第二天，县里的人听说按察使来了，一起来迎接却未接到人。周新出狱说："我就是按察使。"县官大惊失色。当时，周廉使（周新）名闻天下。

锦衣卫指挥使纪纲权倾朝野，一次让手下的千户在浙江境内侦探，这个千户作威作福，接受贿赂。恰巧周新入京，在河北涿州一带遇到此人，当即就将他逮捕并送进涿州的监狱。后来千户从监狱中逃出，跑去向纪纲哭诉，纪纲因此上奏诬陷周新。皇帝看到奏折后勃然大怒，逮捕了周新。周新在皇帝面前神情严肃地说：“按察使与在内的都察院职责相同，都是整饬纲纪、惩奸除恶。我自认为尽职尽责，但如今陛下诏命到了，我奉诏书而死，死而无憾。”皇帝愈加愤怒，就下令杀掉他。临刑时，周新大声疾呼：“生前是一个直臣，死后也会化作直鬼！”当天晚上，太史上奏文星陨落，皇帝闷闷不乐，问周新是哪里人。有人答道：“南海人。”皇帝说：“只有岭外才有这样的人。”一天，皇帝看到面前站立着一个穿着红色官服的人，就大声呵斥，问他是谁。这个人对答说：“臣是周新。上苍觉得我生性刚直，就让我到浙江当城隍，继续为陛下惩治贪官污吏。”说完就消失了。于是皇帝封周新为浙江都城隍，在吴山建造庙宇祭祀他。

火德庙

火德祠位于城隍庙右侧，祠内为道士的精庐。从火德祠向北朝着西泠桥的方向远眺，可以一览湖光山色，湖中胜景都变成微小的盆景。南北两高峰就好像在书桌上的砚台，里湖和外湖就如同在茶几上的水盆。不论从火德祠哪里往下看，只要能看到西湖，都是一幅绝美的图画。小的像斗方，长的似单条，宽的则如同横披，横过来的则是手卷，在火德祠内缓步前行，可以移步换景，看到不同的风光。如果遇到风流雅士，自然应当宽衣舒腿闲坐。画家所谓的水墨丹青，淡描浓抹，在这里都能看到。古人说“一粒粟中藏世界，半升铛里煮山川”，就是这个道理。若居家修行的道士为阳羡书生，那在他看来，六桥三竺也都是有着无穷变化的绝妙景致吧。

芙蓉石

芙蓉石如今为新安吴氏书屋。芙蓉石所在的山丘多险峻的山峦和高耸的怪石，山间多是蓊郁葱茏、需要几人才可以合抱的松柏。吴氏书屋门前有一块大石，形状像是芙蓉，被风雨吹落，一半陷入泥沙中。与小蓬莱寓林处的奔云石相比，芙蓉石更为茁壮。但遗憾的是书屋的主人十分喜爱这块石头，想要放在怀里，寸步不离，所以就特意将石头置于门前，由于家里的亭台楼阁过于逼仄狭窄反而多了几分险要。假如石屋稍许后退，离芙蓉石有稍许的距离，那么石屋则位于松石之间，更为淡远疏旷，真是妙不可言。吴氏世代在山上居住，石屋的主人最初很贫穷，十八岁时身无分文，周围的邻居都对他有些轻慢，称呼他为吴正官（吴精光）。某天早晨起来，他在山间拾得一支重二铢的银簪，就典当了这支银簪，用所得的钱买了牛血，煮熟后卖给破落户。自此以后，他经营这项营生五十多年，后来从徽州到燕地，共有吴氏典铺八十三家。苏东坡说："当一支簪子所获的资金，就可以致富啊。"对照吴氏的发家史，我才相信果然有这样的事。

这里原本为吴家的花园（停放棺木之处），先父拿三百金购买了这里的雅舍，用来建造寄园，而吴氏没想到这块荒废的土地也能售出这么高的价钱，当时认为十分划算。而如今吴氏每次到吴园，看见这里怪石奇峰，古松茂柏，景色别致清雅，别有一番韵味，就非常懊悔当时将此园卖掉，现在每看见一次都要懊悔一回。

云居庵

云居庵位于吴山边缘。北宋元祐年间，佛印禅师主持建造了此庵。圣水寺，元代元贞年间中峰禅师主持修建。中峰禅师，又号幻住，出家时，有前代南宋宫人杨妙锡，用香盒将他的头发贮存起来，之后香盒内的头发变成众多的舍利子，于是就在寺中建塔供奉舍利。元代末年，佛塔被毁。明洪武二十四年，将圣水寺和云居庵合并，赐匾额“云居圣水禅寺”。后因年岁日久，寺庙倒塌，明成化年间，文绅和尚重新将其翻修。寺中有中峰禅师的自画像，像上有赞曰：“幻人无此相，此相非幻人。若唤作中峰，镜面添埃尘。”人们一向说，六桥畔有千株桃柳，可以从桃柳红绿之色中得知春日的深浅，云居寺有千树枫柏，可以从枫柏红黄之色中感受到秋日的深浅，如今这些桃柳枫柏都变成烧火的柴木，再也不复当年蓊郁葱茏的景象了。我曾在李长蘅题画上看到：“杭州城中诸多寺庙，当以云居寺为首。云居寺山门前后都种植着松树，参天蔽日，相传都是中峰禅师亲手种植的。然而岁月流逝，当年所种的松树大多被寺僧砍伐，保留下来的极少，即使是现存的松树看上去也都已老成凋谢。去年五月，我从小筑到清波，前往云居寺中访友，落日的余晖透过树荫洒在长廊上，我坐在长廊上小酌，然后在城上徘徊良久，望着凤凰、南屏诸山，又在月色中踏影而归。第二天，画下当时所见的景色，送给孟旸（程嘉燧），特此存记。”

施公庙

施公庙位于石乌龟巷，庙中祭祀的神为南宋殿前小校施全。绍兴二十年农历二月初一，秦桧入朝觐见，乘坐轿子经过望仙桥。施全早已隐藏在道路一侧，他腋下藏了一把斩马刀，突然从路边杀出，可惜只刺透了轿子，并未刺到秦桧。后来秦桧在闹市斩杀施全，有众多百姓前往围观，其中有一人大声说道：“这个不了汉，不斩杀他，还等什么！”这句话很得人心。秦桧是大奸大恶之徒，天下人都想杀之而后快，施全行刺他，也是天下想刺杀他的百姓中的一个。施全行刺一事，原本不是因岳飞而起，如今传奇说书都以为施全是鄂王部将，在岳坟中将施全列入翊忠祠配享，如此一来，施全此举，反而显得不是出于公心，不那么大义凛然了。后人在这里单独设立施公庙来祭祀他，而不将他配享岳坟，真是深得施公之心啊。

三茅观

三茅观坐落在吴山西南侧。之所以叫三茅观，是因为这里祭祀的是茅氏三兄弟，长兄名叫茅盈，二弟名叫茅固，三弟名叫茅衷，都是秦初咸阳人。他们在这里得道成仙，从汉到现在，当地百姓一直隆重祭祀他们。三茅观中有三尊雕像，一尊站立，一尊坐立，一尊卧倒，不知道有什么说法。我自己揣测，或许是告诉世人不管是站立坐卧，都是一种修炼方式，教人不可蹉跎岁月，放松修行。南宋绍兴二十年，为了沿袭东京汴梁道观的旧名，所以赐名为“宁寿观”。元代至元年间被毁，明代洪武初年重建。成化十年，兴建昊天阁。嘉靖三十五年，总督胡宗宪因为平息倭患有功，就奏请兴建了真武殿。万历二十一年，司礼太监孙隆重新翻修此观，在此基础上又兴建了钟翠亭、三义阁。

相传三茅观中有褚遂良亲笔所书小楷《阴符经》的墨迹。南宋景定元年，宋理宗因贾似道在江汉立了大功，想要赏赐他数以万计的金帛珠宝，贾似道推辞不受，宋理宗就下诏从三茅观中拿出《阴符经》赐给贾似道，以表彰他的功勋。这件事别有韵味，只是不应该发生在贾似道身上。我曾经说曹操、贾似道都是千古奸雄，曹操善诗文，贾似道懂书画，诗文中有曹孟德，书画中有贾秋壑，觉得这两个人虽然罪恶滔天，但因为这个原因，却可以消减他们一半的罪孽。我这才知道诗文书画，能够在很大程度上消减人的罪恶。只要不是愚昧无知、浑浑噩噩的人，为什么不在诗文书画上多留心、多下功夫呢？

紫阳庵

紫阳庵位于瑞石山上。瑞石山山石秀气玲珑，山间岩穴幽深。南宋嘉定年间，同乡人胡杰曾在此居住。元代至元年间，道士徐洞阳购得胡杰的雅舍，将它改作紫阳庵。此后，徐洞阳的弟子丁野鹤在这里修炼。一天，丁野鹤预感自己大限将至，就喊妻子王守素进山，弥留之际留下一段偈语："懒散六十年，妙用无人识。顺逆俱两忘，虚空镇长寂。"说完之后，就抱膝而逝。丁野鹤去世后，王守素用金粉给他的尸体上漆，供奉起来，使其肉身不腐，端坐如生。之后，王守素也束发出家，成为一名女道士，此后二十年间都不曾下山。如今丁野鹤的真身位于殿亭的右边。殿亭中有众多名流前贤的题咏。岁月流逝间，紫阳庵日渐荒芜。明朝正统九年，道士范应虚在原址重建，并请聂大年题写了碑记。万历三十一年，布政使史继辰、范涞又兴建了空翠亭，同时将紫阳庵周围的景色描绘在画卷上，然后广泛邀请名流题诗，撰成《紫阳仙迹记》，并将《紫阳仙迹记》刻在石亭中。

自　序

余生不辰[①]，阔别西湖二十八载，然西湖无日不入吾梦中，而梦中之西湖，实未尝一日别余也。前甲午、丁酉[②]，两至西湖，如涌金门商氏之楼外楼[③]，祁氏[④]之偶居，钱氏、余氏之别墅[⑤]，及余家之寄园，一带湖庄，仅存瓦砾。则是余梦中所有者，反为西湖所无。及至断桥一望，凡昔日之弱柳夭桃、歌楼舞榭[⑥]，如洪水淹没，百不存一矣。余乃急急走避，谓余为西湖而来，今所见若此，反不若保我梦中之西湖，尚得完全无恙也。

因想余梦与李供奉[⑦]异。供奉之梦天姥[⑧]也，如神女名

① 不辰：不得其时。

② 甲午：指清顺治十一年（1654）。丁酉：指清顺治十四年（1657）。

③ 涌金门：为古代杭州西城门之一。传说为西湖中金牛涌现之地，因而得名。商氏：指明吏部尚书商周祚。

④ 祁氏：指明右佥都御史祁彪佳。

⑤ 钱氏：指明东阁大学士钱象坤。余氏：指明翰林院修撰余煌。

⑥ 舞榭：建筑在高土台上的敞屋，指歌舞场所。

⑦ 李供奉：指唐代诗人李白。

⑧ 梦天姥：指李白创作的《梦游天姥吟留别》。此诗以记梦为由，抒写了对光明、自由的渴求，对黑暗现实的不满，展现了作者蔑视权贵、不卑不屈的叛逆精神。这是作者所谓的“梦所未见”。

姝，梦所未见，其梦也幻。余之梦西湖也，如家园眷属，梦所故有，其梦也真。今余僦居[1]他氏已二十三载，梦中犹在故居。旧役小傒[2]，今已白头，梦中仍是总角[3]。夙习[4]未除，故态难脱。而今而后，余但向蝶庵[5]岑寂，蘧榻于徐[6]，惟吾旧梦是保，一派西湖景色，犹端然未动也。儿曹诘问[7]，偶为言之，总是梦中说梦，非魇即呓也[8]。因作《梦寻》七十二则，留之后世，以作西湖之影。余犹山中人，归自海上，盛称海错[9]之美，乡人竞来共舐其眼。嗟嗟！金齑瑶柱[10]，过舌即空，则舐眼亦何救其馋哉！

岁辛亥七月既望[11]，古剑[12]蝶庵老人张岱题

---

① 僦（jiù）居：租屋而居。顺治六年（1649）九月，作者向诸公旦的子孙租借绍兴卧龙山下的快园，此后在快园居住长达二十余年。

② 小傒（xī）：奴仆。

③ 总角：古时儿童未成年时，头发梳成两个发髻，如头顶两角。也代指儿童时代。

④ 夙习：旧习。

⑤ 蝶庵：作者斋名，典出庄子梦蝶事。

⑥ 蘧（qú）榻：犹蘧庐之榻，指古代驿站的床铺。　于徐：安然自得貌。

⑦ 儿曹：泛指晚辈的孩子们。　诘问：追问，责问。

⑧ 魇（yǎn）：梦中惊骇，噩梦。　呓：梦中说话。

⑨ 海错：指众多的海产品。

⑩ 金齑（jī）瑶柱：比喻山珍海味。金齑，吴中以菰菜为羹，菜黄如金，故名。瑶柱，贝类，肉质鲜美，为海鲜珍品。

⑪ 辛亥：指清康熙十年（1671）。　既望：望，月满之名也。农历十五日为望，十六日为既望。

⑫ 古剑：张岱祖籍四川绵竹，四川古置剑州，故张岱又自称“蜀人”“古剑老人”。

卷　一

西湖总记

明圣二湖[1]

自马臻开鉴湖[2]，而由汉及唐，得名最早。后至北宋，西湖起而夺之，人皆奔走西湖，而鉴湖之淡远自不及西湖之冶艳矣。至于湘湖[3]，则僻处萧然，舟车罕至，故韵士高人无有齿及之者。

余弟毅孺[4]常比西湖为美人，湘湖为隐士，鉴湖为神仙。余不谓然。余以湘湖为处子，眠娗[5]羞涩，犹及见其未嫁之时。而鉴湖为名门闺淑，可钦而不可狎。若西湖则为曲中名妓，声色俱丽，然倚门献笑，人人得而媟亵[6]之矣。人人得而媟亵，故人人得而艳羡；人人得而艳羡，故人人得而轻慢。

在春夏则热闹之至，秋冬则冷落矣；在花朝[7]则喧哄

---

① 明圣二湖：杭州西湖古时又称明圣湖，因湖中曾经出现过祥瑞之兆，故称明圣湖。二湖，明圣湖分为里湖和外湖。

② 马臻：字叔荐，东汉茂陵人，一说山阴人。东汉顺帝永和五年（140）为会稽太守，在任期间，为修农田水利，开掘镜湖。　鉴湖：即镜湖，在今绍兴西南。

③ 湘湖：位于今浙江省杭州市萧山城西，北宋萧山县令杨时“以山为界，筑土为塘”，建成湘湖。

④ 毅孺：张弘，字毅孺。张岱族弟。

⑤ 眠娗（tiǎn）：即腼腆。

⑥ 媟亵（xiè xiè）：狎侮，轻慢。

⑦ 花朝：农历二月十五日，传说为百花之神生日。

之至，月夕[①]则星散矣；在晴明则萍聚之至，雨雪则寂寥矣。故余尝谓："善读书，无过董遇三余[②]，而善游湖者，亦无过董遇三余。董遇曰：'冬者，岁之余也；夜者，日之余也；雨者，月之余也。'雪巘[③]古梅，何逊烟堤高柳；夜月空明，何逊朝花绰约；雨色涳蒙，何逊晴光滟潋。深情领略，是在解人。"

即湖上四贤，余亦谓："乐天[④]之旷达，固不若和靖[⑤]之静深；邺侯[⑥]之荒诞，自不若东坡之灵敏也。"其余如贾似道[⑦]之豪奢，孙东瀛[⑧]之华赡，虽在西湖数十年，用钱数

---

① 月夕：特指农历八月十五日中秋节。

② 董遇：字季直，三国魏弘农（今河南灵宝市北）人。性质讷而好学，善治《老子》《左传》。 三余：指"冬者岁之余，夜者日之余，阴雨者时之余也"。

③ 巘（yǎn）：山峰，山顶。

④ 乐天：白居易，字乐天，中唐时期著名诗人。在杭州刺史任上曾筑湖堤，引水灌溉。

⑤ 和靖：林逋，字君复，后人称为和靖先生，钱塘（今浙江杭州）人，北宋诗人。林逋隐居于西湖孤山，终生不仕不娶，无子，惟喜植梅养鹤，自谓"以梅为妻，以鹤为子"，人称"梅妻鹤子"。

⑥ 邺侯：李泌，字长源，唐京兆（今陕西西安）人，历仕玄宗、肃宗、代宗、德宗四朝，曾官至宰相，封邺侯。代宗时任杭州刺史，曾开六井，引西湖水，方便百姓饮用。

⑦ 贾似道：字师宪，天台（今浙江天台）人，南宋理宗时权臣。景定三年（1262），理宗将集芳园赐给贾似道，集芳园本是宋高宗的行宫，在西湖北山的葛岭，古木积翠，亭台依山。贾似道在集芳园的基础上，又奇构异想，大兴土木，故谓之豪奢。

⑧ 孙东瀛：孙隆，号东瀛，明代万历时司礼太监，掌苏、杭织造，曾修整过西湖名胜。

十万，其于西湖之性情、西湖之风味，实有未曾梦见者在也。世间措大[①]，何得易言游湖？

苏轼《夜泛西湖》诗：

蒸蒲无边水茫茫，荷花夜开风露香。
渐见灯明出远寺，更待月黑看湖光。

又《湖上夜归》诗：

我饮不尽器，半酣尤味长。
篮舆湖上归，春风吹面凉。
行到孤山西，夜色已苍苍。
清吟杂梦寐，得句旋已忘。
尚记梨花村，依依闻暗香。

又《怀西湖寄晁美叔》诗：

西湖天下景，游者无愚贤。
深浅随所得，谁能识其全。
嗟我本狂直，早为世所捐。
独专山水乐，付与宁非天。
三百六十寺，幽寻遂穷年。
所至得其妙，心知口难传。
至今清夜梦，耳目余芳鲜。

---

① 措大：旧指贫寒失意的读书人。

君持使者节，风采烁云烟。
清流与碧巘，安肯为君妍。
胡不屏骑从，暂借僧榻眠。
读我壁间诗，清凉洗烦煎。
策杖无道路，直造意所便。
应逢古渔父，苇间自夤缘[1]。
问道若有得，买鱼弗论钱[2]。

李奎[3]《西湖》诗：

锦帐开桃岸，兰桡系柳津。
鸟歌如劝酒，花笑欲留人。
钟磬千山夕，楼台十里春。
回看香雾里，罗绮六桥[4]新。

苏轼《开西湖》诗：

伟人谋议不求多，事定纷纭自唯阿[5]。

---

① 夤（yín）缘：攀附他物上升。

② 买鱼弗论钱：据《南史·隐逸传》记载，刘宋时期，寻阳（今江西九江）太守孙缅，某日出游水边，遇到一位“神韵潇洒，垂纶长啸”的渔父。孙缅问他卖鱼否，他却自称：“其钓非钓，宁卖鱼者邪？”孙缅劝他出仕以博取“黄金白璧”“驷马高盖”，他又自言：“仆山海狂人，不达世务，未辨贱贫，无论荣贵。”遂作此歌，而后悠然离去。此四句意在表明诗人纵情山水，专心问道的心志。

③ 李奎：号珠山，浙江归安（今浙江湖州）人，明嘉靖年间与李攀龙等共为诗社，又曾与茅坤同游西湖。

④ 六桥：指苏堤上的映波、锁澜、望山、压堤、东浦、跨虹六座桥。

⑤ 唯阿：皆应诺声，后以此比喻差别极小。

尽放龟鱼还绿净，肯容萧苇障前坡。
一朝美事谁能纪，百尺苍崖尚可磨。
天上列星当亦喜，月明时下浴金波。

周立勋《西湖》诗：

平湖初涨绿如天，荒草无情不记年。
犹有当时歌舞地，西泠烟雨丽人船。

夏炜[①]《西湖竹枝词》：

四面空波卷笑声，湖光今日最分明。
舟人莫定游何处，但望鸳鸯睡处行。

平湖竟日只溟蒙，不信韶光只此中。
笑拾杨花装半臂，恐郎到晚怯春风。

行觞次第到湖湾，不许莺花半刻闲。
眼看谁家金络马，日驼春色向孤山。

春波四合没晴沙，昼在湖船夜在家。
怪杀春风归不断，担头原自插梅花。

欧阳修《西湖》诗：

菡萏香消画舸浮，使君宁复忆扬州。

---

① 夏炜：字汝华，号缄庵，浙江乌程（今浙江湖州）人，明万历三十五年（1607）进士。

都将二十四桥月，换得西湖十顷秋。

赵子昂[①]《西湖》诗：

春阴柳絮不能飞，雨足蒲芽绿更肥。
只恐前呵惊白鹭，独骑款段[②]绕湖归。

袁宏道[③]《西湖总评》诗：

龙井饶甘泉，飞来富石骨。
苏桥十里风，胜果[④]一天月。
钱祠[⑤]无佳处，一片好石碣[⑥]。
孤山旧亭子，凉荫满林樾。
一年一桃花，一岁一白发。

---

① 赵子昂：赵孟頫，字子昂，号松雪道人，吴兴（今浙江湖州）人，宋元之际著名书画家。

② 款段：代指马。

③ 袁宏道：字中郎，号石公，荆州公安（今湖北公安）人。与兄宗道、弟中道并有才名，人称“公安三袁”。

④ 胜果：即圣果寺，位于西湖凤凰山茗帚湾内山坞。原名胜果寺，创于隋文帝开皇二年（582），后因唐代番僧文喜于此静坐而得道，故更名为“圣果寺”。

⑤ 钱祠：即钱王祠，位于西湖东岸，始建于北宋熙宁十年（1077），供奉钱氏三世五代国王，原称表忠观，清代以后则通称为钱王祠。祠内有苏轼撰写的《表忠观碑记》，是中国书法史上的名碑。

⑥ 一片好石碣：据张鷟《朝野佥载》记载，南北朝时期，梁庾信出使北朝，读到北魏温子昇《韩陵山寺碑》，觉得辞藻华丽，大气磅礴，读后赞叹不已，深为叹服。庾信回到南朝梁国，南朝朝臣名士们问起他这次出使北朝的见闻。庾信坦率地说：“唯有韩陵山一生石堪共语。”此处用来称赞苏轼所撰的《表忠观碑记》。

南高看云生，北高见日没。
楚人无羽毛，能得几游越。

范景文[1]《西湖》诗：

湖边多少游观者，半在断桥烟雨间。
尽逐春风看歌舞，几人着眼看青山。

张岱《西湖》诗：

追想西湖始，何缘得此名。
恍逢西子面，大服古人评[2]。
冶艳山川合，风姿烟雨生。
奈何呼不已，一往有深情。[3]

一望烟光里，沧茫不可寻。
吾乡争道上，此地说湖心。
泼墨米颠[4]画，移情伯子[5]琴。

---

① 范景文：字梦章，号思仁，别号质公，河间府吴桥（今属河北）人。明万历四十一年（1613）进士，官至工部尚书兼东阁大学士，明亡自杀。

② 古人评：指宋代苏轼对西湖的评价。苏轼《饮湖上初晴后雨》："欲把西湖比西子，淡妆浓抹总相宜。"

③ "奈何"二句：刘义庆《世说新语·任诞》："桓子野每闻清歌，辄唤奈何。谢公闻之曰：'子野可谓一往有深情。'"

④ 米颠：米芾，初名黻，后改芾，字元章，祖籍山西太原，后迁居湖北襄阳。北宋书法家、画家。因举止癫狂，人称"米颠"。

⑤ 伯子：俞伯牙，楚国郢都（今湖北荆州）人，春秋时期著名的琴师。擅弹古琴，技艺高超，被人尊为"琴仙"。

南华秋水意[1]，千古有人钦。

到岸人心去，月来不看湖。
渔灯隔水见，堤树带烟模。
真意言词尽，淡妆脂粉无。
问谁能领略，此际有髯苏[2]。

又《西湖十景》诗：

一峰一高人，两人相与语。
此地有西湖，勾留不肯去。

（两峰插云）

湖气冷如冰，月光淡于雪。
肯弃与三潭，杭人不看月。

（三潭印月）

高柳荫长堤，疏疏漏残月。
蹩躠[3]步松沙，恍疑是踏雪。

（断桥残雪）

夜气滃南屏[4]，轻岚薄如纸。

---

① 南华：即《南华经》，又名《庄子》。 秋水：《庄子》中的一篇。此篇阐述了人须顺应天意，无欲无为，从而达到自在的境界。

② 髯苏：苏轼的别称，以其多髯故。

③ 蹩躠（bié xiè）：用力的样子。

④ 滃（wěng）：形容云起。 南屏：南屏山，在杭州西湖南岸，玉皇山北，九曜山东。主峰高百米，林木繁茂，石壁如屏，故称南屏。

钟声出上方，夜渡空江水。

（南屏晚钟）

烟柳幕桃花，红玉沉秋水。
文弱不胜衣，西施刚睡起。

（苏堤春晓）

颊上带微酡[1]，解颐开笑口。
何物醉荷花，暖风原似酒。

（曲院荷风）

深柳叫黄鹂，清音入空翠。
若果有诗肠，不应比鼓吹[2]。

（柳浪闻莺）

残塔临湖岸，颓然一醉翁。
奇情在瓦砾，何必藉人工。

（雷峰夕照）

秋空见皓月，冷气入林皋。

---

① 酡（tuó）：因喝酒而脸红。

② 鼓吹：据《南齐书·孔稚珪传》记载，孔稚珪风韵清疏，爱好文咏，性嗜酒，能饮七八斗。居处构筑山水，往往凭几独酌，不问杂事。门庭草莱不除，中有蛙鸣，说以此当两部鼓吹。这里代指蛙鸣。

静听孤飞雁，声轻天正高。

（平湖秋月）

深恨放生池，无端造鱼狱。
今来花港中，肯受人拘束？

（花港观鱼）

柳耆卿[①]《望海潮》词：

东南形胜，三吴[②]都会，钱塘自古繁华。烟柳画桥，风帘翠幕，参差十万人家。云树绕堤沙。怒涛卷霜雪，天堑无涯。市列珠玑，户盈罗绮，竞豪奢。

重湖叠巘清佳，有三秋桂子，十里荷花。羌管弄晴，菱歌泛夜，嬉嬉钓叟莲娃。千骑拥高牙[③]。乘醉听箫鼓，吟赏烟霞。异日图将好景，归去凤池[④]夸。（金主阅此词，慕西湖胜景，遂起投鞭渡江之思。）

于国宝[⑤]《风入松》词：

一春常费买花[⑥]钱，日日醉湖边。玉骢[⑦]惯识西湖

---

① 柳耆卿：柳永，初号三变，字景庄，后改名永，字耆卿，北宋著名词人。
② 三吴：即吴兴（今浙江省湖州市）、吴郡（今江苏省苏州市）、会稽（今浙江省绍兴市）三郡，在这里泛指今江苏南部和浙江的部分地区。
③ 高牙：高纛之牙旗。牙旗，将军之旌，竿上以象牙饰之。这里指高官孙何。
④ 凤池：即凤凰池。原指皇宫禁苑中的池沼，此处借指朝廷。
⑤ 于国宝：应为俞国宝。俞国宝，号醒庵，江西临川人，南宋著名诗人。
⑥ 买花：宋时酒肆有歌女侑酒，称为买花。
⑦ 玉骢（cōng）：即玉花骢，泛指骏马。

路，骄嘶过、沽酒楼前。红杏香中箫鼓，绿杨影里秋千。　　暖风十里丽人天，花压鬓云偏。画船载得春归去，余情付、湖水湖烟。明日重扶残醉，来寻陌上花钿。

西湖北路

玉莲亭

白乐天守杭州，政平讼简。贫民有犯法者，于西湖种树几株；富民有赎罪者，令于西湖开葑田数亩。历任多年，湖葑尽拓，树木成荫。乐天每于此地，载妓看山，寻花问柳。居民设像祀之。亭临湖岸，多种青莲，以象公之洁白。右折而北，为缆舟亭，楼船鳞集，高柳长堤。游人至此买舫入湖者，喧阗[1]如市。东去为玉凫园，湖水一角，僻处城阿，舟楫罕到。寓西湖者，欲避嚣杂，莫于此地为宜。园中有楼，倚窗南望，沙际水明，常见浴凫数百，出没波心，此景幽绝。

白居易《玉莲亭》诗：

湖上春来似画图，乱峰围绕水平铺。
松排山面千层翠，月照波心一点珠。
碧毯绿头抽早麦，青罗裙带展新蒲。
未能抛得杭州去，一半勾留是此湖。

孤山寺北谢亭西，水面初平云脚低。
几处早莺争暖谷，谁家燕子啄新泥。
乱花渐欲迷人眼，浅草才能没马蹄。

---

① 喧阗（tián）：形容声音大而杂。

最爱湖东行不足，绿杨阴里白沙堤。

昭庆寺[①]

昭庆寺，自狮子峰、屯霞石发脉[②]，堪舆家谓之火龙。石晋[③]元年始创，毁于钱氏乾德五年[④]。宋太平兴国元年重建，立戒坛。天禧初，改名昭庆。是岁又火。迨明洪武至成化，凡修而火者再。四年奉敕再建，廉访[⑤]杨继宗监修。有湖州富民应募，挈万金来。殿宇室庐，颇极壮丽。嘉靖三十四年以倭乱，恐贼据为巢，遽火之。事平再造，遂用堪舆家说，辟除民舍，使寺门见水，以厌火灾。隆庆三年复毁。万历十七年，司礼监太监孙隆以织造助建，悬幢列鼎，绝盛一时。

而两庑栉比，皆市廛精肆，奇货可居。春时有香市，

---

① 昭庆寺：建于唐宋之间的五代时期，时称菩提院，原址在宝石山的东边。

② 狮子峰、屯霞石：都在宝石山。屯霞石，相传钱镠在此欣赏松涛起伏，见赭红色的岩石光耀闪烁，宛如彩霞屯积，取名屯霞石，有宋人孙克宏所题摩崖“屯霞”二字。

③ 石晋：即后晋。公元936年石敬瑭引契丹兵灭后唐称帝，国号晋，史称“后晋”。

④ 钱氏：五代吴越国钱氏。　乾德：宋太祖年号。吴越国尊奉宋朝，故用宋太祖的年号。

⑤ 廉访：明、清按察使的通称，明代主管一省司法和监察的官员。

与南海、天竺、山东香客及乡村妇女儿童[①]，往来交易，人声嘈杂，舌敝耳聋，抵夏方止。崇祯十三年又火，烟焰障天，湖水为赤。及至清初，踵事增华，戒坛整肃，较之前代，尤更庄严。

一说建寺时，为钱武肃王[②]八十大寿，寺僧圆净订缁流古朴、天香、胜莲、胜林、慈受、慈云等结莲社[③]，诵经放生，为王祝寿。每月朔，登坛设戒，居民行香礼佛，以昭王之功德，因名昭庆。今以古德[④]诸号，即为房名。

袁宏道《昭庆寺小记》：

从武林门而西，望保俶塔，突兀层崖中，则已心飞湖上也。午刻入昭庆，茶毕，即棹小舟入湖。山色如娥，花光如颊，温风如酒，波纹如绫，才一举头，已不觉目酣神醉。此时欲下一语描写不得，大约如东阿王梦中初遇洛神时也。余游西湖始此，时万历丁酉二月十四日也。晚同子公渡净寺，觅小修[⑤]旧住僧房，

---

① 南海：指南海普陀山等地。　天竺：在灵隐寺南，群山环抱中，有下天竺、中天竺、上天竺三座古寺，均供奉观音大士。　山东：浙东山区，主要由天台山、四明山等组成。

② 钱武肃王：钱镠，谥号武肃，故称。

③ 缁流：佛教术语，指僧众。僧着缁衣，故谓之缁流或缁徒。　莲社：即白莲社。东晋慧远大师居庐山东林寺，与刘遗民等同修净土，因寺中有白莲池，故号莲社。唐以后莲社向各地发展，后结社念佛者亦多以此名之。

④ 古德：佛教徒称其先辈或古代有德高僧为“古德”。

⑤ 小修：袁中道，字小修，宏道弟，“公安三袁”之一。

取道由六桥、岳坟归。草草领略，未极遍赏。阅数日，陶周望兄弟至。

张岱《西湖香市记》：

西湖香市[1]，起于花朝，尽于端午。山东进香普陀者日至，嘉湖进香天竺者日至，至则与湖之人市焉，故曰香市。然进香之人市于三天竺[2]，市于岳王坟，市于湖心亭，市于陆宣公祠，无不市，而独凑集于昭庆寺。昭庆寺两廊故无日不市者，三代八朝之古董，蛮夷闽貊[3]之珍异，皆集焉。至香市，则殿中边甬道上下，池左右，山门内外，有屋则摊，无屋则厂，厂外又篷，篷外又摊，节节寸寸。凡胭脂簪珥、牙尺剪刀，以至经典木鱼、伢儿[4]嬉具之类，无不集。此时春暖，桃柳明媚，鼓吹清和，岸无留船，寓无留客，肆无留酿。袁石公所谓“山色如娥，花光如颊，温风如酒，波纹如绫”，已画出西湖三月，而此以香客杂来，光景又别。士女闲都，不胜其村妆野妇之乔画；[5] 芳兰芗泽，不胜其合香芫荽之薰蒸；[6] 丝竹管弦，

---

① 香市：即今日之庙会。

② 三天竺：杭州灵隐寺南天竺山有上、中、下天竺寺，合称“三天竺”。

③ 蛮夷闽貊（mò）：古代泛指华夏民族以外的其他民族。

④ 伢（yá）儿：吴越方言，指儿童。

⑤ 闲都：娴静优美。都，优美。　不胜：比不过。　乔画：乔装打扮。

⑥ 芗：香气。　芫荽（yán suī）：别名胡荽、香荽、香菜。

不胜其摇鼓欱笙之聒帐[1]；鼎彝[2]光怪，不胜其泥人竹马之行情；宋元名画，不胜其湖景佛图之纸贵[3]。如逃如逐，如奔如追，撩扑不开，牵挽不住。数百十万男男女女、老老少少，日簇拥于寺之前后左右者，凡四阅月[4]方罢，恐大江以东，断无此二地矣。崇祯庚辰三月，昭庆寺火。是岁及辛巳、壬午洊饥，民强半饿死。壬午道鲠山东，香客断绝，无有至者，市遂废。辛巳夏，余在西湖，但见城中饿殍舁出，扛挽相属。时杭州刘太守梦谦，汴梁人，乡里抽丰者多寓西湖，日以民词馈送。有轻薄子改古诗诮之曰："山不青山楼不楼，西湖歌舞一时休。暖风吹得死人臭，还把杭州送汴州。"[5] 可作西湖实录。

哇哇宕[6]

哇哇石[7]，在棋盘山上，昭庆寺后，有石池深不可测，

---

① 欱（hē）：吮吸。这里作演奏。 聒帐（guō zhàng）：指通宵宴饮，管弦齐作。

② 鼎彝：古代宗庙祭祀所用的青铜器。

③ 纸贵：比喻著作畅销，流传广泛。

④ 四阅月：经历四个月。阅，经历。

⑤ "山不青山"四句：这首诗化用林升《题临安邸》："山外青山楼外楼，西湖歌舞几时休？暖风熏得游人醉，直把杭州作汴州。"

⑥ 宕（dàng）：洞穴、坑洼。

⑦ 哇哇石："石"应作"宕"。

峭壁横空，方圆可三四亩。空谷相传，声唤声应，如小儿啼焉。上有棋盘石，耸立山顶。其下烈士祠，为朱跸、金胜、祝威①诸人，皆宋时死金人难者，以其生前有护卫百姓功，故至今祀之。

屠隆②《哇哇宕》诗：

昭庆庄严尽佛图，如何空谷有呱呱。
千儿乳坠成贤劫③，五觉声闻报给孤④。
流出桃花缘古宕，飞来怪石入冰壶。
隐身岩下传消息，任尔临崖动地呼。

大佛头

大石佛寺，考旧史，秦始皇东游入海，缆舟于此石上。后因贾平章住里湖葛岭，宋大内在凤凰山，相去二十余里。平章闻朝钟响，即下湖船，不用篙楫，用大锦缆绞动盘车⑤，则舟去如驶。大佛头，其系缆石桩也。平章败，

---

① 朱跸、金胜、祝威：均为南宋初年抗金而死的钱塘官吏。
② 屠隆：字长卿，一字纬真，号赤水、鸿苞居士，浙江鄞县（今浙江宁波）人，明代文学家、戏曲家。
③ 乳坠：指出生。　贤劫：据佛经记载，天地从产生到毁灭要经历庄严劫（过去住劫）、贤劫（现在住劫）和星宿劫（未来住劫）三住劫。现在住劫中有一千尊佛，每一尊佛入灭后，都要经历漫长的岁月，另一尊佛才会出现。
④ 五觉：即本觉、始觉、相似觉、随分觉、究竟觉，指佛教悟道的过程。　声闻：音译舍罗婆迦，指听闻佛陀声教说法而顿悟的得道者。
⑤ 盘车：古代使船前行的装置。状如圆盘，用以击水，使舟前行。

后人镌为半身佛像，饰以黄金，构殿覆之，名大石佛院。至元末毁。明永乐间，僧志琳重建，敕赐大佛禅寺。

贾秋壑为误国奸人，其于山水书画古董，凡经其鉴赏，无不精妙。所制锦缆亦自可人。一日临安失火，贾方在半闲堂斗蟋蟀，报者络绎，贾殊不顾，但曰："至太庙则报。"俄而，报者曰："火直至太庙矣！"贾从小肩舆[①]，四力士以椎剑护，舁舆人里许即易，倏忽至火所，下令肃然，不过曰："焚太庙者，斩殿帅[②]。"于是帅率勇士数十人，飞身上屋，一时扑灭。贾虽奸雄，威令必行，亦有快人处。

张岱《大石佛院》诗：

余少爱嬉游，名山恣探讨。
泰岳既巃嵸，补陀复杳渺。
天竺放光明，齐云集百鸟。
活佛与灵神，金身皆藐小。
自到南明山，石佛出云表。
食指及拇指，七尺犹未了。
宝石更特殊，当年石工巧。
岩石数丈高，止塑一头脑。

---

① 肩舆：即轿子。
② 殿帅：指殿前都指挥使。

量其半截腰，丈六犹嫌少。
问佛几许长，人天不能晓。
但见往来人，盘旋如虱蚤。
而我独不然，参禅已到老。
入地而摩天，何在非佛道。
色相求如来，巨细皆心造。
我视大佛头，仍然一茎草。

甄龙友《西湖大佛头赞》：

色如黄金，面如满月，
尽大地人，只见一橛。

保俶塔

宝石山高六十三丈，周一十三里。钱武肃王封寿星宝石山，罗隐为之记。其绝顶为宝峰，有保俶塔，一名宝所塔，盖保俶塔也。宋太平兴国元年[①]，吴越王俶闻唐亡而惧，乃与妻孙氏、子惟濬、孙承祐入朝，恐其被留，许造塔以保之。称名，尊天子也。至都，赐礼贤宅以居，赏赉[②]甚厚。留两月遣还，赐一黄袱，封识[③]甚固，戒曰："途中宜密观。"及启之，则皆群臣乞留俶章疏也，俶甚感

① 太平兴国元年：976 年。
② 赏赉：赏赐。
③ 封识：封好的标记。

惧。既归，造塔以报佛恩。

保俶之名，遂误为保叔。不知者遂有“保叔缘何不保夫”[①] 之句。俶为人敬慎，放归后，每视事，徙坐东偏[②]，谓左右曰：“西北者，神京[③]在焉，天威不违颜咫尺，俶敢宁居乎！”每修省入贡，焚香而后遣之。未几，以地归宋，封俶为淮海国王。其塔，元至正末毁，僧慧炬重建。明成化间又毁，正德九年[④]僧文镛再建。嘉靖元年[⑤]又毁，二十二年僧永固再建。隆庆三年[⑥]大风折其顶，塔亦渐圮，万历二十二年[⑦]重修。其地有寿星石、屯霞石。去寺百步，有看松台，俯临巨壑，凌驾松杪，看者惊悸。塔下石壁孤峭，缘壁有精庐四五间，为天然图画阁。

黄久文《冬日登保俶塔》诗：

当峰一塔微，落木净烟浦。
日寒山影瘦，霜泐石棱苦。
山云自悠然，来者适为主。

---

① 保叔缘何不保夫：全诗为：“保叔缘何不保夫？夫情谅比叔情多。西湖纵有千顷水，难洗心头一点污。”叔，小叔子，丈夫的弟弟。夫，丈夫。

② 徙坐东偏：古代帝王的座位都是坐北朝南，故有南面称王之说。吴越国地处东南，偏东而坐表示臣服宋朝。

③ 神京：指帝都京城。这里指北宋首都汴京（今河南开封）。

④ 正德九年：1514 年。

⑤ 嘉靖元年：1522 年。

⑥ 隆庆三年：1569 年。

⑦ 万历二十二年：1594 年。

与子欲谈心，松风代吾语。

夏公谨[1]《保俶塔》诗：

客到西湖上，春游尚及时。
石门深历险，山阁静凭危。
午寺鸣钟乱，风潮去舫迟。
清樽欢不极，醉笔更题诗。

钱思复[2]《保俶塔》诗：

金刹天开画，铁檐风语铃。
野云秋共白，江树晚逾青。
凿屋岩藏雨，粘崖石坠星。
下看湖上客，歌吹正沉冥。

玛瑙寺

玛瑙坡，在保俶塔西，碎石文莹，质若玛瑙，土人采之，以镌图篆[3]。晋时遂建玛瑙宝胜院，元末毁，明永乐间重建。有僧芳洲仆夫艺竹得泉，遂名仆夫泉。山巅有

① 夏公谨：夏言，字公谨，号桂洲，谥文愍，江西贵溪人。明正德中进士，官至礼部尚书兼武英殿大学士，嘉靖时擢为首辅，后因支持收复河套，遭严嵩诬陷，终被弃市处死。

② 钱思复：钱惟善，字思复，自号心白道人、武夷山樵者，钱塘（今浙江杭州）人，元代文人。

③ 图篆：象形的刻画符号，多与谶纬有关。此处指护身符。

阁，凌空特起，凭眺最胜，俗称玛瑙山居。寺中有大钟，侈弇齐适[1]，舒而远闻，上铸《莲经》七卷，《金刚经》三十二分。昼夜十二时，供六僧撞之。每撞一声，则《法华》七卷、《金刚》三十二分，字字皆声。吾想清夜闻钟，起人道念，一至旦昼，无不牿亡。今于平明白昼时听钟声，猛为提醒，大地山河，都为震动，则铿鍧[2]一响，是竟《法华》一转、《般若》一转矣。内典云："人间钟鸣未歇际，地狱众生刑具暂脱此间也。"鼎革以后，恐寺僧惰慢，不克[3]如前。

张岱《玛瑙寺长鸣钟》诗：

女娲炼石如炼铜，铸出梵王千斛钟。
仆夫泉清洗刷早，半是顽铜半玛瑙。
锤金琢玉昆吾刀，盘旋钟纽走蒲牢[4]。
十万八千《法华》字，《金刚般若》居其次。
贝叶灵文满背腹，一声撞破莲花狱。
万鬼桁杨[5]暂脱离，不愁漏尽啼荒鸡。
昼夜百刻三千杵，菩萨慈悲泪如雨。

---

① 侈弇齐适：指钟的大小合适。侈，宽阔。弇，狭窄。
② 铿鍧（kēng hōng）：钟鼓等乐器齐作的声音。
③ 不克：不能。
④ 蒲牢：中国神话传说中为龙九子之一，平生好吼，人们根据其“性好鸣”的特点，就把蒲牢铸为钟纽。
⑤ 桁杨（háng yáng）：指套在囚犯脚或颈上的刑具。

森罗殿前免刑戮，恶鬼狰狞齐退役。
一击渊渊大地惊，青莲字字有潮音。
特为众生解冤结，共听毗庐广长舌。
敢言佛说尽荒唐，劳我阇黎日夜忙。
安得成汤[1]开一面，吉网罗钳[2]都不见。

智果寺

智果寺，旧在孤山[3]，钱武肃王建。宋绍兴间，造四圣观，徙于大佛寺西。先是东坡守黄州，於潜僧道潜[4]，号参寥子，自吴来访，东坡梦与赋诗，有“寒食清明都过了，石泉槐火一时新”之句。后七年，东坡守杭，参寥卜居智果，有泉出石罅间。

寒食之明日，东坡来访，参寥汲泉煮茗，适符所梦。东坡四顾坛壝[5]，谓参寥曰：“某生平未尝至此，而眼界所视，皆若素所经历者。自此上忏堂[6]，当有九十三级。”数

---

① 成汤：即商汤，商朝的第一代君王，是著名的贤君。
② 吉网罗钳：比喻酷吏朋比为奸，陷害无辜。
③ 孤山：位于西湖西北角，因为孤屿在里湖与外湖之间，故名孤山。
④ 道潜：北宋诗僧，本姓何，号参寥子，於潜（今浙江临安）人。自幼出家。与苏轼、秦观诸人交好，元祐中居智果禅院。因与苏轼反对新法有牵连，被勒令还俗。后得昭雪，复削发为僧。
⑤ 坛壝（wěi）：坛场，即高台，祭祀之所。
⑥ 忏堂：僧人忏悔的法堂。

之，果如其言，即谓参寥子曰："某前身寺中僧也，今日寺僧皆吾法属耳。吾死后，当舍身为寺中伽蓝[①]。"参寥遂塑东坡像，供之伽蓝之列，留偈壁间，有"金刚开口笑钟楼，楼笑金刚雨打头。直待有邻通一线，两重公案一时修"。

后寺破败。崇祯壬申[②]，有扬州茂才[③]鲍同德字有邻者，来寓寺中。东坡两次入梦，属以修寺，鲍辞以"贫士安办此?"公曰："子第[④]为之，自有助子者。"次日，见壁间偈有"有邻"二字，遂心动立愿，作《西泠记梦》，见人辄出示之。一日至邸，遇维扬[⑤]姚永言，备言其梦。座中有粤东谒选进士宋公兆禴者，甚为骇异。次日，宋公筮仕[⑥]，遂得仁和。永言怂恿之，宋公力任其艰[⑦]，寺得再葺。时有泉适出寺后，好事者仍名之参寥泉焉。

六贤祠

宋时西湖有三贤祠两：其一在孤山竹阁，三贤者，白

---

① 伽（qié）蓝：指寺院护法神。

② 崇祯壬申：即崇祯五年（1632）。

③ 茂才：即秀才。东汉时为了避光武帝刘秀的讳，将秀才改为茂才。

④ 第：只管，尽管。

⑤ 维扬：扬州的别称。

⑥ 筮（shì）仕：古人出仕，先占吉凶，称为筮仕。

⑦ 力任其艰：勉力承担起这项艰巨的任务。

乐天、林和靖、苏东坡也；其一在龙井资圣院，三贤者，赵阅道、僧辨才、苏东坡也。宝庆间，袁樵[1]移竹阁三贤祠于苏公堤，建亭馆以沽官酒。或题诗云："和靖东坡白乐天，三人秋菊荐寒泉。而今满面生尘土，欲与袁樵趁酒钱。"

又据陈眉公[2]笔记，钱塘有水仙王庙，林和靖祠堂近之。东坡先生以和靖清节映世，遂移神像配食水仙王。黄山谷有《水仙花》诗用此事："钱塘昔闻水仙庙，荆州今见水仙花。暗香靓色撩诗句，宜在孤山处士家。"则宋时所祀，止和靖一人。明正德三年[3]，郡守杨孟瑛重浚西湖，立四贤祠，以祀李邺侯[4]、白、苏、林四人，杭人益以杨公，称五贤。而后乃祧杨公，增祀周公维新、王公弇州[5]，称六贤祠。

张公亮[6]曰："湖上之祠，宜以久居其地，与风流标令

---

① 袁樵：字彦淳，浙江鄞县（今浙江宁波）人。嘉定十三年（1220）为临安府尹。在任近十年，理讼精简，道不拾遗，里巷称呼为佛子，平反冤狱甚多。

② 陈眉公：陈继儒，字仲醇，号眉公、麋公，华亭（今上海松江）人，晚明名士，著名文学家、书画家，曾隐居佘山。

③ 正德三年：1508 年。

④ 李邺侯：指李泌。

⑤ 王公弇州：王世贞，字元美，号凤洲，又号弇州山人，江苏太仓人，明代文学家、史学家，曾任浙江右参政，但时间不长。

⑥ 张公亮：张明弼，字公亮，金坛（今江苏金坛）人。崇祯十年（1637）进士，晚明文学家、学者。

为山水深契者，乃列之。周公冷面，且为神明，有别祠矣；弇州文人，与湖非久要，今并四公而坐，恐难熟热也。”人服其确论。

张明弼《六贤祠》诗：

山川亦自有声气，西湖不易与人热。
五日京兆[①]王弇州，冷面臬司号寒铁[②]。
原与湖山非久要，心胸不复留风月。
犹议当时李邺侯，西泠尚未通舟楫。
惟有林苏白乐天，真与烟霞相接纳。
风流俎豆自千秋，松风菊露梅花雪。

西泠桥[③]

西泠桥一名西陵，或曰：即苏小小[④]结同心处也。及见方子公诗有云：“‘数声渔笛知何处，疑在西泠第一桥。’陵作泠，苏小恐误。”余曰：“管不得，只西陵便好。且白

---

① 五日京兆：这里形容王世贞任杭州知府时间极短。
② “冷面”句：周新有“冷面寒铁”之称。臬司，按察使。
③ 西泠桥：一名西林桥，又名西陵桥，位于孤山六一泉北，是孤山到北山的必经之地。
④ 苏小小：南齐时钱塘第一名妓。苏小小因相思而感染上风寒，加上她自小就有咳血病，年方十九便香消玉殒了。苏小小离世后，她早年资助过的书生鲍仁按其遗愿将她葬在西泠一棵柳树下。古乐府《苏小小歌》：“我乘油壁车，郎乘青骢马。何处结同心，西陵松柏下。”

公断桥诗‘柳色青藏苏小家’，断桥去此不远，岂不可借作西泠故实耶！”昔赵王孙孟坚子固常客武林[1]，值菖蒲节[2]，周公谨同好事者邀子固游西湖。酒酣，子固脱帽，以酒晞发[3]，箕踞[4]歌《离骚》，旁若无人。薄暮入西泠桥，掠孤山，舣舟[5]茂树间，指林麓最幽处，瞪目叫曰：“此真洪谷子、董北苑得意笔也[6]！”邻舟数十，皆惊骇绝叹，以为真谪仙人。得山水之趣味者，东坡之后，复见此人。

袁宏道《西泠桥》诗：

西泠桥，水长在。松叶细如针，不肯结罗带。莺如衫，燕如钗。油壁车，砍为柴。青骢马，自西来。昨日树头花，今日陌上土。恨血与啼魂，一半逐风雨。

又《桃花雨》诗：

浅碧深红大半残，恶风催雨剪刀寒。

---

① 赵王孙孟坚子固：赵孟坚，字子固，号彝斋，宋太祖十一世孙，海盐广陈（今浙江嘉兴）人。工诗善文擅画，画多用水墨，用笔劲利流畅，淡墨微染，风格秀雅，深得文人推崇。　武林：杭州别称。

② 菖蒲节：即端午节。因端午有悬挂菖蒲辟邪的风俗，故称。

③ 以酒晞发：用酒弄湿头发。

④ 箕踞（jī jù）：两脚张开，两膝微曲坐着，是一种不拘礼节的坐法。

⑤ 舣舟：船只停靠岸边。

⑥ 洪谷子：五代后梁著名画家荆浩，字浩然，号洪谷子，擅画山水，作画“有笔有墨，水晕墨章”，为北方山水画派之祖，著有《笔法记》。　董北苑：五代南唐著名画家董源，字叔达，江西钟陵（今江西进贤）人，南唐中主李璟时任北苑副使，故又称“董北苑”。多以江南真山实景入画，皴法状如麻皮，后人称为“披麻皴”，为南派山水画开山鼻祖。

桃花不比杭州女，洗却胭脂不耐看。

李流芳《西泠桥题画》：

余尝为孟旸题扇："多宝峰头石欲摧，西泠桥边树不开。轻烟薄雾斜阳下，曾泛扁舟小筑[1]来。"西泠桥树色，真使人可念，桥亦自有古色。近闻且改筑，当无复旧观矣。对此怅然。

岳王坟

岳鄂王[2]死，狱卒隗顺负其尸，逾城至北山以葬。后朝廷购求葬处，顺之子以告。及启棺，如生，乃以礼服殓焉。隗顺，史失载。今之得以崇封祀享，肸蠁千秋[3]，皆顺力也。倪太史元璐[4]曰："岳王祠，泥范忠武，铁铸桧、卨[5]，人之欲不朽桧、卨也，甚于忠武。"

---

① 小筑：万历二十六年（1598），邹孟阳、仲锡兄弟与闻子将、子与兄弟等人在邹氏兄弟寓所小筑，成立"小筑社"，诗酒唱和。李流芳为其成员之一。

② 岳鄂王：岳飞，字鹏举，相州汤阴（今河南安阳）人。抗金名将，后遭受秦桧、张俊等人的诬陷，以"莫须有"的"谋反"罪名处死，葬于西湖畔栖霞岭。宁宗嘉定四年（1211），追封为鄂王。

③ 肸蠁（xī xiǎng）千秋：指神灵感念，流芳百世。

④ 倪太史元璐：倪元璐，字汝玉，一作玉汝，号鸿宝，浙江上虞（今浙江绍兴）人，明末官员、书法家。

⑤ 桧、卨：桧指秦桧，字会之，江宁（今江苏南京）人，宋高宗时宰相，力主降金，是主降派代表。卨指万俟卨，字元忠（一作元中），开封阳武（今河南原阳）人，任监察御史，依附秦桧，构陷岳飞父子和张宪。

按公之改谥忠武，自隆庆四年。墓前之有秦桧、王氏、万俟卨三像，始于正德八年，指挥李隆以铜铸之，旋为游人挞碎。后增张俊[①]一像。四人反接[②]，跪于丹墀。自万历二十六年，按察司副使范涞易之以铁，游人椎击益狠，四首齐落，而下体为乱石所掷，止露肩背。

旁墓为银瓶小姐。王被害，其女抱银瓶坠井中死。杨铁崖[③]乐府曰："岳家父，国之城；秦家奴，城之倾。皇天不灵，杀我父与兄。嗟我银瓶为我父，缇萦[④]生不赎父死，不如无生。千尺井，一尺瓶，瓶中之水精卫鸣。"墓前有分尸桧。天顺八年[⑤]，杭州同知马伟锯而植之，首尾分处，以示磔桧状。隆庆五年，大雷击折之。朱太史之俊曰："一秦桧耳，铁首木心，俱不能保至此。"天启丁卯[⑥]，浙抚造祠媚珰[⑦]，穷工极巧，徙苏堤第一桥于百步之外，数

---

① 张俊：字伯英，凤翔府成纪（今甘肃天水）人。南宋将领，曾与岳飞、韩世忠、刘光世并称四大将领，后转主和，成为谋杀岳飞的帮凶之一。

② 反接：反绑。

③ 杨铁崖：杨维桢，字廉夫，号铁崖，会稽（浙江诸暨）人。明初著名文学家、书画家，曾参与修订礼乐，善古乐府。著有《铁崖乐府》。

④ 缇萦：西汉著名医学家淳于意之女，为救父曾上书汉文帝，愿意身充官婢，代父受刑。文帝受到感动，赦免了淳于意，且废除了肉刑。

⑤ 天顺八年：1464 年。

⑥ 天启丁卯：1627 年。

⑦ 媚珰：指献媚太监魏忠贤。魏忠贤得势时，各地官吏阿谀奉承，纷纷为他设立生祠。

日立成，骇其神速。崇祯改元，魏珰败，毁其祠，议以木石修王庙。卜之王，王弗许。

岳云，王之养子，年十二从张宪战，得其力，大捷，号曰"赢官人"，军中皆呼焉。手握两铁锤，重八十斤。王征伐，未尝不与，每立奇功，王辄隐之。官至左武大夫、忠州防御使。死年二十二，赠安远军承宣使。所用铁锤犹存。

张宪为王部将，屡立战功。绍兴十年，兀术屯兵临颍，宪破其兵，追奔十五里，中原大振。秦桧主和，班师。桧与张俊谋杀岳飞，诱飞部曲[1]能告飞事者，卒无人应。张俊锻炼[2]宪，被掠无完肤，强辩不伏，卒以冤死。景定二年[3]，追封烈文侯。正德十二年[4]，布衣王大祐发地得碣石，乃崇封焉。郡守梁材建庙，修撰唐皋记之。

牛皋墓在栖霞岭上。皋字伯远，汝州人，岳鄂王部将，素立战功。秦桧惧其怨己，一日大会众军士，置毒害之。皋将死，叹曰："吾年近六十，官至侍从郎，一死何恨，但恨和议一成，国家日削。大丈夫不能以马革裹尸[5]

---

① 部曲：部将，部下。

② 锻炼：此处指罗织罪名。

③ 景定二年：1261 年。

④ 正德十二年：1517 年。

⑤ 马革裹尸：指战死沙场。

报君父，是为叹耳！”

张景元[①]《岳坟小记》：

岳少保坟祠，祠南向，旧在阛阓[②]。孙中贵[③]为买民居，开道临湖，殊惬大观。祠右衣冠葬焉。石门华表，形制不巨，雅有古色。

周诗[④]《岳王坟》诗：

将军埋骨处，过客式英风。
北伐生前烈，南枝死后忠。
干戈戎马异，涕泪古今同。
目断封丘上，苍苍夕照中。

高启《岳王坟》诗

大树无枝向北风，千年遗恨泣英雄。
班师诏已成三殿，射虏书犹说两宫[⑤]。

---

① 张景元：当作张京元，字思德，号无始，泰兴（今江苏泰州）人，明万历三十二年（1604）进士，授户部主事，擢江西按察司佥事，迁云南提学副使。

② 阛阓（huán huì）：阛，是指环绕市区的墙；阓，是指市区的门。古时，市道就在墙与门之间，所以通称市区为“阛阓”。

③ 孙中贵：孙隆。中贵，中官、宦官。

④ 周诗：字以言，明昆山（今江苏昆山）人。为人风流倜傥，精通医术，以诗名著称。朝廷想要赐他尚医之职，他拂袖而去。游杭州，寄居僧寺。著有《虚岩山人集》。

⑤ 射虏书：指岳飞《乞出师札子》之类的请战抗金书。　两宫：指被金兵所掳的徽、钦二宗。

每忆上方谁请剑，空嗟高庙自藏弓。
栖霞岭上今回首，不见诸陵白雾中。

唐顺之《岳王坟》诗：

国耻犹未雪，身危亦自甘。
九原人不返，万壑气长寒。
岂恨藏弓早，终知借剑难。
吾生非壮士，于此发冲冠。

蔡汝南[①]《岳王墓》诗：

谁将三字狱[②]，堕此一长城。
北望真堪泪，南枝空自荣。
国随身共尽，君恃相为生。
落日松风起，犹闻剑戟鸣。

王世贞《岳坟》诗：

落日松杉覆古碑，英风飒飒动灵祠。
空传赤帝中兴诏[③]，自折黄龙[④]大将旗。
三殿有人朝北极，六陵无树对南枝。

---

① 蔡汝南，字子木，号白石，湖州德清（今浙江德清）人。曾任南京工部右侍郎。

② 三字狱：即秦桧加于岳飞的“莫须有”罪名。

③ 赤帝：中国古代传说中五帝之一，为南方之神。此处用来比喻宋高宗。 中兴诏：绍兴二年（1132）殿试，宋高宗以《问中兴之本》为题。

④ 黄龙：即金国北方的黄龙府，岳飞曾有直捣黄龙的愿望。

莫将乌喙论勾践，鸟尽弓藏也不悲。

徐渭《岳坟》诗：

墓门惨淡碧湖中，丹雘[1]朱扉射水红。
四海龙蛇寒食后，六陵风雨大江东。
英雄几夜乾坤博，忠孝传家俎豆同。
肠断两宫终朔雪，年年麦饭[2]隔春风。

张岱《岳王坟》诗：

西泠烟雨岳王宫，鬼气阴森碧树丛。
函谷金人长堕泪[3]，昭陵石马自嘶风。
半天雷电金牌冷，一族风波[4]夜壑红。
泥塑岳侯铁铸桧，只令千载骂奸雄。

董其昌《岳坟柱对》：

南人归南，北人归北，小朝廷岂求活耶。
孝子死孝，忠臣死忠，大丈夫当如是矣。

张岱《岳坟柱铭》：

---

① 雘（huò）：可供涂饰的红色颜料。

② 麦饭：祭祀用的饭食。

③ 汉武帝在建章宫内建造神明台，上面再铸十二铜仙人，托金盘承甘露，以求长生。魏明帝于景初元年（237）派人拆卸，仙人潸然泪下。

④ 风波：指风波亭，南宋时杭州大理寺狱中的亭名。宋高宗赵构暗旨秦桧和其夫人合谋，诬陷岳飞谋反，因无确切证据，故以“莫须有”的罪名将岳飞、岳云、张宪在风波亭内杀害。

呼天悲铁像，此冤未雪，常闻石马哭昭陵。

拓地饮黄龙，厥志当酬，尚见泥兵湿蒋庙。

紫云洞

紫云洞在烟霞岭右。其地怪石苍翠，劈空开裂，山顶层层，如厦屋天构。贾似道命工疏剔建庵，刻大士像于其上。双石相倚为门，清风时来，谽谺[①]透出，久坐使人寒栗。又有一坎突出洞中，蓄水澄洁，莫测其底。洞下有懒云窝，四山围合，竹木掩映，结庵其中。名贤游览至此，每有遗世之思。洞旁一壑幽深，昔人凿石，闻金鼓声而止，遂名金鼓洞。洞下有泉，曰白沙。好事者取以瀹茗[②]，与虎跑齐名。

王思任诗：

笋舆幽讨遍，大壑气沉沉。
山叶逢秋醉，溪声入午喑。
是泉从竹护，无石不云深。
沁骨凉风至，僧寮絮碧阴。

---

① 谽谺（hān xiā）：山谷空阔的样子。

② 瀹（yuè）茗：煮茶。

卷　二

西湖西路

玉泉寺

玉泉寺为故净空院。南齐建元中，僧昙起说法于此，龙王来听，为之抚掌出泉，遂建龙王祠。晋天福三年①，始建净空院于泉左，宋理宗书“玉泉净空院”额。祠前有池亩许，泉白如玉，水望澄明，渊无潜甲②。中有五色鱼百余尾，投以饼饵，则奋鬐鼓鬣③，攫夺盘旋，大有情致。泉底有孔，出气如橐籥④，是即神龙泉穴。又有细雨泉，晴天水面如雨点，不解其故。泉出可溉田四千亩。近者曰鲍家田，吴越王相鲍庆臣采地也。万历二十八年，司礼孙东瀛于池畔改建大士楼居。春时，游人甚众，各携果饵到寺观鱼，喂饲之多，鱼皆餍饫⑤，较之放生池，则侏儒饱欲死⑥矣。

道隐《玉泉寺》诗：

在昔南齐时，说法有昙起。
天花⑦堕碧空，神龙听法语。

---

① 天福三年：938 年。

② 渊无潜甲：形容水清澈见底。潜甲，指潜游的鱼虾等。

③ 奋鬐（qí）鼓鬣（liè）：指鱼摆动鱼鳍，争先恐后地游。

④ 橐籥（tuó yuè）：古代冶铁时鼓风吹火用的器具。

⑤ 餍饫（yàn yù）：饱食。

⑥ 侏儒饱欲死：这里用来形容鱼因喂饲过多而被撑死。

⑦ 天花：形容昙起说法高妙。

抚掌一赞叹，出泉成白乳。
澄洁更空明，寒凉却酷暑。
石破起冬雷，天惊逗秋雨①。
如何烈日中，水纹如碎羽。
言有櫜籥声，气孔在泉底。
内多海大鱼，狰狞数百尾。
饼饵骤然投，要遮全振旅②。
见食即忘生，无怪盗贼聚。

集庆寺

九里松，唐刺史袁仁敬③植。松以达天竺，凡九里，左右各三行，每行相去八九尺。苍翠夹道，藤萝冒④涂，走其下者，人面皆绿。行里许，有集庆寺，乃宋理宗所爱阎妃功德院⑤也。淳祐十一年⑥建造。阎妃，鄞县人，以妖艳专宠后宫。寺额皆御书，巧丽冠于诸刹。经始时，望青

---

① “石破”二句：李贺《李凭箜篌引》：“女娲炼石补天处，石破天惊逗秋雨。”原本用来形容音乐之动听，这里用来形容说法之人妙语连珠。

② “要遮”句：形容游鱼结队而行。

③ 袁仁敬：字道周，陈郡阳夏（今河南太康）人，唐代著名的司刑官，与贤相张九龄友善，为政清廉，执法公正，深受时人爱戴。开元十三年（725）出任杭州刺史。

④ 冒：覆盖。

⑤ 功德院：布施建造的寺院。

⑥ 淳祐十一年：1251 年。

采斫[1]，勋旧不保，鞭笞追逮，扰及鸡豚。时有人书法堂鼓云："净慈灵隐三天竺，不及阎妃好面皮。"理宗深恨之，大索不得。此寺至今有理宗御容两轴[2]。六陵[3]既掘，冬青不生，而帝之遗像竟托阎妃之面皮以存，何可轻诮也。元季毁，明洪武二十七年[4]重建。

张京元《九里松小记》：

九里松者，仅见一株两株，如飞龙劈空，雄古奇伟。想当年万绿参天，松风声壮于钱塘潮，今已化为乌有。更千百岁，桑田沧海，恐北高峰头有螺蚌壳矣，安问树有无哉！

陈玄晖《集庆寺》诗：

玉钩斜内一阎妃，姓氏犹传真足奇。
宫嫔若非能佞佛，御容焉得在招提。

布地黄金出紫薇，官家不若一阎妃。
江南赋税凭谁用，日纵平章恣水嬉。

开荒筑土建坛壝，功德巍峨在石碑。

---

① 望青采斫：指乱砍乱伐。

② 御容两轴：据《西湖游览志》记载，一幅为理宗画像，一幅为燕游图。

③ 六陵：指南宋高、孝、光、宁、理、度六宗的陵墓。元世祖至元年间，胡僧杨琏真加任江南释教都总统，掌管江南佛事，与宰相桑哥勾结，盗发宋陵，截理宗颅骨为饮器，得金玉珠宝无数。

④ 洪武二十七年：1394 年。

集庆犹存宫殿毁，面皮真个属阎妃。

昔日曾传九里松，后闻建寺一朝空。
放生自出罗禽鸟，听信阇黎说有功。

飞来峰

飞来峰，棱层剔透，嵌空玲珑，是米颠袖中一块奇石。使有石癖者见之，必具袍笏下拜，不敢以称谓简亵，只以石丈呼之也。深恨杨髡①，遍体俱凿佛像，罗汉世尊，栉比皆是，如西子②以花艳之肤，莹白之体，刺作台池鸟兽，乃以黔墨涂之也。奇格天成，妄遭锥凿，思之骨痛，翻恨其不匿影西方，轻出灵鹫，受人戮辱。亦犹士君子生不逢时，不束身隐遁，以才华杰出，反受摧残，郭璞、祢衡并受此惨矣③。慧理④一叹，谓其何事飞来，盖痛之也，

---

① 杨髡（kūn）：指元僧杨琏真加，元朝江南释教都总统，掌江南佛事。贪赃肆虐，掠财占地。曾发掘南宋皇陵，盗取墓中宝藏，并将尸骨弃之于野。后被问罪。髡，古代去发之罚，后用作对僧徒的贱称。

② 西子：指西施。

③ 郭璞：字景纯，河东闻喜（今山西闻喜）人，晋代著名文学家、风水学家。曾为大将军王敦记室参军，敦欲谋反，命其占卜，璞以卜筮不吉，劝阻王敦而遇害。 祢衡：字正平，平原郡（今属山东）人，东汉末年辞赋家。曹操欲见祢衡，但他称病不去。曹操封他为鼓史，想要羞辱他，却反而被他裸身击鼓而羞辱。后来祢衡大骂曹操，曹操就把他遣送给刘表。祢衡对刘表也很轻慢，刘表又把他送去给江夏太守黄祖。后因他和黄祖有言语冲突而被杀。

④ 慧理：晋代高僧，古印度人，史称“天竺僧”。他于咸和初年来中国，初住杭州时，见其地山岩秀丽，遂建灵鹫、灵隐二刹。

亦惜之也。

且杨髡沿溪所刻罗汉，皆貌己像，骑狮骑象，侍女皆裸体献花，不一而足。田公汝成锥碎其一；余少年读书岣嵝[①]，亦碎其一。闻杨髡当日住德藏寺，专发古冢，喜与僵尸淫媾。知寺后有来提举夫人[②]与陆左丞化女，皆以色夭，用水银灌殓，杨命发其冢。有僧真谛者，性呆戆[③]，为寺中樵汲[④]，闻之大怒，嘄呼诟谇[⑤]。主僧惧祸，锁禁之。

及五鼓，杨髡起，趣众发掘[⑥]。真谛逾垣而出，抽韦驮木杵，奋击杨髡，裂其脑盖，从人救护，无不被伤。但见真谛于众中跳跃，每逾寻丈，若隼撇虎腾，飞捷非人力可到。一时灯炬皆灭，耰锄畚锸[⑦]都被毁坏。杨髡大惧，谓是韦驮[⑧]显圣，不敢往发，率众遽去，亦不敢问。此僧也，洵为山灵吐气。

---

① 岣嵝：在杭州灵隐寺韬光山下，明末李芨所建。

② 来提举夫人：据元姚桐寿《乐郊私语》记载，"来"应作"朱"。下文"化女"应作"爱女"。

③ 呆戆（dāi zhuàng）：迂愚刚直。

④ 樵汲：打柴汲水。

⑤ 嘄呼诟谇：大声辱骂。

⑥ 趣（cù）：催促。

⑦ 耰锄畚锸（yōu chú běn chā）：借指发掘工具。

⑧ 韦驮：全称护法韦驮尊天菩萨，统领巡游护法事宜，担当佛教中驱除邪魔、保护佛法的重任。

袁宏道《飞来峰小记》：

湖上诸峰，当以飞来峰为第一。峰石逾数十丈，而苍翠玉立。渴虎奔猊，不足为其怒也；神呼鬼立，不足为其怪也；秋水暮烟，不足为其色也；颠书吴画[①]，不足为其变幻诘曲也。石上多异木，不假土壤，根生石外。前后大小洞四五，窈窕通明，溜乳作花，若刻若镂。壁间佛像，皆杨髡所为，如美人面上瘢痕，奇丑可厌。余前后登飞来者五：初次与黄道元、方子公同登，单衫短后，直穷莲花峰顶，每遇一石，无不发狂大叫；次与王闻溪同登；次为陶石篑、周海门；次为王静虚、陶石篑兄弟；次为鲁休宁。每游一次，辄思作一诗，卒不可得。

又《戏题飞来峰》诗：

试问飞来峰，未飞在何处。
人世多少尘，何事飞不去。
高古而鲜妍，扬、班不能赋。

白玉簇其颠，青莲借其色。
惟有虚空心，一片描不得。
平生梅道人[②]，丹青如不识。

---

① 颠书：张旭的草书。 吴画：吴道子的画。

② 梅道人：吴镇，字仲圭，号梅花道人，尝自署梅道人，浙江嘉兴人。元代画家。

张岱《飞来峰》诗：

石原无此理，变幻自成形。
天巧疑经凿，神功不受型。
搜空或洚水[1]，开辟必雷霆。
应悔轻飞至，无端遭巨灵[2]。

石意犹思动，蹲踞势若撑。
鬼工穿曲折，儿戏斫珑玲。
深入营三窟，蛮开倩五丁[3]。
飞来或飞去，防尔为身轻。

冷泉亭

冷泉亭在灵隐寺山门之左。丹垣绿树，翳映阴森。亭对峭壁，一泓泠然，凄清入耳。亭后西栗[4]十余株，大皆合抱，冷飔暗樾[5]，遍体清凉。秋初栗熟，大若樱桃，破苞食之，色如蜜珀[6]，香若莲房。天启甲子[7]，余读书岣嵝

---

① 搜空：铲除泥土。　洚水：即洪水。

② 巨灵：即巨灵神。巨灵神力大无穷，可举动高山，劈开大石。此处指无端遭到元僧杨琏真加的雕凿。

③ 倩：借助，依赖。　五丁：指神话传说中的五个力士。

④ 西栗：西栗树即今之娑罗树，乃慧理祖师从天竺携带而来，果实大小如胡桃，可以入药。

⑤ 飔（sī）：凉风。　樾（yuè）：树荫。

⑥ 蜜珀：指蜜蜡，琥珀的一种。

⑦ 天启甲子：1624 年。

山房，寺僧取作清供。余谓鸡头实[①]无其松脆，鲜胡桃逊其甘芳也。

夏月乘凉，移枕簟就亭中卧月，涧流淙淙，丝竹并作。张公亮听此水声，吟林丹山[②]诗："流出西湖载歌舞，回头不似在山时。"言此水声带金石，已先作歌舞声矣，不入西湖安入乎？余尝谓住西湖之人，无人不带歌舞，无山不带歌舞，无水不带歌舞，脂粉纨绮，即村妇山僧，亦所不免。因忆眉公之言曰："西湖有名山，无处士；有古刹，无高僧；有红粉，无佳人；有花朝，无月夕。"曹娥雪亦有诗嘲之曰："烧鹅羊肉石灰汤，先到湖心次岳王。斜日未曛客未醉，齐抛明月进钱塘。"

余在西湖，多在湖船作寓，夜夜见湖上之月，而今又避嚣灵隐，夜坐冷泉亭，又夜夜对山间之月，何福消受？余故谓西湖幽赏无过东坡，亦未免遇夜入城。而深山清寂，皓月空明，枕石漱流，卧醒花影，除林和靖、李岣嵝[③]之外，亦不见有多人矣。即慧理、宾王，亦不许其同在卧次。

袁宏道《冷泉亭小记》：

---

① 鸡头实：是芡实的别称，可入药。因其茎上花似鸡冠，故名鸡头。

② 林丹山：林稹，号丹山，长洲（今江苏苏州）人。北宋熙宁九年（1076）进士，著有《宫词》百首。

③ 李岣嵝：李茇，明代杭州人。在灵隐韬光山下造山房数间，号岣嵝。

灵隐寺在北高峰下，寺最奇胜，门景尤好。由飞来峰至冷泉亭一带，涧水溜玉，画壁流香，是山之极胜处。亭在山门外，尝读乐天记[①]有云："亭在山下水中，寺西南隅，高不倍寻，广不累丈，撮[②]奇搜胜，物无遁形。春之日，草薰木欣，可以导和纳粹[③]；夏之日，风泠泉渟，可以蠲烦析酲[④]。山树为盖，岩石为屏，云从栋出，水与阶平。坐而玩之，可濯足于床下；卧而狎之，可垂钓于枕上。潺湲洁澈，甘粹柔滑，眼目之嚣，心舌之垢，不待盥涤[⑤]，见辄除去。"观此记，亭当在水中，今依涧而立，涧阔不丈余，无可置亭者。然则冷泉之景，比旧盖减十分之七矣。

灵隐寺

明季昭庆寺火，未几而灵隐寺火，未几而上天竺[⑥]又火，三大寺相继而毁。是时唯具德和尚[⑦]为灵隐住持，不

---

① 乐天记：指白居易《冷泉亭记》，此处袁宏道所录为其概要。

② 撮（cuō）：摘取，聚拢。

③ 导和纳粹：指容纳新鲜之气，引导心气和顺。

④ 蠲（juān）烦析酲（chéng）：去除烦恼，解脱疲惫。蠲，免除。

⑤ 盥（guàn）涤：即盥洗，指洗手或洗脸。

⑥ 上天竺：杭州西湖岸边天竺山著名寺庙，又称为法喜寺，始建于五代，供奉观音大士。

⑦ 具德和尚：张岱族弟，名弘礼，又作宏礼，字具德。于普陀寺出家，后在杭州灵隐寺、扬州天宁寺等寺修行，有《语录》三十卷。

数年而灵隐早成。盖灵隐自晋咸和元年[①]，僧慧理建，山门匾曰“景胜觉场”，相传葛洪所书。寺有石塔四，钱武肃王所建。宋景德四年[②]，改景德灵隐禅寺。元至正三年毁[③]。明洪武初再建，改灵隐寺。宣德七年[④]，僧昙赞建山门，良玠建大殿。殿中有拜石，长丈余，有花卉鳞甲之文，工巧如画。正统十一年[⑤]，玹理建直指堂，堂额为张即之[⑥]所书。隆庆三年[⑦]毁，万历十二年[⑧]，僧如通[⑨]重建；二十八年，司礼监孙隆重修，至崇祯十三年[⑩]又毁。

具和尚查如通旧籍，所费八万，今计工料当倍之。具和尚惨淡经营，咄嗟立办[⑪]。其因缘之大，恐莲池、金粟所不能逮也[⑫]。具和尚为余族弟，丁酉岁[⑬]，余往候之，则

---

① 咸和元年：326 年。

② 景德四年：1007 年。

③ 至正三年：1343 年。

④ 宣德七年：1432 年。

⑤ 正统十一年：1446 年。

⑥ 张即之：字温夫，号樗寮，历阳（今安徽和县）人，宋代书法家。为参知政事张孝伯之子，爱国词人张孝祥之侄。以能书闻天下。

⑦ 隆庆三年：1569 年。

⑧ 万历十二年：1584 年。

⑨ 如通：万历十年（1582）任灵隐寺住持，期间兴建仿唐大雄宝殿、三藏殿和直指堂。

⑩ 崇祯十三年：1640 年。

⑪ 咄嗟立办：比喻马上就可办到。

⑫ 莲池：沈袾宏，字佛慧，号莲池。杭州云栖寺出家，为明代净土宗著名高僧。　金粟：维摩居士之前身为金粟如来。

⑬ 丁酉岁：1657 年。

大殿、方丈[①]尚未起工。然东边一带，閟阁精蓝凡九进[②]，客房僧舍百什余间，棐几[③]藤床，铺陈器皿，皆不移而具。香积厨[④]中，初铸三大铜锅，锅中煮米三担，可食千人。具和尚指锅示余曰："此弟十余年来所挣家计也。"饭僧之众，亦诸刹所无。

午间方陪余斋，见有沙弥持赫蹏送看[⑤]，不知何事，第对沙弥曰："命库头开仓。"沙弥去。及余饭后出寺门，见有千余人蜂拥而来，肩上担米，顷刻上廪[⑥]，斗斛无声，忽然竟去。余问和尚，和尚曰："此丹阳[⑦]施主某，岁致米五百担，水脚挑钱[⑧]，纤悉自备，不许饮常住勺水，七年于此矣。"余为嗟叹。因问大殿何时可成，和尚对以："明年六月，为弟六十，法子万人，人馈十金，可得十万，则吾事济矣。"逾三年而大殿、方丈俱落成焉。余作诗以记其盛。

张岱《寿具和尚并贺大殿落成》诗：

---

① 方丈：佛寺住持的居处称为方丈，亦曰堂头、正堂。

② 閟（bì）阁：幽室。 精蓝：指佛寺。

③ 棐（fěi）几：用棐木做的几桌。亦泛指几桌。

④ 香积厨：寺庙厨房。

⑤ 沙弥：小和尚，一般指未满二十岁出家的男子。 赫蹏：纸的别称，此指信件。

⑥ 廪（lǐn）：米仓。

⑦ 丹阳：今属江苏省镇江市。

⑧ 水脚挑钱：水夫、脚夫的工钱。

飞来石上白猿立，石自呼猿猿应石。
具德和尚行脚来，山鬼啾啾寺前泣。
生公叱石同叱羊，沙飞石走山奔忙。
驱使万灵皆辟易，火龙为之开洪荒。
正德初年有簿对，八万今当增一倍。
谈笑之间事已成，和尚功德可思议。
黄金大地破悭贪，聚米成丘粟若山。
万人团簇如蜂蚁，和尚植杖意自闲。
余见催科只数贯，县官敲扑加锻炼。
白粮升合尚怒呼，如坻如京[1]不盈半。
忆昔访师坐法堂，赫蹄数寸来丹阳。
和尚声色不易动，第令侍者开仓场。
去不移时阶戺[2]乱，白粲[3]驮来五百担。
上仓斗斛寂无声，千百人夫顷刻散。
米不追呼人不系，送到座前犹屏气。
公侯福德将相才，罗汉神通菩萨慧。
如此工程非戏谑，向师颂之师不诺。
但言佛自有因缘，老僧只怕因果错。
余自闻言请受记，阿难本是如来弟。

---

① 如坻如京：指稻谷堆积如山，形容丰收。坻（chí），水中的小块高地。京，高丘。

② 戺（shì）：台阶两旁所砌的斜石。

③ 白粲：白米。

与师同住五百年，挟取飞来复飞去。

张祜《灵隐寺》诗：

峰峦开一掌，朱槛几环延。
佛地花分界，僧房竹引泉。
五更楼下月，十里郭中烟。
后塔耸亭后，前山横阁前。
溪沙涵水静，洞石点苔鲜。
好是呼猿父，西岩深响连。

贾岛[①]《灵隐寺》诗：

峰前峰后寺新秋，绝顶高窗见沃洲。
人在定中闻蟋蟀，鹤于栖处挂猕猴。
山钟夜度空江水，汀月寒生古石楼。
心欲悬帆身未逸，谢公[②]此地昔曾游。

周诗《灵隐寺》诗：

灵隐何年寺，青山向此开。
涧流原不断，峰石自飞来。
树覆空王[③]苑，花藏大士台。

---

① 贾岛：字阆仙，范阳（今河北涿州）人，唐代诗人。家境贫寒，曾经做过和尚，法号无本，著名的苦吟诗人。

② 谢公：指谢灵运。谢灵运，会稽（今浙江绍兴）人，又被称为谢康乐，东晋著名的山水诗人。

③ 空王：佛的别名，因佛教强调空无一切，四大皆空，故称。

探冥有玄度[①]，莫遣夕阳催。

北高峰

北高峰在灵隐寺后，石磴[②]数百级，曲折三十六湾。上有华光庙[③]，以祀五圣。山半有马明王[④]庙，春日祈蚕者咸往焉。峰顶浮屠[⑤]七级，唐天宝中建，会昌中毁；钱武肃王修复之，宋咸淳七年[⑥]复毁。此地群山屏绕，湖水镜涵，由上视下，歌舫渔舟，若鸥凫出没烟波，远而益微，仅觌[⑦]其影。西望罗刹江[⑧]，若匹练新濯，遥接海色，茫茫无际。张公亮有句："江气白分海气合，吴山青尽越山来。"诗中有画。

郡城正值江潮之间，委蛇曲折，左右映带，屋宇鳞次，竹木云蓊，郁郁葱葱，凤舞龙盘，真有王气蓬勃。山

---

① 玄度：月亮。

② 石磴：以石头铺砌成的台阶。

③ 华光庙：即灵顺寺。灵顺寺位于杭州北高峰山巅，创建于东晋咸和年间，为杭州最早的名刹，高僧慧理和尚所建。因寺内供奉了"五显财神"，故又称"财神庙"。明代因设殿别名"华光"，故又称"华光庙"。

④ 马明王：又名马头娘，中国神话中的蚕神，相传是马首人身的少女，故名。

⑤ 浮屠：佛塔。

⑥ 咸淳七年：1271 年。

⑦ 觌（dí）：察看，显现。

⑧ 罗刹江：即钱塘江。

麓有无着禅师塔。师名文喜，唐肃宗时人也，瘗[①]骨于此。韩侂胄[②]取为葬地，启其塔，有陶龛焉。容色如生，发垂至肩，指爪盘屈绕身，舍利数百粒，三日不坏，竟荼毗[③]之。

苏轼《游灵隐高峰塔》诗：

言游高峰塔，蓐食[④]始野装。
火云秋未衰，及此初旦凉。
雾霏岩谷暗，日出草木香。
嘉我同来人，又便云水乡。
相劝小举足，前路高且长。
古松攀龙蛇，怪石坐牛羊。
渐闻钟磬音，飞鸟皆下翔。
入门空无有，云海浩茫茫。
惟见聋道人，老病时绝粮。
问年笑不答，但指穴梨床[⑤]。
心知不复来，欲归更彷徨。
赠别留匹布，今岁天早霜。

---

① 瘗（yì）：掩埋，埋葬。

② 韩侂（tuō）胄：字节夫，相州安阳（今河南安阳）人，南宋中期权臣、外戚，曾任宁宗时宰相。

③ 荼毗（tú pí）：指僧人死后火葬。

④ 蓐（rù）食：早晨未起身，在床席上进餐，形容早餐时间很早。

⑤ 穴梨床：指梨木床被磨损穿孔。

韬光庵

韬光庵在灵隐寺右之半山，韬光禅师建。师，蜀人，唐太宗时，辞其师出游，师嘱之曰："遇天可留，逢巢即止。"师游灵隐山巢沟坞，值白乐天守郡，悟曰："吾师命之矣。"遂卓锡[①]焉。乐天闻之，遂与为友，题其堂曰"法安"。内有金莲池、烹茗井，壁间有赵阅道、苏子瞻题名。庵之右为吕纯阳[②]殿，万历十二年[③]建，参政郭子章为之记。

骆宾王亡命为僧，匿迹寺中。宋之问自谪所还至江南，偶宿于此。夜月极明，之问在长廊索句，吟曰："鹫岭郁岧峣[④]，龙宫锁寂寥。"后句未属，思索良苦。有老僧点长明灯，问曰："少年夜不寐，而吟讽甚苦，何耶？"之问曰："适欲题此寺，得上联而下句不属。"僧请吟上句，宋诵之。老僧曰："何不云'楼观沧海日，门对浙江潮'？"之问愕然，讶其遒丽，遂续终篇。迟明[⑤]访之，老僧不复

---

① 卓锡：僧人云游时皆随身执持锡杖，僧人在某个寺庙挂单，便立锡杖于某处，停止云游，故称为"住锡"或"卓锡"。

② 吕纯阳：吕洞宾，名岩，字洞宾，道号纯阳子，蒲州河中府（今山西永济）人。道教宗师，曾在终南山修道，元明以来，列为八仙之一。

③ 万历十二年：1584 年。

④ 岧峣（tiáo yáo）：高峻，高耸。

⑤ 迟明：等到黎明。迟，比及，等到。

见矣。有知者曰：此骆宾王也。

袁宏道《韬光庵小记》：

韬光在山之腰，出灵隐后二三里，路径甚可爱。古木婆娑，草香泉渍，淙淙之声，四分五络，达于山厨。庵内望钱塘江，浪纹可数。余始入灵隐，疑宋之问诗不似，意古人取景，或亦如近代词客捃拾帮凑[1]。及登韬光，始知“沧海”“浙江”“扪萝”“刳木”数语，字字入画，古人真不可及矣。宿韬光之次日，余与石篑、子公同登北高峰，绝顶而下。

张京元《韬光庵小记》：

韬光庵在灵鹫后，鸟道蛇盘，一步一喘。至庵，入坐一小室，峭壁如削，泉出石罅[2]，汇为池，蓄金鱼数头。低窗曲槛，相向啜茗，真有武陵世外之想。

萧士玮《韬光庵小记》：

初二，雨中上韬光庵。雾树相引，风烟披薄[3]，木末飞流，江悬海挂。倦时踞石而坐，倚竹而息。大都山之姿态，得树而妍；山之骨格，得石而苍；山之营卫，得水而活；惟韬光道中能全有之。初至灵隐，

---

① 捃拾帮凑：这里指拼凑、拾拣。

② 罅（xià）：裂缝。

③ 披薄：弥漫。

求所谓“楼观沧海日，门对浙江潮”，竟无所有。至韬光，了了[①]在吾目中矣。白太傅[②]碑可读，雨中泉可听，恨僧少可语耳。枕上沸波，竟夜不息，视听幽独，喧极反寂，益信声无哀乐[③]也。

姚肇和《自韬光登北高峰》诗：

高峰千仞玉嶙峋[④]，石磴攀跻翠蔼分。
一路松风长带雨，半空岚气[⑤]自成云。
上方楼阁参差见，下界笙歌远近闻。
谁似当年苏内翰[⑥]，登临处处有遗文。

白居易《招韬光禅师》诗：

白屋炊香饭，荤膻不入家。
滤泉澄葛粉[⑦]，洗手摘藤花。
青菜除黄叶，红姜带紫芽。
命师相伴食，斋罢一瓯茶。

---

① 了了（liǎo liǎo）：明白、清楚。指所有景物都已经亲见。
② 白太傅：指白居易。他曾官居太子少傅，故称。
③ 声无哀乐：西晋嵇康的《声无哀乐论》不仅讨论了音乐有无哀乐、音乐能否移风易俗，还涉及音乐的本体与本质问题，音乐鉴赏中的声、情关系等重大问题，提出了“声无哀乐”的观点，强调音乐是客观存在的音响，哀乐是人们的精神被触动后产生的感情，两者并无因果关系。用嵇康的话说，就是“心之与声，明为二物”。
④ 嶙峋：凹凸不平貌。
⑤ 岚气：山间的雾气。
⑥ 苏内翰：指曾任翰林学士的苏轼。
⑦ 葛粉：葛根制成的粉末，有清热解毒的功效。

韬光禅师《答白太守》诗：

山僧野性爱林泉，每向岩阿倚石眠。
不解栽松陪玉勒[1]，惟能引水种青莲。
白云乍可来青嶂，明月难教下碧天。
城市不能飞锡至，恐妨莺啭翠楼前。

杨蟠《韬光庵》诗：

寂寂阶前草，春深鹿自耕。
老僧垂白发，山下不知名。

王思任《韬光庵》诗：

云老天穷结数楹，涛呼万壑尽松声。
鸟来佛座施花去，泉入僧厨漉菜行。
一捺断山流海气，半株残塔插湖明。
灵峰占绝杭州妙，输与韬光得隐名。

又《韬光涧道》诗：

灵隐入孤峰，庵庵叠翠重。
僧泉交竹驿，仙屋破云封。
绿暗天俱贵，幽寒月不浓。
涧桥秋倚处，忽一响山钟。

---

① 玉勒：以玉装饰的马缰。比喻权贵。

岣嵝山房

李芨号岣嵝，武林人，住灵隐韬光山下。造山房数楹，尽驾回溪绝壑之上。溪声淙淙出阁下，高厓插天，古木蓊蔚，大有幽致。山人居此，孑然一身。好诗，与天池徐渭[①]友善。客至，则呼僮驾小舫，荡桨于西泠断桥之间，笑咏竟日。以山石自磦生圹，死即埋之。所著有《岣嵝山人诗集》四卷。天启甲子，余与赵介臣、陈章侯、颜叙伯、卓珂月、余弟平子读书其中[②]。主僧自超，园蔬山蔌，淡薄凄清。但恨名利之心未净，未免唐突山灵，至今犹有愧色。

张岱《岣嵝山房小记》：

岣嵝山房，逼山、逼溪、逼韬光路，故无径不梁，无屋不阁。[③] 门外苍松傲睨，蓊以杂木，冷绿万

---

① 徐渭：字文长，号天池山人，或青藤老人等，山阴（今浙江绍兴）人，明代著名文学家、书画家、军事家。著有《徐文长集》三十卷、《南词叙录》及杂剧《四声猿》，与解缙、杨慎并称“明代三大才子”。

② 赵介臣：张岱友人，入清后曾为教官，为人所讥。 陈章侯：陈洪绶，字章侯，号老莲，又号悔僧、云门僧，浙江诸暨县（今浙江诸暨）人，明末清初著名书画家、诗人。 卓珂月：卓人月，字珂月，仁和（今浙江杭州）人，明末著名文学理论家、戏曲家、诗人，著有《蕊渊集》十二卷、《蟾台集》四卷等。

③ “故无径”二句：没有道路不架设桥梁，没有房屋不建筑阁楼。

顷，人面俱失。[1] 石桥低磴，可坐十人。寺僧刳竹引泉[2]，桥下交交牙牙，皆为竹节。天启甲子[3]，余键户[4]其中者七阅月，耳饱溪声，目饱清樾[5]。山上下多西栗、边笋，甘芳无比。邻人以山房为市，蓏果、羽族日致之[6]，而独无鱼。乃潴[7]溪为壑，系巨鱼数十头。有客至，辄取鱼给鲜。日晡[8]，必步冷泉亭、包园、飞来峰。

一日，缘溪走看佛像，口口骂杨髡。见一波斯胡坐龙象，蛮女四五献花果，皆裸形，勒石志之，乃真伽像也。余椎落其首，并碎诸蛮女，置溺溲[9]处以报之。寺僧以余为椎佛也，咄咄作怪事，及知为杨髡，皆欢喜赞叹。

徐渭《访李岣嵝山人》诗：

---

① “冷绿”二句：指浓荫蔽日，看不清楚人的脸庞。

② 刳（kū）竹引泉：剖开竹子用来引泉水。

③ 天启甲子：1624 年。

④ 键户：锁门。

⑤ 清樾：指绿荫。

⑥ 蓏（luǒ）果：亦作果蓏，泛指瓜果。　羽族：泛指禽鸟。

⑦ 潴（zhū）：水积聚的地方。

⑧ 晡（bū）：申时，即下午 3 点至 5 点。

⑨ 溺溲：大小便。

岣嵝诗客学全真[①]，半日深山说鬼神。
送到涧声无响处，归来明月满前津。

七年火宅三车客[②]，十里荷花两桨人。
两岸鸥凫仍似昨，就中应有旧相亲。

王思任《岣嵝僧舍》诗：

乱苔膏[③]古荫，惨绿蔽新芊[④]。
鸟语皆番异[⑤]，泉心即佛禅。
买山[⑥]应较尺，赊月[⑦]敢辞钱。
多少清凉界[⑧]，幽僧抱竹眠。

青莲山房

青莲山房，为涵所包公[⑨]之别墅也。山房多修竹古梅，

---

① 全真：道教宗派，创建者王嚞（道号重阳子），主张“三教合一”“融合佛禅”思想，以澄心遣欲为真功，以明心先性为务，主张修炼内丹，不尚符箓，开启了道教浓墨重彩的新篇章。

② “七年”句：七年，徐渭自注：“时被系七年暂放。”徐渭曾一度精神失常，杀死续室张氏，下狱七年。火宅，佛教用以比喻充满众苦的尘世。三车，指三乘。佛教中以羊车喻小乘，以鹿车喻中乘，以牛车喻大乘。

③ 膏：滋润，润泽。

④ 新芊：新长出的草。

⑤ 番异：指外邦人说话与当地人完全不相同。

⑥ 买山：比喻贤士归隐。

⑦ 赊月：借着月色。

⑧ 清凉界：远离尘世喧嚣清爽安静之地。

⑨ 涵所包公：即包应登，字涵所，钱塘（今浙江杭州）人，明万历十四年（1586）进士。曾官福建提学副使，后归隐西湖。

倚莲花峰，跨曲涧，深岩峭壁，掩映林麓间。公有泉石[1]之癖，日涉成趣。台榭之美，冠绝一时。外以石屑砌坛，柴根编户，富贵之中，又着草野。正如小李将军[2]作丹青界画，楼台细画，虽竹篱茅舍，无非金碧辉煌也。曲房密室，皆储偫[3]美人，行其中者，至今犹有香艳。当时皆珠翠团簇，锦绣堆成。一室之中，宛转曲折，环绕盘旋，不能即出。主人于此精思巧构，大类迷楼[4]。而后人欲如包公之声伎满前，则亦两浙荐绅[5]先生所绝无者也。今虽数易其主，而过其门者，必曰包氏北庄。

陈继儒《青莲山房》诗：

造园华丽极，反欲学村庄。
编户留柴叶，磊坛带石霜。
梅根常塞路，溪水直穿房。
觅主无从入，裴回[6]走曲廊。

主人无俗态，筑圃见文心。

---

① 泉石：指山水。

② 小李将军：李昭道，字希俊，甘肃天水人。唐朝宗室，彭国公李思训之子，画家。曾为太原府仓曹、直集贤院，官至太子中舍人。擅长金碧山水，兼善鸟兽、楼台、人物，并创海景。其画风巧赡精致，但笔力不及其父李思训。传世作品有《春山行旅图》等。他与李思训并称为“大小李将军”。

③ 偫（zhì）：积储，储备。

④ 迷楼：隋炀帝所建楼名，故址在今江苏扬州西北。

⑤ 荐绅：即缙绅，官宦的代称。

⑥ 裴回：同“徘徊”。

竹暗常疑雨，松梵[1]自带琴。
牢骚寄声伎，经济[2]储山林。
久已无常主，包庄说到今。

呼猿洞

呼猿洞在武林山。晋慧理禅师，常畜黑白二猿，每于灵隐寺月明长啸，二猿隔岫应之，其声清皦。后六朝宋时，有僧智一，仿旧迹而畜数猿于山，临涧长啸，则群猿毕集，谓之猿父。好事者施食以斋之，因建饭猿堂。今黑白二猿尚在。有高僧住持，则或见黑猿，或见白猿。具德和尚到山间，则黑白皆见。

余于方丈作一对送之："生公说法，雨堕天花，莫论飞去飞来，顽皮石也会点头。慧理参禅，月明长啸，不问是黑是白，野心猿都能答应。"具和尚在灵隐，声名大著。后以径山佛地谓历代祖师多出于此，徙往径山。事多格迕，为时无几，遂致涅槃。方知盛名难居，虽在缁流[3]，亦不可多取。

陈洪绶《呼猿洞》诗：

---

① 松梵：松风。
② 经济：指经世致用之才能。
③ 缁流：佛教术语，僧着缁衣，故谓之缁流或缁徒。

慧理是同乡，白猿供使令。
以此后来人，十呼十不应。

明月在空山，长啸是何意。
呼山山自来，麾猿猿不去。

痛恨遇真伽，斧斤残怪石。
山亦悔飞来，与猿相对泣。

洞黑复幽深，恨无巨灵力。
余欲锤碎之，白猿当自出。

张岱《呼猿洞》对：
洞里白猿呼不出，崖前残石悔飞来。

三生石

三生石在下天竺寺后。东坡《圆泽传》[①] 曰：洛师[②]惠林寺，故光禄卿李憕居第。禄山陷东都[③]，憕以居守死之。子源，少时以贵游子豪侈善歌闻于时。及憕死，悲愤自誓，不仕、不娶、不食肉，居寺中五十余年。寺有僧圆

① 《圆泽传》：本文全录苏轼《圆泽传》，偶有删改。苏轼之文亦是据袁郊旧文删改而成。
② 洛师：洛阳。
③ 东都：洛阳。

泽，富而知音，源与之游甚密，促膝交语竟日，人莫能测。

一日相约游蜀青城峨眉山，源欲自荆州[1]溯峡，泽欲取长安斜谷[2]路。源不可，曰："吾以绝世事，岂可复到京师哉！"泽默然久之，曰："行止[3]固不由人。"遂自荆州路。舟次南浦[4]，见妇人锦裆负罂而汲者[5]，泽望而叹曰："吾不欲由此者，为是也。"源惊问之。泽曰："妇人姓王氏，吾当为之子。孕三岁矣，吾不来，故不得乳。今既见，无可逃之。公当以符咒助吾速生。三日浴儿时，愿公临我，以笑为信。后十三年中秋月夜，杭州天竺寺外，当与公相见。"

源悲悔，而为具沐浴易服。至暮，泽亡而妇乳。三日，往观之，儿见源果笑。具以语王氏，出家财葬泽山下。源遂不果行。返寺中，问其徒，则既有治命[6]矣。后十三年，自洛还吴，赴其约。至所约，闻葛洪川畔有牧童扣角而歌之曰："三生石上旧精魂，赏月吟风不要论。惭

① 荆州：今湖北襄樊。 溯：逆水而上。

② 斜谷：山谷名，在陕西终南山。谷有二口，南曰褒 ，北曰斜 ，故亦称褒斜谷 ，扼关陕而控川蜀，古来为兵家必争之地。

③ 行止：行动的踪迹。

④ 南浦：县名。故城在今四川万县境内。

⑤ 裆：坎肩，背心。 罂：古代大腹小口的器皿。

⑥ 治命：指人死前神志清醒时的遗嘱，与"乱命"相对，后亦泛指生前遗言。

愧情人远相访，此身虽异性长存。”

呼问：“泽公健否？”答曰：“李公真信士，然俗缘未尽，慎弗相近，惟勤修不堕，乃复相见。”又歌曰：“身前身后事茫茫，欲话因缘恐断肠。吴越山川寻已遍，却回烟棹上瞿唐。”遂去，不知所之。后二年，李德裕奏源忠臣子，笃孝，拜谏议大夫。不就，竟死寺中，年八十一。

王元章[①]《送僧归中竺》诗：

天香阁上风如水，千岁岩前云似苔。
明月不期穿树出，老夫曾此听猿来。
相逢五载无书寄，却忆三生有梦回。
乡曲故人凭问讯，孤山梅树几番开。

苏轼《赠下天竺惠净师》诗：

予去杭十六年而复来，留二年而去。平生自觉出处老少，粗似乐天，虽才名相远，而安分寡求亦庶几焉。三月六日，来别南北山诸道人，而下天竺惠净师以丑石赠，作三绝句：

当年衫鬓两青青，强说重来慰别情。

---

① 王元章：王冕，字元章，号煮石山农，诸暨（今属浙江）人，元朝著名画家、诗人、篆刻家。他出身贫寒，幼年替人放牛，靠自学成才。王冕性格孤傲，鄙视权贵，诗作多同情人民苦难、谴责豪门权贵、轻视功名利禄、描写田园隐逸生活。一生爱好梅花，种梅、咏梅，又攻画梅。所画梅花花密枝繁，生意盎然，劲健有力，对后世影响较大。

衰鬓只今无可白，故应相对说来生。

出处依稀似乐天，敢将衰朽较前贤。
便从洛社休官去，犹有闲居二十年。

在郡依前六百日，山中不记几回来。
还将天竺一峰去，欲把云根[①]到处栽。

上天竺

上天竺，晋天福间，僧道翊[②]结茅庵于此。一夕，见毫光发于前涧，俯视之，得一奇木，刻画观音大士像。后汉乾祐间，有僧从勋自洛阳持古佛舍利来，置顶上，妙相庄严，端正殊好，昼放白光，士民崇信。钱武肃王常梦白衣人求葺[③]其居，寤而有感，遂建天竺观音看经院。

宋咸平中，浙西久旱，郡守张去华率僚属具幡幢华盖，迎请下山，而澍雨[④]沾足。自是有祷辄应，而雨每滂薄不休，世传烂稻[⑤]龙王焉。南渡时，施舍珍宝，有日月

① 云根：指云游僧歇脚的寺院。
② 道翊：结庐白云峰下，草衣木食，高行绝尘，为上天竺开山祖师，又称为“白云开山祖师”。 结茅：编茅为屋，建造简陋的屋舍。
③ 葺（qì）：修缮。
④ 澍雨：大雨，暴雨。
⑤ 烂稻：因雨水过多，稻子会被泡烂。

珠、鬼谷珠、猫睛等，虽大内亦所罕见。

嘉祐中，沈文通治郡，谓观音以声闻宣佛力，非禅那所居，乃以教易禅，令僧元净号辨才者主之，凿山筑室，几至万础。治平中，郡守蔡襄奏赐“灵感观音”殿额。辨才乃益凿前山，辟地二十有五寻，殿加重檐。建炎四年[①]，兀术入临安[②]，高宗航海[③]。兀术至天竺，见观音像喜之，乃载后车，与《大藏经》并徙而北。

时有比丘知完者，率其徒以从。至燕，舍于都城之西南五里，曰玉河乡，建寺奉之。天竺僧乃重以他木刻肖前像，诡曰：“藏之井中，今方出现。”其实并非前像也。

乾道三年[④]，建十六观堂。七年，改院为寺，门匾皆御书。庆元三年[⑤]，改天台教寺。元至元三年[⑥]毁。五年，僧庆思重建，仍改天竺教寺。元末毁。明洪武初重建，万

---

① 建炎四年：1130 年。

② 兀术：完颜宗弼（？—1148），本名斡啜，又作兀术、斡出，金太祖完颜阿骨打第四子，金朝名将、开国功臣。有胆略，善射，曾多次率军攻宋。临安：今浙江杭州。

③ 高宗航海：建炎四年，宋高宗赵构为躲避金兀术南侵，而逃难到海上。

④ 乾道三年：1167 年。

⑤ 庆元三年：1197 年。

⑥ 至元三年：1266 年。

历二十七年[1]重修。崇祯末年又毁，清初又建。时普陀[2]路绝，天下进香者皆近就天竺，香火之盛，当甲东南。二月十九日[3]，男女宿山之多，殿内外无下足处，与南海潮音寺[4]正等。

张京元《上天竺小记》：

天竺两山相夹，回合若迷。山石俱骨立，石间更绕松篁。过下竺，诸僧鸣钟肃客，寺荒落不堪入。中竺如之。至上竺，山峦环抱，风气甚固，望之亦幽致。

萧士玮《上天竺小记》：

上天竺，叠嶂四周，中忽平旷，巡览迎眺，惊无归路。余知身之入而不知其所由入也。从天竺抵龙井，曲涧茂林，处处有之。一片云、神运石，风气遒逸，神明刻露。选石得此，亦娶妻得姜[5]矣。泉色绀碧，味淡远，与他泉迥矣。

---

① 万历二十七年：1599 年。

② 普陀：位于钱塘江口、舟山群岛东南部海域，是观世音菩萨道场，为佛教四大名山之一。

③ 二月十九日：相传为观世音生日。

④ 潮音寺：原名南海大寺，始建于明永乐二年（1404），时为海河下游最为著名的寺庙。

⑤ 娶妻得姜：指娶到美丽的妻子。姜，指庄姜，春秋时卫庄公夫人，美艳异常。后世用此形容美人。

苏轼《记天竺诗引》：

轼年十二，先君自虔州[1]归，谓予言："近城山中天竺寺，有乐天亲书诗云：'一山门作两山门，两寺原从一寺分。东涧水流西涧水，南山云起北山云。前台花发后台见，上界钟鸣下界闻。遥想吾师行道处，天香桂子落纷纷。'笔势奇逸，墨迹如新。"今四十七年，予来访之，则诗已亡，有刻石在耳。感涕不已，而作是诗。

又《赠上天竺辨才禅师》诗：

南北一山门，上下两天竺。
中有老法师，瘦长如鹳鹄。
不知修何行，碧眼照山谷。
见之自清凉，洗尽烦恼毒。
坐令一都会，方丈礼白足。[2]
我有长头儿，角颊峙犀玉。
四岁不知行，抱负烦背腹。
师来为摩顶，起走趁奔鹿。
乃知戒律中，妙用谢羁束。
何必言法华，佯狂啖鱼肉。

① 虔州：今江西赣州。
② "坐令"二句：使城中民众都来顶礼膜拜。白足，指和尚。

张岱《天竺柱》对：

佛亦爱临安，法像自北朝留住；

山皆学灵鹫，洛伽从南海飞来。

卷　三

西湖中路

秦楼

秦楼初名水明楼，东坡建，常携朝云[①]至此游览。壁上有三诗[②]，为坡公手迹。过楼数百武[③]，为镜湖楼，白乐天建。宋时宦杭者，行春则集柳州亭[④]，竞渡则集玉莲亭，登高则集天然图画阁，看雪则集孤山寺，寻常宴客则集镜湖楼。兵燹[⑤]之后，其楼已废，变为民居。

苏轼《水明楼》诗：

黑云翻墨未遮山，白雨跳珠乱入船。
卷地风来忽吹散，望湖楼下水连天。

放生鱼鸟逐人来，无主荷花到处开。
水浪能令山俯仰，风帆似与月裴回。

未成大隐成中隐，可得长闲胜暂闲。
我本无家更焉往，故乡无此好湖山。

① 朝云：即王朝云，字子霞，北宋钱塘人，文学家苏轼之妾。绍圣三年（1096），王朝云病死在惠州，葬在栖禅寺。

② 三诗：即文后所附三首绝句。

③ 武：古以六尺为步，半步为武。

④ 行春：原指官吏春日出巡，后泛指游春。 柳州亭：在杭州涌金门北，北宋初为丰乐楼。

⑤ 兵燹（xiǎn）：多指兵乱中纵火焚烧。

片石居

由昭庆缘湖而西，为餐香阁，今名片石居。闳阁精庐①，皆韵人②别墅。其临湖一带，则酒楼茶馆，轩爽③面湖，非惟心胸开涤，亦觉日月清朗。张谓“昼行不厌湖上山，夜坐不厌湖上月”，则尽之矣。再去则桃花港，其上为石函桥④，唐刺史李邺侯所建，有水闸，泄湖水以入古荡⑤。沿东西马塍、羊角埂，至归锦桥，凡四派焉。⑥ 白乐天记⑦云：“北有石函，南有笕⑧，决湖水一寸，可溉田五十余顷。”闸下皆石骨磷磷，出水甚急。

徐渭《八月十六片石居夜泛》词：

月倍此宵多，杨柳芙蓉夜色蹉⑨。鸥鹭不眠如昼里，舟过，向前惊换几汀莎。　筒酒觅稀荷，唱尽

---

① 闳阁：幽室。　精庐：精致的房舍。

② 韵人：雅人、雅士。

③ 轩爽：轩敞高爽。

④ 石函桥：下面有过水涵洞的石桥。

⑤ 古荡：位于杭州西湖西北。相传古人登山远眺，见老和山下河渠纵横，鱼塘密布，模样像“古”字，故称为古荡，后为地名。

⑥ 马塍（chéng）：地名。在杭州西湖西北。宋代以产花著名。　凡四派：共四条支流。

⑦ 白乐天记：指白居易《钱塘湖石记》。

⑧ 笕（jiǎn）：连接起来引水用的长竹管。

⑨ 蹉（cuō）：蹉跎，把时光白耽误过去。

塘栖《白苎歌》[1]。天为红妆重展镜，如磨，渐照胭脂奈褪何。

十锦塘

十锦塘，一名孙堤，在断桥下。司礼太监孙隆于万历十七年[2]修筑。堤阔二丈，遍植桃柳，一如苏堤。岁月既多，树皆合抱。行其下者，枝叶扶苏，漏下月光，碎如残雪。意向言断桥残雪，或言月影也。苏堤离城远，为清波孔道，行旅甚稀。孙堤直达西泠，车马游人，往来如织。兼以两湖光艳，十里荷香，如入山阴道上[3]，使人应接不暇。湖船小者，可入里湖，大者缘堤倚徙，由锦带桥循至望湖亭，亭在十锦塘之尽。渐近孤山，湖面宽厂。孙东瀛修葺华丽，增筑露台，可风可月，兼可肆筵设席。笙歌剧戏，无日无之。今改作龙王堂，旁缀数楹，咽塞离披[4]，旧景尽失。

再去，则孙太监生祠[5]，背山面湖，颇极壮丽。近为卢太监舍以供佛，改名卢舍庵，而以孙东瀛像置之佛龛之后。孙太监以数十万金钱装塑西湖，其功不在苏学士之下，乃使

---

① 《白苎歌》：即《白纻歌》，乐府吴舞曲名。

② 万历十七年：1589 年。

③ 山阴道上：比喻一路上景色优美、美不胜收，或比喻精彩接连不断。

④ 离披：分散下垂貌，散乱貌。

⑤ 生祠：为活人建造的祠庙。

其遗像不得一见湖光山色，幽囚面壁，见之大为鲠闷[①]。

袁宏道《断桥望湖亭小记》：

湖上由断桥至苏公堤一带，绿烟红雾，弥漫二十余里。歌吹为风，粉汗为雨，罗纨[②]之盛，多于堤畔之草，冶艳极矣。然杭人游湖，止午、未、申三时[③]，其实湖光染翠之工，山岚设色之妙，全在朝日始出、夕舂[④]未下，始极其浓媚。月景尤为清艳，花态柳情，山容水意，别是一种趣味。此乐留与山僧游客受用，安可为俗士道哉！望湖亭即断桥一带，堤甚工致，比苏公堤犹美。夹道种绯桃、垂柳、芙蓉、山茶之属二十余种。堤边白石砌如玉，布地皆软沙如茵。杭人曰："此内使孙公所修饰也。"此公大是西湖功德主[⑤]。自昭庆、天竺、净慈、龙井及山中庵院之属，所施不下数十万。余谓白、苏二公，西湖开山古佛，此公异日伽蓝[⑥]也。"腐儒，几败乃公事！"可厌！可厌！

张京元《断桥小记》：

---

① 鲠闷：郁闷。

② 罗纨：绫罗质地的裤子。这里代指男子。

③ 午：午时，11 时至 13 时。　未：未时，13 时至 15 时。　申：申时，15 时至 17 时。

④ 夕舂：指夕阳。

⑤ 功德主：指施主。即供养佛、法、僧三宝的施主、檀越。这里指孙隆为重修西湖旧迹的有功之人。

⑥ 伽蓝：指僧众共住的园林，即寺院。

西湖之胜，在近；湖之易穷，亦在近。朝车暮舫，徒行缓步，人人可游，时时可游。而酒多于水，肉高于山，春时肩摩趾错，男女杂沓，以挨簇为乐。无论意不在山水，即桃容柳眼，自与东风相倚，游者何曾一着眸子[①]也。

李流芳《断桥春望图题词》：

往时至湖上，从断桥一望，便魂消欲死。还谓所知，湖之潋滟熹微[②]，大约如晨光之着树，明月之入庐。盖山水映发，他处即有澄波巨浸，不及也。壬子[③]正月，以访旧重至湖上，辄独往断桥，裴回终日，翌日为杨谶西题扇云："十里西湖意，都来到断桥。寒生梅萼小，春入柳丝娇。乍见应疑梦，重来不待招。故人知我否，吟望正萧条。"又明日作此图。小春四日，同孟旸、子与夜话，题此。

谭元春《湖霜草序》：

予以己未[④]九月五日至西湖，不寓楼阁，不舍庵刹，而以琴尊书札，托一小舟。而舟居之妙，在五善焉。舟人无酬答，一善也。昏晓不爽其候，二善也。

---

① 一着眸子：指看上一眼。

② 熹微：日光微明。

③ 壬子：指明万历四十年（1612）。

④ 己未：指万历四十七年（1619）。

访客登山，恣意所如，三善也。入断桥，出西泠，午眠夕兴，四善也。残客可避，时时移棹，五善也。挟此五善，以长于湖。僧上凫下，觞止茗生[1]，篙楫因风[2]，渔笅[3]聚火。盖以朝山夕水，临涧对松，岸柳池莲，藏身接友，早放孤山，晚依宝石，足了吾生，足济吾事矣。

王叔杲《十锦塘》诗：

横截平湖十里天，锦桥春接六桥烟。
芳林花发霞千树，断岸光分月两川。
几度觞飞堤外景，一清棹发镜中船。
奇观妆点知谁力，应有歌声被管弦。

白居易《望湖楼》诗：

尽日湖亭卧，心闲事亦稀。
起因残醉醒，坐待晚凉归。
松雨飘苏帽[4]，江风透葛衣[5]。
柳堤行不厌，沙软絮霏霏。

徐渭《望湖亭》诗：

---

① 觞止茗生：酒停之后就品茶。
② 因风：借风。
③ 渔笅（jiǎo）：停船靠岸，停止打鱼。
④ 苏帽：有流苏的帽子。
⑤ 葛衣：用葛布制成的夏衣。

亭上望湖水，晶光淡不流。
镜宽万影落，玉湛一矾浮。
寒入沙芦断，烟生野鹜[①]投。
若从湖上望，翻羡此亭幽。

张岱《西湖七月半记》：

西湖七月半[②]，一无可看，止可看看七月半之人。看七月半之人，以五类看之。其一，楼船箫鼓，峨冠[③]盛筵，灯火优傒[④]，声光相乱，名为看月而实不见月者，看之。其一，亦船亦楼，名娃闺秀[⑤]，携及童娈[⑥]，笑啼杂之，环坐露台，左右盼望，身在月下而实不看月者，看之。其一，亦船亦声歌，名妓闲僧[⑦]，浅斟低唱，弱管轻丝[⑧]，竹肉相发[⑨]，亦在月下，亦看月，而欲人看其看月者，看之。其一，不舟不车，不衫不帻[⑩]，酒醉饭饱，呼群三五，挤入人丛，昭庆、

---

① 野鹜：野鸭。
② 七月半：农历七月十五，又称中元节、鬼节。
③ 峨冠：头戴高冠，指士大夫。
④ 优傒（xī）：优伶和仆役。
⑤ 名娃：名门小姐。 闺秀：有才德的女子。后专指大户人家未婚女子。
⑥ 童娈（luán）：容貌美好的家僮。
⑦ 闲僧：据吴自牧《梦粱录》记载，七月十五，僧尼放假，不做佛事，故称闲僧。
⑧ 弱管轻丝：指轻柔的管弦乐。
⑨ 竹肉相发：指箫笛之声和着歌唱声。竹，指管乐器。肉，指歌喉。
⑩ 不衫不帻（zé）：不穿长衫，不戴头巾，指放荡随便。帻，头巾。

断桥，嘄[1]呼嘈杂，装假醉，唱无腔曲，月亦看，看月者亦看，不看月者亦看，而实无一看者，看之。其一，小船轻幌，净几暖炉，茶铛旋煮[2]，素瓷静递，好友佳人，邀月同坐，或匿影树下，或逃嚣里湖，看月而人不见其看月之态，亦不作意看月者，看之。杭人游湖，巳出酉归[3]，避月如避仇。是夕好名，逐队争出，多犒门军[4]酒钱，轿夫擎燎[5]，列俟[6]岸上。一入舟，速舟子急放断桥[7]，赶入胜会。以故二鼓[8]以前，人声鼓吹，如沸如撼，如魇如呓[9]，如聋如哑，大船小船一齐凑岸，一无所见，止见篙击篙，舟触舟，肩摩肩，面看面而已。少刻兴尽，官府席散，皂隶[10]喝道去，轿夫叫船上人，怖以关门，灯笼火把如列星，一一簇拥而去。岸上人亦逐队赶门，渐稀渐薄，顷刻散尽矣。吾辈始舣舟[11]近岸，断桥石磴始凉，席其上，呼客纵饮。此时月如镜新磨，山复整妆，湖

---

① 嘄（jiào）：大声呼叫。

② 茶铛（chēng）：煮茶的器具。　旋煮：随时、临时煮。

③ 巳：9 时到 11 时。　酉：17 时到 19 时。

④ 门军：守城门的军士。

⑤ 擎燎：高举火把。

⑥ 列俟（sì）：排着队等候。

⑦ 速：催促。　放：放舟，行船。

⑧ 二鼓：二更，约夜里 9 时到 11 时。

⑨ 如魇（yǎn）如呓：像梦中发出的惊叫，又像在说梦话。

⑩ 皂隶：衙门的差役。

⑪ 舣（yǐ）舟：将船停靠岸边。

复頮面[1]，向之浅斟低唱者出，匿影树下者亦出，吾辈往通声气[2]，拉与同坐。韵友[3]来，名妓至，杯箸安，竹肉发。月色苍凉，东方将白，客方散去。吾辈纵舟，酣睡于十里荷花之中，香气扑人，清梦甚惬。

孤　山

《水经注》曰：水黑曰卢，不流曰奴；山不连陵曰孤。梅花屿介于两湖之间，四面岩峦，一无所丽[4]，故曰孤也。是地水望澄明，皦焉冲照[5]，亭观绣峙，两湖反景，若三山[6]之倒水下。

山麓多梅，为林和靖放鹤之地。林逋隐居孤山，宋真宗征之不就，赐号和靖处士。常畜双鹤，豢之樊中[7]。逋每泛小艇，游湖中诸寺，有客来，童子开樊放鹤，纵入云霄，盘旋良久，逋必棹艇遄归，盖以鹤起为客至之验也。临终留绝句曰："湖外青山对结庐，坟前修竹亦萧疏。茂陵他日求遗稿，犹喜曾无封禅书。"绍兴十六年建四圣延祥

---

① 頮（huì）面：洗脸。形容湖面又重新出现明净如洗的样子。
② 往通声气：过去打招呼。
③ 韵友：诗友，高雅的朋友。
④ 丽：附丽，附着。
⑤ 皦（jiǎo）：洁白，明亮。　冲照：空澄可鉴。
⑥ 三山：传说中的海上三神山，即蓬莱、方丈、瀛洲。
⑦ 豢（huàn）：泛指喂养。　樊：关鸟兽的笼子。

观[①]，尽徙诸院刹及士民之墓，独逋墓诏留之，弗徙。至元杨琏真加发其墓，唯端砚一、玉簪一。明成化十年[②]，郡守李端修复之。天启间，有王道士欲于此地种梅千树。云间[③]张侗初太史补《孤山种梅序》。

袁宏道《孤山小记》：

孤山处士，妻梅子鹤，是世间第一种便宜人。我辈只为有了妻子，便惹许多闲事，撇之不得，傍之可厌，如衣败絮行荆棘中，步步牵挂。近日雷峰下有虞僧儒，亦无妻室，殆是孤山后身。所著《溪上落花》诗，虽不知于和靖如何，然一夜得百五十首，可谓迅捷之极。至于食淡参禅，则又加孤山一等矣，何代无奇人哉！

张京元《孤山小记》：

孤山东麓，有亭翼然。和靖故址，今悉编篱插棘。诸巨家规种桑养鱼之利，然亦赖其稍葺亭榭，点缀山容。楚人之弓[④]，何问官与民也。

又《萧照画壁》：

---

① 绍兴十六年：1146年。 四圣延祥观：用来祭祀道教传说中的天蓬、天猷、翊武、真武四大将。

② 成化十年：1474年。

③ 云间：今上海松江。

④ 楚人之弓：多比喻失而复得之物，表示对得失的达观态度。

西湖凉堂，绍兴间所构。高宗将临观之。有素壁四堵，高二丈，中贵人[①]促萧照往绘山水。照受命，即乞尚方酒四斗，夜出孤山，每一鼓即饮一斗，尽一斗则一堵已成，而照亦沉醉。上至，览之叹赏，宣赐金帛。

沈守正《孤山种梅疏》：

西湖之上，葱蒨[②]亲人，亦爽朗易尽。独孤山盘郁重湖之间，水石草木皆有幽色。唐时楼阁参差，诗歌点缀，冠于两湖。读“不雨山常润，无云水自阴”之句，犹可想见当时。道孤山者，不径西泠，必沿湖水，不似今从望湖折阛阓而入也。此地尚有古梅偃蹇[③]，云是和靖故居。

李流芳《题孤山夜月图》：

曾与印持诸兄弟[④]醉后泛小艇，从孤山而归。时月初上新堤，柳枝皆倒影湖中，空明摩荡，如镜中，复如画中。久怀此胸臆，壬子在小筑[⑤]，忽为孟旸写

---

① 中贵人：显贵的侍从宦官。

② 葱蒨：草木青翠茂盛。

③ 偃蹇（yǎn jiǎn）：高耸。

④ 印持诸兄弟：严调御（印持）、严武顺、严敕三兄弟，并称“余杭三严”。

⑤ 壬子：指万历四十年（1612）。　小筑：邹孟阳、邹方回兄弟在杭州西湖湖畔的寓所（小筑山居），山居内有清晖阁、澄怀阁等，为小筑社的活动场所。

出，真画中矣。

苏轼《书林逋诗后》：

吴侬生长湖山曲，呼吸湖光饮山渌[1]。
不论世外隐君子，佣儿贩妇皆冰玉。
先生可是绝俗人，神清骨冷无由俗。
我不识见曾梦见，瞳子瞭然光可烛。
遗篇妙字处处有，步绕西湖看不足。
诗如东野不言寒，书似西台[2]差少肉。
平生高节已难继，将死微言犹可录。
自言不作封禅书，更肯悲吟白头曲。
我笑吴人不好事，好作祠堂傍修竹。
不然配食水仙王，一盏寒泉荐秋菊。

张祜《孤山》诗：

楼台耸碧岑，一径入湖心。
不雨山常润，无云水自阴。
断桥荒藓合，空院落花深。
犹忆西窗月，钟声出北林。

徐渭《孤山玩月》诗：

---

① 山渌：山间清泉。

② 西台：李建中，字得中，自号岩夫民伯，京兆（今陕西西安）人，北宋书法家。曾任西京留司御史台（通称西台），故称“李西台”。

湖水淡秋空，练色澄初静。
倚棹激中流，幽然适吾性。
举酒忽见月，光与波相映。
西子拂淡妆，遥岚挂孤镜。
座客本玉姿，照耀几筵莹。
暇时吐高怀，四座尽倾听。
却言处士疏，徒抱梅花咏。
如以径寸鱼，蹄涔[1]即成泳。
论久兴弥洽，返棹堤逾迥。
自顾纵清谈，何嫌麈麈柄[2]。

卓敬《孤山种梅》诗：

风流东阁[3]题诗客，潇洒西湖处士家。
雪冷江深无梦到，自锄明月种梅花。

王稚登《赠林纯卿卜居[4]孤山》诗：

藏书湖上屋三间，松映轩窗竹映关。
引鹤过桥看雪去，送僧归寺带云还。
轻红荔子家千里，疏影[5]梅花水一湾。

---

① 蹄涔（cén）：形容容量、体积等微小。
② 麈（zhǔ）柄：古人清谈时用以驱虫的工具。麈，古代指鹿类动物的尾巴。
③ 东阁：古代称宰相款待宾客的地方。
④ 卜居：择地居住。
⑤ 疏影：林逋《山园小梅》诗："疏影横斜水清浅，暗香浮动月黄昏。"

和靖高风今已远，后人[1]犹得住孤山。

陈鹤《题孤山林隐君祠》诗：

孤山春欲半，犹及见梅花。
笑踏王孙草[2]，闲寻处士家。
尘心莹水镜，野服映山霞。
岩壑长如此，荣名岂足夸。

王思任《孤山》诗：

淡水浓山画里开，无船不署好楼台。
春当花月人如戏，烟入湖灯声乱催。
万事贤愚同一醉，百年修短未须哀。
只怜逋老栖孤鹤，寂寞寒篱几树梅。

张岱《补孤山种梅叙》：

盖闻地有高人，品格与山川并重；亭遗古迹，梅花与姓氏俱香。名流虽以代迁，胜事自须人补。在昔西泠逸老[3]，高洁韵同秋水，孤清操比寒梅。疏影横斜，远映西湖清浅；暗香浮动，长陪夜月黄昏。今乃人去山空，依然水流花放。瑶葩洒雪，乱飘冢上苔痕；玉树迷烟，恍堕林间鹤羽。兹来韵友，欲步前

---

① 后人：指林纯卿。

② 王孙草：比喻让人有思乡离愁之感的景致。

③ 西泠逸老：指林逋。

贤，补种千梅，重修孤屿。凌寒三友[1]，早连九里松篁；破腊一枝，远谢六桥[2]桃柳。伫想水边半树，点缀冰花；待将雪后横枝，低昂铁干。美人来自林下，高士卧于山中。白石苍崖，拟筑草亭招放鹤；浓山淡水，闲锄明月种梅花。有志竟成，无约不践。将与罗浮争艳，还期庾岭分香。实为林处士之功臣，亦是苏长公[3]之胜友。吾辈常劳梦想，应有宿缘。哦曲江诗（曲江张九龄有《庭梅吟》），便见孤芳风韵；读广平赋，尚思铁石心肠。共策灞水之驴，且向断桥踏雪；遥瞻漆园之蝶，群来林墓寻梅。莫负佳期，用追芳躅。

张岱《林和靖墓柱铭》：

云出无心，谁放林间双鹤；
月明有意，即思冢上孤梅。

关王庙

北山两关王庙[4]，其近岳坟者，万历十五年[5]为杭民施

① 凌寒三友：又称“岁寒三友”，指松、竹（亦作篁）、梅。

② 六桥：西湖苏堤上的六座桥梁，自南向北依次是映波、锁澜、望山、压堤、东浦和跨虹。

③ 苏长公：指苏轼。苏轼原有一兄，于苏轼三岁时夭折，后人将苏轼尊称为长公。

④ 关王庙：祭祀关羽的庙宇。

⑤ 万历十五年：1587 年。

如忠所建。如忠客燕，涉潞河，飓风作，舟将覆，恍惚见王率诸河神拯救获免，归即造庙祝之，并祀诸河神。冢宰[1]张瀚记之。

其近孤山者，旧祠卑隘。万历四十二年[2]，金中丞为导首鼎新[3]之。太史董其昌手书碑石记之，其词曰："西湖列刹相望，梵宫[4]之外，其合于祭法者，岳鄂王、于少保与关神而三尔[5]。甲寅[6]秋，神宗皇帝梦感圣母中夜传诏，封神为伏魔帝君，易兜鍪而衮冕[7]，易大纛而九斿[8]。五帝同尊，万灵受职。视操、懿、莽、温偶奸大物[9]，生称贼臣，死堕下鬼，何啻天渊。顾旧祠湫隘[10]，不称诏书播告之意，金中丞父子爰议鼎新，时维导首，得孤山寺旧址，

---

① 冢宰：原为周代官名，为六卿之首，亦称太宰。后将吏部尚书称为冢宰。
② 万历四十二年：1614 年。
③ 导首：提倡，首倡。 鼎新：更新，革新。
④ 梵宫：即佛寺。
⑤ 岳鄂王：即岳飞。 于少保：即于谦。 关神：即关羽。
⑥ 甲寅：指万历四十二年（1614）。
⑦ 兜鍪（móu）：古代战士戴的头盔。 衮冕：古代皇帝和王公贵族在祭天地、宗庙等重大庆典活动时穿戴用的正式礼服。
⑧ 大纛（dào）：古代行军中或重要典礼上的大旗。 九斿（liú）：亦作"九旒""九游"，是天子所使用的旌旗。
⑨ 操、懿、莽、温：指位极人臣、权势滔天、志在谋逆的曹操、司马懿、王莽、桓温。 偶奸大物：指加九锡。九锡原是古代皇帝赐给诸侯、大臣有殊勋者的九种礼器（车马、衣服、乐则、朱户、纳陛、虎贲、铁钺、弓矢、秬鬯）。王莽篡汉前先加九锡，后来魏晋南北朝执政大臣夺取政权，建立新王朝前都要加九锡，后九锡逐渐成为"篡逆"的代称。
⑩ 湫隘（jiǎo ài）：低洼狭小。

度材垒土，勒墙墉，庄像设，先后三载而落成。中丞以余实倡议，属余记之。

余考孤山寺，且名永福寺。唐长庆四年[①]，有僧刻《法华》于石壁。会元微之以守越州，道出杭，而杭守白乐天为作记。有九诸侯率钱助工，其盛如此。成毁有数，金石可磨，越数百年而祠帝君。以释典言之，则旧寺非所谓现天大将军[②]身，而今祠非所谓现帝释[③]身者耶。至人舍其生而生在，杀其身而身存。孔曰成仁，孟曰取义，与《法华》一大事之旨何异也。彼谓忠臣义士犹待坐蒲团[④]、修观行而后了生死者，妄矣。然则石壁岿然，而石经初未泐[⑤]也。顷者四川歼叛，神为助力，事达宸聪[⑥]，非同语怪[⑦]。惟辽西黠卤尚缓天诛[⑧]，帝君能报曹[⑨]而有不报神宗

---

① 长庆四年：824 年。

② 天大将军：这里代指诸佛。

③ 帝释：即帝释天。本为印度教神明，司职雷电与战斗，后被佛教吸收为护法神。这里指关羽。

④ 蒲团：以蒲草编织而成的圆形、扁平的坐垫，又称圆座。此乃僧人坐禅及跪拜时所用之物。

⑤ 泐（lè）：铭刻，用刻刀书写。

⑥ 宸聪：谓皇帝的听闻。

⑦ 语怪：《论语·述而》："子不语怪力乱神。"

⑧ 辽西黠卤：指东北地区的女真族，明末成为中原王朝北方边患。　天诛：指明朝的征讨。

⑨ 报曹：指关羽为了报答当年曹操以礼诱降、千里放行的恩德，所以当曹操赤壁兵败，败走华容道时放其一条生路。

者乎？左挟鄂王，右挟少保，驱雷部[①]，掷火铃[②]，昭陵之铁马嘶风，蒋庙之塑兵濡露，谅荡魔皆如蜀道矣。先是金中丞抚闽，借神之告，屡歼倭夷，上功盟府[③]，故建祠之费，视众差巨，盖有夙意[④]云。”

寺中规制精雅，庙貌庄严，兼之碑碣清华，柱联工确，一以文理为之，较之施庙[⑤]，其雅俗真隔霄壤。

董其昌《孤山关王庙柱铭》：

忠能择主，鼎足分汉室君臣；
德必有邻，把臂[⑥]呼岳家父子。

宋兆禴《关帝庙柱联》：

从真英雄起家，直参圣贤之位；
以大将军得度[⑦]，再现帝王之身。

---

① 雷部：雷部乃道教道法神系之天庭属部，由正神“九天应元雷声普化天尊”执掌。北宋时期，道教神霄、清微诸派，崇尚施行雷法，于是雷之功能不仅在于施雨，而且扩大到了主天之祸福，持物之权衡，掌物掌人，司生司杀。宋代雷部形成庞大的系统，有三五铁面火车将军、太岁大将军、三五邵阳主帅将军、流金火铃大将军等。

② 火铃：道士所用的法器。

③ 上功盟府：功勋入载主持盟誓、典策的官府。

④ 夙意：平素的意愿。

⑤ 施庙：指上文所述施如忠斥资所建的关王庙。

⑥ 把臂：握持手臂，表示亲密。

⑦ 得度：化神。

张岱《关帝庙柱对》：

统系[1]让偏安，当代天王归汉室；

《春秋》[2] 明大义，后来夫子属关公[3]。

苏小小墓

苏小小者，南齐时钱塘名妓也。貌绝青楼[4]，才空[5]士类，当时莫不艳称[6]。以年少早卒，葬于西泠之坞。芳魂不殁，往往花间出现。宋时有司马槱者，字才仲，在洛下梦一美人搴帷而歌[7]，问其名，曰：西陵苏小小也。问歌何曲？曰：《黄金缕》[8]。后五年，才仲以东坡荐举，为秦少章[9]幕下官，因道其事。少章异之，曰："苏小之墓，今在西泠，何不酹酒吊之？"才仲往寻其墓拜之。是夜，梦与同寝，曰：妾愿酬矣。自是幽昏三载，才仲亦卒于杭，葬小小墓侧。

---

① 统系：旧时指宗族系统。这里指刘备系汉代皇室后裔。

② 《春秋》：《春秋》是鲁国的史书，记载了从鲁隐公元年（前722）到鲁哀公十四年（前481）的历史，是儒家"六经"之一，相传由孔子编修而成。

③ "后来"句：史书记载，关羽忠义双全，智勇兼具，勇猛善战，好读《春秋》，能诵读如流。

④ 青楼：妓院。

⑤ 空：冠绝。

⑥ 艳称：指以容色艳美著称。

⑦ 洛下：即洛阳。　搴（qiān）：拔取，撩起。

⑧ 《黄金缕》：词牌名，又称《蝶恋花》，出自唐教坊曲。

⑨ 秦少章：秦觏，字少章，宋代著名词人秦观（字少游）之弟。

西陵苏小小诗：

妾乘油壁车，郎跨青骢马。

何处结同心，西陵松柏下。

又词：

妾本钱塘江上住，花落花开，不管流年度。燕子衔将春色去，纱窗几阵黄梅雨。　斜插玉梳云半吐，檀板轻敲，唱彻《黄金缕》。梦断彩云无觅处，夜凉明月生南浦。

李贺《苏小小》诗：

幽兰露，如啼眼。无物结同心，烟花不堪剪。草如茵，松如盖。风为裳，水为佩。油壁车，久相待。冷翠烛，劳光彩。西陵下，风吹雨。

沈原理《苏小小歌》：

歌声引回波，舞衣散秋影。梦断别青楼，千秋香骨冷。青铜镜里双飞鸾，饥乌吊月啼勾栏[①]。风吹野火火不灭，山妖笑入狐狸穴。西陵墓下钱塘潮，潮来潮去夕复朝。墓前杨柳不堪折，春风自绾[②]同心结。

元遗山《题苏小像》：

---

① 勾栏：又作勾阑或构栏，是宋元戏曲在城市中的主要表演场所，相当于现在的戏院。

② 绾（wǎn）：盘绕，系结。

槐荫庭院宜清昼，帘卷香风透。美人图画阿谁留，都是宣和名笔内家收[①]。　莺莺燕燕分飞后，粉浅梨花瘦。只除苏小不风流，斜插一枝萱草[②]凤钗头。

徐渭《苏小小墓》诗：

一抔[③]苏小是耶非，绣口花腮烂舞衣。
自古佳人难再得，从今比翼罢双飞。
薤[④]边露眼啼痕浅，松下同心结带稀。
恨不颠狂如大阮，欠将一曲恸兵闱。

陆宣公祠

孤山何以祠陆宣公[⑤]也？盖自陆少保炳[⑥]为世宗乳母之子，揽权怙宠[⑦]，自谓系出宣公，创祠祀之。规制宏厂，吞吐湖山。台榭之盛，概湖无比。炳以势焰，孰有美产，

---

① 宣和：宋徽宗使用的最后一个年号（1119—1125）。徽宗雅好书画，在宫中成立画院，收集历代名家书画，有《宣和画谱》《宣和书谱》传世。　内家：皇宫。

② 萱草：又作谖草，有忘忧草、宜男草等别名。

③ 一抔（póu）：一捧，一捧黄土。多指坟墓。

④ 薤（xiè）：多年生草本植物，地下有鳞茎，鳞茎和嫩叶可食。

⑤ 陆宣公：陆贽，字敬舆，苏州嘉兴（今浙江嘉兴）人，大历六年（771）进士。有《陆宣公翰苑集》及《陆氏集验方》传世。

⑥ 陆少保炳：即陆炳。嘉靖十八年（1539）救明世宗于火海中，得世宗恩宠。曾助严嵩陷害夏言。官至太保。权倾天下，明世宗数起大狱，然炳多能保全。

⑦ 怙（hù）宠：依仗恩宠。

即思攫夺。旁有故锦衣王佐[1]别墅壮丽，其孽子不肖，炳乃罗织其罪，勒以献产。捕及其母，故佐妾也。对簿[2]时，子强辩。母膝行前，道其子罪甚详。子泣，谓母忍陷其死[3]也。母叱之曰："死即死，尚何说！"指炳座顾曰："而父[4]坐此非一日，作此等事亦非一日，而生汝不肖子，天道也，汝死犹晚！"炳颊发赤，趣[5]遣之出，弗终夺。

炳物故[6]，祠没入官，以名贤得不废[7]。隆庆间，御史谢廷杰以其祠后增祀两浙名贤，益以严光、林逋、赵忭、王十朋、吕祖谦、张九成、杨简、宋濂、王琦、章懋、陈选。会稽进士陶允宜以其父陶大临自制牌版[8]，令人匿之怀中，窃置其旁。时人笑其痴孝。

祁彪佳《陆宣公祠》诗：

东坡佩服宣公疏，俎豆[9]西泠蘋藻香。
泉石苍凉存意气，山川开涤见文章。

---

① 王佐：曾掌锦衣卫，后为陆炳所代。
② 对簿：即对簿公堂，指在官府公堂上受审问。
③ 忍陷其死：忍心置其于死地。
④ 而父：即尔父，你的父亲。
⑤ 趣（cù）：督促，催促。
⑥ 物故：亡故，去世。
⑦ 以名贤得不废：因为祭祀的是名相贤臣陆贽而得以保存。
⑧ 牌版：指灵牌。旧时人死后供奉祖先的牌位。
⑨ 俎豆：古代祭祀、宴飨时盛食物用的礼器，亦泛指各种礼器。

画工界画[1]增金碧，庙貌巍峨见矞皇[2]。

陆炳湖头夸势焰，崇韬乃敢认汾阳。

六一泉

六一泉[3]在孤山之南，一名竹阁[4]，一名勤公讲堂。宋元祐六年[5]，东坡先生与惠勤上人同哭欧阳公处也。勤上人讲堂初构，掘地得泉，东坡为作泉铭。以两人皆列欧公门下，此泉方出[6]，适哭公讣，名以六一，犹见公也。其徒作石屋覆泉，且刻铭其上。南渡高宗为康王时，常使金，夜行，见四巨人执殳前驱[7]。登位后，问方士，乃言紫薇垣[8]有四大将，曰：天蓬、天猷、翊圣、真武。帝思报之，遂废竹阁，改延祥观，以祀四巨人。至元初，世祖

---

① 界画：中国绘画的门类之一。绘画内容多以宫室、楼台等为题材，作画时使用界尺引线，故名界画。

② 矞（yù）皇：形容辉煌艳丽。

③ 六一泉：六一泉位于杭州市孤山南麓，上有半壁亭。苏轼为了纪念恩师欧阳修（号“六一居士”），故将泉命名为六一泉。

④ 竹阁：白居易知杭州时为乌窠禅师所建，原在杭州广化寺柏堂之后，宋时徙建北山报恩院。

⑤ 元祐六年：1091 年。

⑥ 此泉方出：据苏轼《六一泉铭》记载，泉出于元祐五年（1090）。

⑦ 执殳（shū）前驱：指拿着兵器在前面开路。殳，一种长柄勾头似的器具，可以取物，可以击打乐器，后成为兵器。

⑧ 紫薇垣：三垣之一，为三垣的中垣，位于北天中央位置，故称中宫，以北极为中枢。有十五星，分为左垣与右垣两列。

又废观为帝师祠[1]。泉没于二氏之居二百余年[2]。元季兵火，泉眼复见，但石屋已圮，而泉铭亦为邻僧舁[3]去。

洪武初，有僧名行升者，锄荒涤垢，图复旧观。仍树石屋，且求泉铭，复于故处。乃欲建祠堂，以奉祀东坡、勤上人[4]，以参寥故事[5]，力有未逮。教授徐一夔为作疏曰："眷[6]兹胜地，实在名邦。勤上人于此幽栖，苏长公因之数至。迹分缁素[7]，同登欧子之门；谊重死生，会哭孤山之下。惟精诚有感通之理，故山岳出迎劳之泉。名聿[8]表于怀贤，忱式昭于荐菊[9]。虽存古迹，必肇新祠。此举非为福田[10]，实欲共成胜事。儒冠僧衲[11]，请恢雅量以相成；山色湖光，行与高峰而共远。愿言乐助，毋诮滥竽[12]。"

---

① 帝师祠：祭祀受元朝皇帝供奉的帝师，由乌斯藏佛教萨斯迦派的高级喇嘛充当，第一任帝师为八思巴。

② 二百余年：指南宋初年至元末。

③ 舁（yú）：抬。

④ 勤上人：指惠勤和尚。上人，指道德高尚、道行高深的和尚。

⑤ 以：若，如。　参寥：即僧道潜。

⑥ 眷（juàn）：反顾，回视。

⑦ 缁素：指僧俗。僧徒衣缁，俗众服素，故称。

⑧ 聿（yù）：古汉语助词，用在句首或句中。

⑨ 忱：忠诚。　式：助词。　昭：彰显。

⑩ 福田：佛教中凡敬侍佛、僧、父母、悲苦者，即可得福德、功德，犹如农人耕田，能有收获，故以田为喻，将善行称为福田。

⑪ 僧衲：指僧衣。僧人穿百衲衣为僧，故以僧衲代指僧人或僧衣。

⑫ 诮：讥诮，讥讽。　滥竽：即滥竽充数，比喻没有真才实学的人。有时也表示自谦。

苏轼《六一泉铭》:

欧阳文忠公将老，自谓六一居士。予昔通守钱塘，别公于汝阴而南。公曰："西湖僧惠勤，甚文而长于诗。吾昔为《山中乐》三章以赠之。子闲[①]于民事，求人于湖山间而不可得，则往从勤乎?"予到官三日，访勤于孤山之下，抵掌[②]而论人物，曰："六一公，天人也。人见其暂寓人间，而不知其乘云驭风，历五岳而跨沧海也。此邦之人，以公不一来为恨。公麾斥八极[③]，何所不至。虽江山之胜，莫适为主，而奇丽秀绝之气，常为能文者用。故吾以为西湖盖公几案间一物耳。"勤语虽怪幻，而理有实然者。明年公薨，予哭于勤舍。又十八年，予为钱塘守，则勤亦化去久矣。访其旧居，则弟子二仲在焉。画公与勤像，事之如生。舍下旧无泉，予未至数月，泉出讲堂之后，孤山之趾，汪然溢流，甚白而甘。即其地凿岩架石为室。二仲谓："师闻公来，出泉以相劳苦，公可无言乎?"乃取勤旧语，推本其意，名之曰"六一泉"。且铭之曰："泉之出也，去公数千里，后公之没十八年，而名之曰'六一'，不几于诞乎?曰：君子之泽，岂独五世而已，盖得其人，则可至于百传。常

① 闲：通"娴"，娴熟，了解。

② 抵掌：击掌。指人在谈话中的高兴神情。

③ 麾（huī）斥八极：形容人气概非凡。麾斥，奔放。

试与子登孤山而望吴越，歌山中之乐而饮此水，则公之遗风余烈，亦或见于此泉也。”

白居易《竹阁》诗：

晚坐松檐下，宵眠竹阁间。
清虚当服药，幽独抵归山。
巧未能胜拙，忙应不及闲。
无劳事修炼，只此是玄关[1]。

葛岭

葛岭[2]者，葛仙翁稚川[3]修仙地也。仙翁名洪，号抱朴子，句容人也。从祖[4]葛玄，学道得仙术，传其弟子郑隐。洪从隐学，尽得其秘。上党鲍玄妻以女。咸和初，司徒导招补主簿，干宝荐为大著作，皆同辞。闻交趾出丹砂[5]，独求为勾漏令。行至广州，刺史郑岳留之，乃炼丹于罗浮山中。如是者积年。一日，遗书岳曰：“当远游京师，克

① 玄关：佛教入门之道。现在指厅堂的外门。

② 葛岭：位于杭州市西湖之北宝石山东面，道教名山胜地，相传东晋时著名道士葛洪曾于此结庐修道炼丹，故而得名。

③ 葛仙翁稚川：即葛洪，字稚川，自号抱朴子，晋丹阳郡句容（今江苏句容）人。三国方士葛玄从孙，世称小仙翁，东晋道教学者、著名炼丹家、医药学家。著有《神仙传》《抱朴子》《肘后备急方》《西京杂记》等。

④ 从祖：指祖父的亲兄弟。

⑤ 丹砂：即朱砂。原为方士炼制外丹的常用原料。

期[1]便发。”岳得书，狼狈往别，而洪坐至日中，兀然[2]若睡，卒年八十一。举尸入棺，轻如蝉蜕[3]，世以为尸解[4]仙去。

智果寺西南为初阳台[5]，在锦坞上，仙翁修炼于此。台下有投丹井[6]，今在马氏园。宣德间大旱，马氏甃井[7]得石匣一、石瓶四。匣固不可启。瓶中有丸药若芡实者，啖之，绝无气味，乃弃之。施渔翁独啖一枚，后年百有六岁。浚井后，水遂淤恶不可食，以石匣投之，清冽如故。

祁豸佳[8]《葛岭》诗：

抱朴游仙去有年，如何姓氏至今传。
钓台千古高风在，汉鼎虽迁尚姓严。

勾漏灵砂世所稀，携来烹炼作刀圭[9]。
若非渔子[10]年登百，几使还丹[11]变井泥。

---

① 克期：在严格规定的期限内。
② 兀然：昏然无知的样子。
③ 蝉蜕：蝉所蜕之壳，又名蝉衣。
④ 尸解：道教认为修道者得道后留下形骸，魂魄散去而成仙，谓之尸解。
⑤ 初阳台：位于葛岭之巅，传为葛洪炼丹所置。每当清晨日出之际，四山皆晦，台上已明，故名初阳台。
⑥ 投丹井：即葛翁井。
⑦ 甃（zhòu）井：修砌水井。
⑧ 祁豸佳：字止祥，号雪瓢，山阴（今浙江绍兴）人。齐彪佳之弟。
⑨ 刀圭：中药的量器名，借指药物。
⑩ 渔子：即文中施渔翁。
⑪ 还丹：道家术语，丹砂烧成水银之后，放置到一定时间，水银又还原成丹砂，叫还丹，人服之可白日升天。

平章甲第半湖边，日日笙歌入画船。
循州一去如烟散，葛岭依然还稚川。

葛岭孤山隔一丘，昔年放鹤此山头。
高飞莫出西山缺，岭外无人勿久留。

苏公堤

杭州有西湖，颍上亦有西湖[①]，皆为名胜，而东坡连守二郡。其初得颍，颍人曰："内翰[②]只消游湖中，便可以了公事。"秦太虚因作一绝云："十里荷花菡萏初，我公身至有西湖。欲将公事湖中了，见说官闲事亦无。"后东坡到颍，有谢执政启[③]云："入参两禁[④]，每玷北扉之荣[⑤]；出典二邦[⑥]，迭为西湖之长。"故其在杭，请浚西湖，聚葑泥，筑长堤，自南之北，横截湖中，遂名苏公堤。夹植桃

---

① 颍上：县名，属安徽省阜阳市，因地处颍水上游而得名。颍上西湖曾与杭州西湖、惠州西湖、扬州西湖并称为"中国四大名湖"。有会老堂、聚星堂、清涟阁、画舫斋、飞盖桥、望佳桥、宜远桥等景点。

② 内翰：元祐四年（1089），苏轼以翰林学士知制诰兼侍读出知杭州，故称内翰。

③ 启：古代官方正式使用的一种文体，包括奏疏、公文、书函等。

④ 两禁：北宋时，翰林学士直舍在皇宫北门两侧，因以"两禁"借指翰林院。禁，宫禁。

⑤ 玷：自谦之辞，犹"忝"。北扉之荣：唐高宗召文士草拟诏书，许其从北门出入，其余官员则只能从南门出入。苏轼曾为翰林学士，负责草拟诏书，故称其享有北扉之荣。

⑥ 出典二邦：指苏轼出守杭州、颍州两地。

柳，中为六桥。南渡之后，鼓吹楼船，颇极华丽。后以湖水漱啮[①]，堤渐凌夷[②]。入明，成化以前，里湖[③]尽为民业，六桥水流如线。正德三年[④]，郡守杨孟瑛辟之，西抵北新堤为界，增益苏堤，高二丈，阔五丈三尺，增建里湖六桥，列种万柳，顿复旧观。久之，柳败而稀，堤亦就圮。

嘉靖十二年[⑤]，县令王钛令犯罪轻者种桃柳为赎，红紫灿烂，错杂如锦。后以兵火，砍伐殆尽。万历二年[⑥]，盐运使朱炳如复植杨柳，又复灿然。迨至崇祯初年，堤上树皆合抱。太守刘梦谦与士夫陈生甫辈时至。二月，作胜会于苏堤。城中括羊角灯、纱灯几万盏，遍挂桃柳树上，下以红毡铺地，冶童名妓，纵饮高歌。夜来万蜡齐烧，光明如昼。湖中遥望堤上万蜡，湖影倍之。箫管笙歌，沉沉昧旦[⑦]。传之京师，太守镌级[⑧]。

因想东坡守杭之日，春时每遇休暇，必约客湖上，早食于山水佳处。饭毕，每客一舟，令队长一人，各领数

---

① 漱啮：指水的侵蚀、冲荡。

② 凌夷：衰落、衰败。

③ 里湖：西湖被孤山、白堤、苏堤、杨公堤分隔，按面积大小分别为外西湖、西里湖、北里湖、小南湖及岳湖等五片水面。

④ 正德三年：1508 年。

⑤ 嘉靖十二年：1533 年。

⑥ 万历二年：1574 年。

⑦ 昧旦：又叫昧爽，指天将亮的时间。

⑧ 镌级：降低官阶，降职。

妓，任其所之。晡[1]后鸣锣集之，复会望湖亭或竹阁，极欢而罢。至一二鼓[2]，夜市犹未散，列烛以归。城中士女夹道云集而观之。此真旷古[3]风流、熙世[4]乐事，不可复追也已。

张京元《苏堤小记》：

苏堤度六桥，堤两旁尽种桃柳，萧萧摇落。想二三月，柳叶桃花，游人阗塞[5]，不若此时之为清胜。

李流芳《题两峰罢雾图》：

三桥龙王堂，望西湖诸山，颇尽其胜。烟林雾障，映带层叠；淡描浓抹，顷刻百态。非董、巨[6]妙笔，不足以发其气韵。余在小筑时，呼小舟桨至堤上，纵步看山，领略最多。然动笔便不似。甚矣，气韵之难言也。予友程孟旸《湖上题画》诗云："风堤露塔欲分明，阁雨萦阴两未成。我试画君团扇上，船窗含墨信风行。"此景此诗，此人此画，俱属可想。癸丑[7]八月清晖阁题。

---

① 晡：申时，即午后3点至5点。
② 一二鼓：一鼓为晚7点到9点。二鼓为晚9点到11点。
③ 旷古：空前，从古至今。
④ 熙世：太平盛世。
⑤ 阗塞：拥塞，拥堵。
⑥ 董、巨：指董源和巨然。二人皆为五代南唐画家。
⑦ 癸丑：指万历四十一年（1613）。

苏轼《筑堤》诗：

六桥横截天汉上，北山始与南屏通。
忽惊二十五万丈，老葑席卷苍烟空。
昔日珠楼拥翠钿[①]，女墙[②]犹在草芊芊。
东风第六桥边柳，不见黄鹂见杜鹃。

又诗：

惠勤、惠思皆居孤山。苏子倅郡[③]，以腊日[④]访之，作诗云：

天欲雪时云满湖，楼台明灭山有无。
水清石出鱼可数，林深无人鸟相呼。
腊月不归对妻孥，名寻道人实自娱。
道人之居在何许，宝云山[⑤]前路盘纡。
孤山孤绝谁肯庐，道人有道山不孤。
纸窗竹屋深自暖，拥褐坐睡依团蒲[⑥]。
天寒路远愁仆夫，整驾催归及未晡。
出山回望云水合，但见野鹤盘浮屠。

---

① 翠钿：用翠玉制作或镶嵌的妇女头饰。
② 女墙：城墙上面呈凹凸形的小墙。
③ 倅（cuì）郡：任州府的副官。当时苏轼任杭州通判。
④ 腊日：俗称“腊八”（农历十二月初八），古人有祭祀祖先和神灵、祈求丰收吉祥的传统。
⑤ 宝云山：位于西湖北侧葛岭初阳台东北，宋时此山所产茶叶入贡。
⑥ 团蒲：即蒲团。用蒲草编织成的圆垫，多为僧人坐禅及跪拜时所用，后也作坐具。

兹游淡泊欢有余，到家恍如梦蘧蘧。
作诗火急追亡逋，清景一失后难摹。

王世贞《泛湖度六桥堤》诗：

拂幰[①]莺啼出谷频，长堤夭矫跨苍旻[②]。
六桥天阔争虹影，五马飙开散曲尘。
碧水乍摇如转盼，青山初沐竞舒颦。
莫轻杨柳无情思，谁是风流白舍人[③]？

李鉴龙《西湖》诗：

花柳曾闻暗六桥，近来游舫甚萧条。
折残画阁堤边失，倒入山光波上摇。
秋水湖心眸一点，夜潭塔影黛双描。
兰亭感慨今移此，痴对雷峰话寂寥。

湖心亭

湖心亭旧为湖心寺，湖中三塔，此其一也。明弘治间，按察司佥事阴子淑秉宪甚厉[④]。寺僧怙镇守中官[⑤]，杜

---

① 幰（xiǎn）：车上的帷幔。

② 夭矫：形容姿态的伸展屈曲而有气势。 苍旻（mín）：苍天。

③ 白舍人：指白居易。白居易曾为中书舍人，故称。

④ 按察司：明清时负责一省的司法和检察机构，主管查办官员，纠正不法行为。 佥事：明代按察使的属官，协理司务，分道巡察。 秉宪甚厉：执法严厉。

⑤ 怙：依靠，仗恃。 中官：宦官。

门不纳官长。阴廉[1]其奸事，毁之，并去其塔。嘉靖三十一年[2]，太守孙孟寻遗迹，建亭其上。露台亩许，周以石栏，湖山胜概，一览无遗。数年寻圮[3]。万历四年[4]，佥事徐廷祼重建。二十八年，司礼监孙东瀛改为清喜阁，金碧辉煌，规模壮丽，游人望之如海市蜃楼。烟云吞吐，恐滕王阁、岳阳楼俱无其伟观也。春时，山景、睺罗[5]、书画、古董，盈砌盈阶，喧阗[6]扰嚷，声息不辨。夜月登此，阒寂[7]凄凉，如入鲛宫海藏。月光晶沁，水气滃[8]之，人稀地僻，不可久留。

张京元《湖心亭小记》：

湖心亭，雄丽空阔。时晚照在山，倒射水面，新月挂东，所不满者半规[9]，金盘玉饼，与夕阳彩翠重轮交网，不觉狂叫欲绝。恨亭中四字匾、隔句对联，

---

① 廉：察考，访查。

② 嘉靖三十一年：1552 年。

③ 寻圮：不久就坍塌。

④ 万历四年：1576 年。

⑤ 睺罗：即摩睺罗。宋代风俗，在七夕晚上供奉泥塑的婴孩，称为“摩睺罗”，据称为妇人生子之祥。

⑥ 喧阗（tián）：声音大而杂。

⑦ 阒（qù）寂：寂静，幽静。

⑧ 滃（wěng）：云气腾涌的样子。

⑨ 半规：半圆形。有时借指太阳或月亮。

填楣盈栋，安得借咸阳一炬[1]，了此业障[2]。

张岱《湖心亭小记》：

崇祯五年[3]十二月，余住西湖。大雪三日，湖中人鸟声俱绝。是日更定[4]矣，余挐一小舟，拥毳衣[5]炉火，独往湖心亭看雪。雾凇沆砀[6]，天与云、与山、与水，上下一白。湖上影子，惟长堤一痕[7]，湖心亭一点，与余舟一芥，舟中人两三粒而已。到亭上，有两人铺毡对坐，一童子烧酒，炉正沸。见余大惊喜，曰："湖中焉得更有此人！"拉余同饮。余强饮三大白[8]而别。问其姓氏，是金陵人，客此。及下船，舟子喃喃曰："莫说相公痴，更有痴似相公者。"

胡来朝《湖心亭柱铭》：

四季笙歌，尚有穷民悲夜月；
六桥花柳，浑无隙地种桑麻。

---

① 咸阳一炬：指西楚霸王项羽率军攻占秦朝都城咸阳后，将秦宫全部烧毁。后泛指一把火烧光。

② 业障：佛教指妨碍修行的罪恶。

③ 崇祯五年：1632 年。

④ 更定：指初更以后，晚上八点左右。

⑤ 毳（cuì）衣：古代王公大夫所穿的毛绩衣服。或指用鸟毛制成的僧服。

⑥ 沆砀（hàng dàng）：白气弥漫的样子。

⑦ 一痕：一道，一条。

⑧ 大白：大杯酒。

郑烨《湖心亭柱铭》：

亭立湖心，俨西子载扁舟，雅称雨奇晴好；

席开水面，恍东坡游赤壁，偏宜月白风清。

张岱《清喜阁柱对》：

如月当空，偶似微云点河汉；

在人为目，且将秋水剪瞳神。

放生池

宋时有放生碑，在宝石山下。盖天禧四年[①]，王钦若请以西湖为放生池，禁民网捕，郡守王随为之立碑也。今之放生池，在湖心亭之南。外有重堤，朱栏屈曲，桥跨如虹，草树蓊翳，尤更岑寂。古云三潭印月[②]，即其地也。春时游舫如鹜，至其地者，百不得一。其中佛舍甚精，复阁重楼，迷禽暗日，威仪肃洁，器钵无声。但恨鱼牢幽闭，涨腻[③]不流，刿[④]鬐缺鳞，头大尾瘠，鱼若能言，其苦

① 天禧四年：1020 年。

② 三潭印月：苏东坡在杭疏浚西湖时，在西湖上修建三石塔为标志，禁止在此区域中种茭植菱，以防止淤积。三石塔腹中空，球面体上排列着五个等距离圆洞，若在月明之夜，洞口糊上薄纸，塔中点燃灯光，洞形印入湖面，呈现许多月亮，真月和假月其影确实难分，夜景十分迷人，故得名“三潭印月”。

③ 涨腻：形容水中脂垢厚重，浑浊不堪。

④ 刿（guì）：刺伤。

万状。以理揆[1]之，孰若纵壑开樊，听其游泳，则物性自遂，深恨俗僧难与解释耳。

昔年余到云栖，见鸡鹅豚羖，共牢饥饿，日夕挨挤，堕水死者不计其数。余向莲池师再四疏说，亦谓未能免俗，聊复尔尔。后见兔鹿猢狲亦受禁锁，余曰："鸡凫豚羖，皆藉食于人，若兔鹿猢狲，放之山林，皆能自食，何苦锁禁，待以胥縻[2]。"莲师大笑，悉为撤禁，听其所之，见者大快。

陶望龄《放生池》诗：

介卢晓牛鸣，冶长识雀哕。
吾愿天耳通，达此音声类。
群鱼泣妻妾，鸡鹜呼弟妹。
不独死可哀，生离亦可慨。
闽语既嘤咿，吴听了难会[3]。
宁闻闽人肉，忍作吴人脍。
可怜登陆鱼，喻喁向人谇[4]。
人曰鱼口喑[5]，鱼言人耳背。

---

① 揆（kuí）：揣度，推测。

② 胥縻：即胥靡，古代服劳役的刑徒。

③ 吴听：指吴语。　了：完全，全然。　难会：难听懂。

④ 喻喁（yǎn yóng）：鱼在水里开口的样子。　谇（suì）：劝告，谏诤。

⑤ 喑（yīn）：缄默，不能说话。

何当破网罗，施之以无畏。

昔有二勇者，操刀相与酤。
曰子我肉也，奚更求食乎。
互割还互啖，彼尽我亦屠。
食彼同自食，举世嗤其愚。
还语血食[1]人，有以异此无？

吴越王钱镠于西湖上税渔，名“使宅鱼”。一日，罗隐入谒，壁有《磻溪垂钓图》，王命题之。题云：“吕望当年展庙谟[2]，直钩钓国又何如？假令身住西湖上，也是应供使宅鱼。”王即罢渔税。

放生池柱对：

天地一网罟[3]，欲度众生谁解脱；
飞潜皆性命，但存此念即菩提[4]。

醉白楼

杭州刺史白乐天啸傲湖山时，有野客[5]赵羽者，湖楼

---

① 血食：宰牲食肉。
② 庙谟（mó）：指有关国家大计的谋略。
③ 网罟（gǔ）：捕鱼及捕鸟兽的工具。
④ 菩提：觉悟、智慧，指人豁然开悟，达到超凡脱俗的境界等。
⑤ 野客：多借指隐逸者。

最畅，乐天常过其家，痛饮竟日，绝不分官民体[①]。羽得与乐天通往来，索其题楼。乐天即颜[②]之曰“醉白”。在茅家埠，今改吴庄。一松苍翠，飞带如虬[③]，大有古色，真数百年物。当日白公，想定盘礴[④]其下。

倪元璐《醉白楼》诗：

金沙深处白公堤，太守行春信马蹄。
冶艳桃花供祗应[⑤]，迷离烟柳藉提携。
闲时风月为常主，到处鸥凫是小傒[⑥]。
野老偶然同一醉，山楼何必更留题。

小青佛舍

小青[⑦]，广陵人。十岁时遇老尼，口授《心经》[⑧]，一过成诵。尼曰：“是儿早慧福薄，乞付我作弟子。”母不许。

---

① 不分官民体：不拘泥于官宦和庶民之间身份礼仪的区别。

② 颜：题写，题额。

③ 虬：无角的龙。

④ 盘礴：徘徊，流连。

⑤ 祗应：供奉，当差。

⑥ 小傒：幼仆。

⑦ 小青：相传为明末杭州（非本文“广陵人”）人冯玄玄，字小青，能诗，善音律。十六岁时被迫嫁给富商冯千秋为妾，受到大妇排斥，迁居孤山佛舍，忧郁而死，年仅十八。

⑧ 《心经》：即《般若波罗蜜多心经》（又称《摩诃般若波罗蜜多心经》）的简称，是般若经系列中的一部言简义丰、博大精深、提纲挈领、极为重要的经典。

长好读书，解音律，善弈棋。误落武林富人，为其小妇。大妇奇妒，凌逼万状。一日携小青往天竺，大妇曰："西方佛无量，乃世独礼大士[①]，何耶?"小青曰："以慈悲故耳。"大妇笑曰："我亦慈悲若。"乃匿之孤山佛舍，令一尼与俱。小青无事，辄临池自照，好与影语，絮絮如问答，人见辄止。故其诗有"瘦影自临春水照，卿须怜我我怜卿"之句。后病瘵[②]，绝粒，日饮梨汁少许，奄奄待尽。乃呼画师写照，更换再三，都不谓似。后画师注视良久，匠意妖纤[③]。乃曰："是矣。"以梨酒供之榻前，连呼："小青！小青!"一恸[④]而绝，年仅十八。遗诗一帙[⑤]。大妇闻其死，立至佛舍，索其图并诗焚之，遽去。

小青《拜慈云阁》诗：

稽首慈云大士前，莫生西土莫生天。
愿将一滴杨枝水，洒作人间并蒂莲。

又《拜苏小小墓》诗：

西泠芳草绮粼粼，内信传来唤踏青。
杯酒自浇苏小墓，可知妾是意中人。

---

① 大士：指观世音菩萨。
② 病瘵（zhài）：肺结核，古时称劳瘵。
③ 妖纤：娇媚柔弱。
④ 恸：因悲伤而大哭。
⑤ 帙（zhì）：包书的套子。

卷　四

西湖南路

柳州亭

柳州亭，宋初为丰乐楼[①]。高宗移汴民居杭地，嘉、湖诸郡，时岁丰稔，建此楼以与民同乐，故名。门以左，孙东瀛建问水亭[②]。高柳长堤，楼船画舫会合亭前，雁次相缀。朝则解维，暮则收缆。车马喧阗，驺从嘈杂[③]，一派人声，扰嚷不已。

堤之东尽为三义庙。过小桥折而北，则吾大父之寄园、铨部[④]戴斐君之别墅。折而南，则钱麟武阁学、商等轩冢宰、祁世培柱史、余武贞殿撰、陈襄范掌科各家园亭，鳞集于此。过此，则孝廉黄元辰之池上轩、富春周中翰之芙蓉园，比间皆是。今当兵燹之后，半椽不剩，瓦砾齐肩，蓬蒿满目。李文叔作《洛阳名园记》，谓以名园之兴废，卜洛阳之盛衰；以洛阳之盛衰，卜天下之治乱。诚哉言也！余于甲午[⑤]年，偶涉于此，故宫离黍[⑥]，荆棘铜

---

① 丰乐楼：杭州著名的酒楼，在涌金门外，凡官绅聚会皆在此处。

② 问水亭：在柳州亭左，此亭作为一处码头，为游人上船、归泊之处。

③ 驺（zōu）从：古代贵族、官员出行时的骑马侍从。

④ 铨部：吏部的别名。

⑤ 甲午：指清顺治十一年（1654）。

⑥ 故宫离黍：相传西周灭亡后，周大夫长途跋涉来到西周都城，看到过去的宗庙宫室都成了长满禾黍的田地，触景伤怀，无限感慨，就写下《黍离》一诗。这里借指明清易代。

驼[1]，感慨悲伤，几效桑苎翁[2]之游苕溪，夜必恸哭而返。

张杰《柳州亭》诗：

谁为鸿蒙凿此陂[3]，涌金门外即瑶池。
平沙水月三千顷，画舫笙歌十二时。
今古有诗难绝唱，乾坤无地可争奇。
溶溶漾漾年年绿，销尽黄金总不知。

王思任《问水亭》诗：

我来一清步，犹未拾寒烟。
灯外兼星外，沙边更槛边。
孤山供好月，高雁语空天。
辛苦西湖水，人还即熟眠。

赵汝愚《丰乐楼柳梢青》词：

水月光中，烟霞影里，涌出楼台。空外笙箫，云间笑语，人在蓬莱。　天香暗逐风回，正十里荷花盛开。买个小舟，山南游遍，山北归来。

灵芝寺

灵芝寺，钱武肃王之故苑也。地产灵芝，舍以为寺。

① 荆棘铜驼：古代常于宫门外置铜制的骆驼，宫门外的铜驼被弃于荆棘之中，则说明国破。后用来形容国土沦陷后的残破景象。

② 桑苎翁：唐代陆羽隐居苕溪，自称桑苎翁。

③ 陂（bēi）：池塘。这里指西湖。

至宋而规制浸宏[1]，高、孝两朝四临幸焉。内有浮碧轩、依光堂，为新进士题名之所。元末毁，明永乐初，僧竺源再造，万历二十二年重修。余幼时至其中看牡丹，干高丈余，而花蕊烂熳，开至数千余朵，湖中夸为盛事。

寺畔有显应观，高宗以祀崔府君也[2]。崔名子玉，唐贞观间为磁州滏阳令[3]，有异政，民生祠之，既卒，为神。高宗为康王时，避金兵，走钜鹿，马毙，冒雨独行，路值三歧，莫知所往。忽有白马在道，鞚驭乘之，驰至崔祠，马忽不见，但见祠马赭汗如雨，遂避宿祠中。梦神以杖击地，促其行。趋出门，马复在户，乘至斜桥，会耿南仲来迎，策马过涧，见水即化。视之，乃崔府君祠中泥马也。及即位，立祠报德，累朝崇奉异常。六月六日是其生辰，游人阗塞。

张岱《灵芝寺》诗：

项羽曾悲骓不逝[4]，活马犹然如泥塑。
焉有泥马去如飞，等闲直至黄河渡。
一堆龙骨蜕崖前，迢递芒砀迷云路。

① 浸（jìn）宏：宏大，宏阔。
② 府君：对人或神的尊称。
③ 贞观：唐太宗年号（627—649）。
④ “项羽”句：据《史记·项羽本纪》记载，项羽兵败被围垓下，歌曰：“力拔山兮气盖世，时不利兮骓不逝，骓不逝兮可奈何？虞兮虞兮奈若何！”

茕茕一介走亡人，身陷柏人脱然过。
建炎尚是小朝廷，百灵亦复加呵护。

钱王祠

钱镠，临安石鉴乡人，骁勇有谋略。壮而微，贩盐自活。唐僖宗时，平浙寇王仙芝，拒黄巢，灭董昌，积功自显。梁开平元年[①]，封镠为吴越王。有讽镠拒梁命者，镠笑曰："吾岂失一孙仲谋[②]耶！"遂受之。改其乡为临安县，军为锦衣军。是年，省茔垄，延故老，旌钺鼓吹，振耀山谷。自昔游钓之所，尽蒙以锦绣，或树石至有封官爵者，旧贸盐担，亦裁锦韬之。

一邻媪九十余，携壶泉迎于道左，镠下车亟拜。媪抚其背，以小字呼之曰："钱婆留，喜汝长成。"盖初生时，光怪满室，父惧，将沉于了溪，此媪苦留之，遂字焉。为牛酒大陈，以饮乡人；别张蜀锦为广幄，以饮乡妇。年上八十者饮金爵，百岁者饮玉爵。镠起劝酒，自唱还乡歌以娱宾，曰："玉节还乡兮挂锦衣，父老远近来相随。斗牛光起天无欺，吴越一王驷马归。"

---

① 开平元年：907 年。
② 孙仲谋：孙权，字仲谋，吴郡富春县（今浙江富阳）人，三国时期吴国的开国国君，表面上接受汉封号，实则割据江东。

时将筑宫殿，望气者言："因故府大之，不过百年；填西湖之半，可得千年。"武肃笑曰："焉有千年而其中不出真主者乎？奈何困吾民为！"遂弗改造。宋熙宁间，苏子瞻守郡，请以龙山废祠妙音院者，改为表忠观以祀之。今废。明嘉靖三十九年[①]，督抚胡宗宪建祠于灵芝寺址，塑三世五王[②]像，春秋致祭，令其十九世孙德洪者守之。郡守陈柯重镌《表忠观碑记》于祠。

苏轼《表忠观碑记》：

熙宁十年十月戊子，资政殿大学士、右谏议大夫、知杭州军事臣抃言："故越国王钱氏坟庙，及其父、祖、妃、夫人、子孙之坟，在钱塘者二十有六，在临安者十有一，皆芜秽不治，父老过之，有流涕者。谨按：故武肃王镠，始以乡兵破走黄巢，名闻江淮。复以八都兵讨刘汉宏，并越州以奉董昌，而自居于杭。及昌以越叛，则诛昌而并越，尽有浙东西之地，传其子文穆王元瓘。至其孙忠献王仁佐，遂破李景兵而取福州。而仁佐之弟忠懿王俶又大出兵攻景，以迎周世宗之师，其后，卒以国入觐。三世四王，与五代相为终始。天下大乱，豪杰蜂起，方是时，以数州之地盗名字者不可胜数，既覆其族，延及于无辜之

① 嘉靖三十九年：1560年。

② 三世五王：吴越国传国三代，共历五主，享国七十二年。

民，罔有孑遗。而吴越地方千里，带甲十万，铸山煮海，象犀珠玉之富甲于天下，然终不失臣节，贡献相望于道。是以其民至于老死不识兵革，四时嬉游，歌舞之声相闻，至于今不废。其有德于斯民甚厚。皇帝受命，四方僭乱，以次削平。西蜀江南[①]，负其险远，兵至城下，力屈势穷，然后束手。而河东刘氏[②]百战守死，以抗王师，积骸为城，洒血为池，竭天下之力，仅乃克之。独吴越不待告命[③]，封府库，籍郡县，请吏于朝，视去国如传舍，其有功于朝廷甚大。昔窦融以河西归汉[④]，光武诏右扶风修其父祖坟茔，祀以太牢。今钱氏功德殆过于融，而未及百年，坟庙不治，行道伤嗟，甚非所以劝奖忠臣、慰答民心之义也。臣愿以龙山废佛寺曰妙音院者为观，使钱氏之孙为道士曰自然者居之。凡坟庙之在钱塘者，以付自然。其在临安者，以付其县之净土寺僧曰道微。岁各度其徒一人，使世掌之。籍其地之所入，以时修其祠宇，封植其草木。有不治者，县令亟察之，甚者易其人，庶几永终不堕，以称朝廷待钱氏之意。臣抃昧死以闻。”制曰：可。其妙音院赐改名表忠观。

---

① 西蜀：指后蜀。　江南：指南唐。

② 河东刘氏：指刘崇建立的北汉政权。

③ 告命：即诰命，指帝王的诏令。

④ 窦融：字周公，扶风平陵（今陕西咸阳）人。王莽当政时，窦融割据河西自保，建武五年（29）归附东汉王朝。

铭曰：天目之山，苕水出焉。龙飞凤舞，萃于临安。笃生异人，绝类离群。奋梃大呼，从者如云。仰天誓江，月星晦蒙。强弩射潮[1]，江海为东。杀宏诛昌，奄有吴越。金券玉册，虎符龙节。[2] 大城其居，包络山川。左江右湖，控引岛蛮。岁时归休，以燕父老。晔如神人，玉带球马。四十一年，寅畏小心。厥篚相望，大贝南金。五胡昏乱，罔堪托国。三王相承，以符有德。既获所归，弗谋弗咨。先王之志，我维行之。天祚忠孝，世有爵邑。允文允武，子孙千亿。帝谓守臣，治其祠坟。毋俾樵牧，愧其后昆。龙山之阳，岿焉斯宫。匪私于钱，惟以劝忠。非忠无君，非孝无亲。凡百有位，视此刻文。

张岱《钱王祠》诗：

扼定东南十四州，五王并不事兜鍪[3]。

英雄球马朝天子，带砺山河拥冕旒[4]。

---

① 强弩射潮：相传吴越王钱镠射潮筑塘。

② 金券：铁券的美称，是皇帝赐给功臣、重臣的一种带有奖赏和盟约性质的凭证，是允其世代享有优厚待遇及免死罪的一种特别证件，也叫免死券。　玉册：亦作“玉策”，帝王祭祀告天或天子受命的册书。　虎符：古代皇帝调兵遣将用的兵符，用青铜或者黄金做成伏虎形状的令牌，劈为两半，其中一半交给将帅，另一半由皇帝保存，只有两个虎符同时使用，才可以调兵遣将。　龙节：龙形符节，后泛指奉王命出使者所持之节。钱镠曾先后获上述诸物。

③ 兜鍪（dōu móu）：作战时戴的头盔。

④ 冕旒：古代大夫以上的礼冠，后专指皇冠。借指皇帝、帝位。

大树千株被锦绂，钱塘万弩射潮头。

五胡纷扰中华地，歌舞西湖近百秋。

又《钱王祠柱铭》：

力能分土，提乡兵杀宏诛昌；一十四州，鸡犬桑麻，撑住东南半壁；

志在顺天，求真主迎周归宋；九十八年[①]，象犀筐篚，混同吴越一家。

净慈寺

净慈寺，周显德元年[②]钱王俶建，号慧日永明院，迎衢州道潜禅师居之[③]。潜尝欲向王求金铸十八阿罗汉，未白也。王忽夜梦十八巨人随行。翌日，道潜以请，王异而许之，始作罗汉堂。宋建隆初，禅师延寿以佛祖大意，经纶正宗，撰《宗镜录》一百卷，遂作宗镜堂。熙宁中，郡守陈襄延僧宗本居之。岁旱，湖水尽涸。寺西隅甘泉出，有金色鳗鱼游焉，因凿井，寺僧千余人饮之不竭，名曰圆照井。

---

① 九十八年：大约指吴越享国年限。

② 显德元年：954 年。

③ 道潜：五代法眼宗僧。河中府（今山西永济）人，俗姓武。幼年出家，参谒法眼文益，参究多年，开悟后遍访名家，止住衢州古寺。

南渡时，毁而复建，僧道容鸠工五岁始成[①]。塑五百阿罗汉，以田字殿贮之。绍兴九年[②]，改赐净慈报恩光化寺额。复毁。孝宗时，一僧募缘修殿，日餍酒肉而返，寺僧问其所募钱几何，曰："尽饱腹中矣。"募化三年，簿上布施金钱，一一开载明白。一日，大喊街头曰："吾造殿矣。"复置酒肴，大醉市中，搵喉大呕，撒地皆成黄金，众缘自是毕集，而寺遂落成。僧名济颠[③]。识者曰："是即永明后身也。"

嘉泰间，复毁，再建于嘉定三年[④]。寺故闳大，甲于湖山。翰林程珌记之，有"湿红映地，飞翠侵霄。檐转鸾翎，阶排雁齿。星垂珠网，宝殿洞乎琉璃；日耀璇题[⑤]，金椽耸乎玳瑁"之语。时宰官建议，以京辅佛寺推次甲乙，尊表五山，为诸刹纲领，而净慈与焉。先是，寺僧艰汲，担水湖滨。绍定四年[⑥]，僧法薰以锡杖扣殿前地，出泉二派，锹为双井，水得无缺。淳祐十年[⑦]，建千佛阁，

---

① 鸠工：聚集工匠。

② 绍兴九年：1139 年。

③ 济颠：道济，原名李心远，台州（今浙江临海）人，南宋高僧，后人尊称为"活佛济公"。济公破帽破扇，貌似疯癫，却扶危济困，除暴安良，彰善罚恶。

④ 嘉定三年：1210 年。

⑤ 璇题：亦作"琁题"，指玉饰的椽头。

⑥ 绍定四年：1231 年。

⑦ 淳祐十年：1250 年。

理宗书“华严法界正偏知阁”八字赐之。

元季，湖寺尽毁，而兹寺独存。明洪武间毁，僧法净重建。正统间复毁，僧宗妙复建。万历二十年[①]，司礼监孙隆重修，铸铁鼎，葺钟楼，构井亭，架梓楔。永乐间，建文帝[②]隐遁于此，寺中有其遗像，状貌魁伟，迥异常人。

袁宏道《莲花洞小记》：

莲花洞之前为居然亭。亭轩豁[③]可望，每一登览，则湖光献碧，须眉形影，如落镜中。六桥杨柳，一路牵风引浪，萧疏可爱。晴雨烟月，风景互异，净慈之绝胜处也。洞石玲珑若生，巧逾雕镂。余常谓：吴山南屏一派皆石骨土肤，中空四达，愈搜愈出。近若宋氏园亭，皆搜得者。又紫阳宫石，为孙内使搜出者甚多。噫，安得五丁神将[④]，挽钱塘江水，将尘泥洗尽，出其奇奥，当何如哉！

王思任《净慈寺》诗：

净寺何年出，西湖长翠微。
佛雄香较细，云饱绿交肥。

---

① 万历二十年：1592 年。

② 建文帝：即朱允炆，明太祖朱元璋之孙，1399—1402 年在位，年号“建文”。靖难之役后下落不明，民间传说其隐于寺中。

③ 轩豁：指敞亮，高大开阔。

④ 五丁神将：传说中的五个力士。

岩竹支僧阁，泉花蹴客衣。
酒家莲叶上，鸥鹭往来飞。

小蓬莱

小蓬莱在雷峰塔右，宋内侍甘升园也。奇峰如云，古木蓊蔚，理宗常临幸。有御爱松，盖数百年物也。自古称为小蓬莱。石上有宋刻“青云岩”“鳌峰”等字。今为黄贞父[①]先生读书之地，改名“寓林”，题其石为“奔云”。余谓“奔云”得其情，未得其理。

石如滇茶一朵，风雨落之，半入泥土，花瓣棱棱，三四层折。人走其中，如蝶入花心，无须不缀。色黝黑如英石，而苔藓之古，如商彝周鼎入土千年，青绿彻骨也。贞父先生为文章宗匠，门人数百人，一时知名士，无不出其门下者。余幼时从大父访先生。先生面黧黑，多髭须，毛颊，河目海口，眉棱鼻梁，张口多笑。交际酬酢，八面应之。耳聆客言，目睹来牍，手书回札，口嘱傒奴，杂沓于前，未尝少错。客至，无贵贱，便肉、便饭食之，夜与同榻。

① 黄贞父：即黄汝亨，字贞父，钱塘（今浙江杭州）人。明万历二十六年（1598）进士，官至江西布政司参议。是晚明著名小品文作家，有《天目记游》《廉吏传》等。

余一书记往，颇穆恶，先生寝食之无异也。天启丙寅[①]，余至寓林，亭榭倾圮，堂中窀[②]先生遗蜕，不胜人琴之感[③]。今当丁酉[④]，再至其地，墙围俱倒，竟成瓦砾之场。余欲筑室于此，以为东坡先生专祠，往鬻[⑤]其地，而主人不肯。但林木俱无，苔藓尽剥。“奔云”一石，亦残缺失次，十去其五。数年之后，必鞠为茂草[⑥]，荡为冷烟矣。菊水桃源[⑦]，付之一想。

张岱《小蓬莱奔云石》诗：

滇茶初着花，忽为风雨落。
簇簇起波棱，层层界轮廓。
如蝶缀花心，步步堪咀嚼。
薜萝杂松楸，阴翳罩轻幕。
色同黑漆古，苔斑解竹箨。
土绣鼎彝文，翡翠兼丹雘。
雕琢真鬼工，仍然归浑朴。

---

① 天启丙寅：天启六年（1626）。
② 窀（zhūn）：埋葬。
③ 人琴之感：同“人琴俱亡”，为睹物思人、痛悼亡友之典。
④ 丁酉：指清顺治十四年（1657）。
⑤ 鬻（yù）：出售。
⑥ 鞠为茂草：荒草丛生的样子。
⑦ 菊水桃源：指胜景仙境。菊水，即菊潭，在今河南省西峡。传说饮其水可长寿。桃源，指陶渊明在《桃花源记》中所描写的理想境界。

须得十年许，解衣恣盘礴。
况遇主人贤，胸中有丘壑。
此石是寒山，吾语尔能诺。

雷峰塔

雷峰者，南屏山之支麓也。穹窿回映，旧名中峰，亦名回峰。宋有雷就者居之，故名雷峰。吴越王于此建塔，始以十三级为准，拟高千尺。后财力不敷，止建七级。古称王妃塔。元末失火，仅存塔心。雷峰夕照，遂为西湖十景[①]之一。曾见李长蘅题画有云："吾友闻子将尝言：'湖上两浮屠，保俶如美人，雷峰如老衲。'予极赏之。辛亥[②]在小筑，与沈方回池上看荷花，辄作一诗，中有句云：'雷峰倚天如醉翁。'严印持见之，跃然曰：'子将老衲不如子醉翁，尤得其情态也。'盖余在湖上山楼，朝夕与雷峰相对，而暮山紫气，此翁颓然其间，尤为醉心。然予诗落句云：'此翁情淡如烟水。'则未尝不以子将老衲之言为宗耳。癸丑[③]十月醉后题。"

林逋《雷峰》诗：

---

① 西湖十景：一般指苏堤春晓、曲院风荷、平湖秋月、断桥残雪、柳浪闻莺、花港观鱼、雷峰夕照、双峰插云、南屏晚钟、三潭印月十处胜景。

② 辛亥：指万历三十九年（1611）。

③ 癸丑：指万历四十一年（1613）。

中峰一径分，盘折上幽云。
夕照前林见，秋涛隔岸闻。
长松标古翠，疏竹动微薰。
自爱苏门啸[①]，怀贤事不群。

张岱《雷峰塔》诗：

闻子状雷峰，老僧挂偏裻[②]。
日日看西湖，一生看不足。

时有薰风至，西湖是酒床。
醉翁潦倒立，一口吸西江。

惨淡一雷峰，如何擅夕照。
遍体是烟霞，掀髯复长啸。

怪石集南屏，寓林为其窟。
岂是米襄阳，端严具袍笏。[③]

包衙庄

西湖之船有楼，实包副使涵所[④]创为之。大小三号：

---

① 苏门啸：指啸咏，亦比喻高士的情趣。

② 挂偏裻（dū）：这里指穿袈裟。偏裻，即偏衣。裻，衣背缝。

③ “岂是”二句：米襄阳，即北宋画家米芾，平生嗜石，曾具袍笏拜奇石，呼为石丈。

④ 包副使涵所：即包应登，字涵所，钱塘（今浙江杭州）人。万历十四年（1586）进士，官福建提学副使，后归卧西湖，以声色自娱，与张岱祖父张汝霖友善。

头号置歌筵、储歌童，次载书画，再次偫[①]美人。涵老以声伎非侍妾比，仿石季伦、宋子京家法[②]，都令见客。常靓妆走马，媻姗勃窣[③]，穿柳过之，以为笑乐。明槛绮疏，曼讴其下，擫籥弹筝[④]，声如莺试。客至，则歌童演剧，队舞鼓吹，无不绝伦。乘兴一出，住必浃旬，观者相逐，问其所止。

南园在雷峰塔[⑤]下，北园在飞来峰下。两地皆石薮，积牒[⑥]磊砢，无非奇峭。但亦借作溪涧桥梁，不于山上叠山，大有文理。大厅以拱斗抬梁，偷其中间四柱，队舞狮子甚畅。北园作八卦房，园亭如规，分作八格，形如扇面。当其狭处，横亘一床，帐前后开合，下里帐则床向外，下外帐则床向内。涵老据其中，扃上开明窗，焚香倚枕，则八床面面皆出。穷奢极欲，老于西湖者二十年。金

---

① 偫（zhì）：积储，储备。此处指安置。

② 石季伦：石崇，字季伦，小名齐奴，生于青州，祖籍渤海南皮（今河北南皮）。石崇在河南金谷涧有别馆，称为“金谷园”。石崇金谷园中姬妾成群，每当邀客宴集，身边多侍女美人行酒。 宋子京：宋祁，字子京，安州安陆（今湖北安陆）人，后徙居开封雍丘（今河南杞县）。天圣二年（1024）进士，官翰林学士、史馆修撰。家蓄声妓，客至，令出见。

③ 媻姗勃窣：指匍匐，缓缓前行。

④ 擫（yè）：按压。 籥（yuè）：古代乐器，形状像笛。

⑤ 雷峰塔：位于杭州西湖南岸夕照山的雷峰上，为吴越王钱弘俶因黄妃得子而建，初名“皇妃塔”，因地建于雷峰，后人改称“雷峰塔”。

⑥ 积牒：累积重叠。

谷、郿坞[①]，着一毫寒俭不得，索性繁华到底，亦杭州人所谓“左右是左右”也。西湖大家何所不有，西子有时亦贮金屋[②]。咄咄书空[③]，则穷措大耳。

陈函辉《南屏包庄》诗：

独创楼船水上行，一天夜气识金银[④]。
歌喉裂石惊鱼鸟，灯火分光入藻蘋。
潇洒西园[⑤]出声妓，豪华金谷集文人。
自来寂寞皆唐突，虽是逋仙亦恨贫。

南高峰

南高峰在南北诸山之界[⑥]，羊肠佶屈[⑦]，松篁葱蒨，非

---

① 金谷：金谷园是西晋大官僚石崇的别墅，在洛阳郊外。该园规模宏大，金碧辉煌，如天宫琼宇。　郿坞：汉末董卓在迁都至长安后，在长安以西所建府邸。据《后汉书·董卓传》记载，东汉初平三年（192），董卓筑坞于郿，高厚七丈，与长安城相埒，号曰“万岁坞”，世称“郿坞”。

② 西子：指西湖。　贮金屋：据班固《汉武故事》记载，汉武帝幼小时，喜爱表姐陈阿娇，并当众承诺：“若得阿娇作妇，当作金屋贮之也。”

③ 咄咄书空：形容失志、懊恨之态。

④ “一天”句：化用杜甫《题张氏隐居》：“不贪夜识金银气，远害朝看麋鹿游。”这里形容包衙庄的富足豪奢。

⑤ 西园：指曹操在邺城所建的别墅，为君臣宴游的场所。

⑥ 南高峰：位于杭州烟霞岭西北，与北高峰遥遥对峙。山上古木葱茏，怪石嶙峋。登上山顶，极目纵眺，浩瀚的钱塘江和波平如镜的西湖尽收眼底，是登高览胜绝佳之处。

⑦ 佶屈：曲折。

芒鞋布袜，努策支筇[1]，不可陟也。塔居峰顶，晋天福间建，崇宁、乾道两度重修，元季毁。旧七级，今存三级。塔中四望，则东瞰平芜，烟销日出，尽湖中之景。南俯大江，波涛洄洑，舟楫隐见杳霭间。西接岩窦，怪石翔舞，洞穴邃密。其侧有瑞应像，巧若鬼工。北瞩陵阜，陂陀[2]曼延，箭栎[3]丛出，麰[4]麦连云。山椒[5]巨石屹如峨冠者，名先照坛，相传道者镇魔处。峰顶有钵盂潭、颖川泉，大旱不涸，大雨不盈。潭侧有白龙洞。

金堡《南高峰》诗：

南北高峰[6]两郁葱，朝朝滃浡[7]海烟封。
极颠螺髻飞云栈[8]，半岭峨冠怪石供。
三级浮屠巢老鹘，一泓清水豢痴龙。
倘思济胜烦携具，布袜芒鞋策短筇。

---

① 努策支筇：扶着手杖用力前行。
② 陂（pō）陀：倾斜不平。
③ 箭栎：泛指竹木。
④ 麰（móu）：指大麦。
⑤ 山椒：山顶。
⑥ 南北高峰：即“西湖十景”之一双峰插云。南高峰在烟霞岭旁，北高峰在灵隐寺后，两峰之间层峦叠嶂，绵延二十余里，从远处看去，则双峰对峙，近若几尺，兀突争雄，秀出群峰。
⑦ 滃浡：形容云雾蒸涌的样子。
⑧ 飞云栈：如同在云间一样的栈道。

烟霞石屋

由太子湾南折而上，为石屋岭。过岭为大仁禅寺，寺左为烟霞石屋。屋高厂虚明，行迤二丈六尺，状如轩榭，可布几筵。洞上周镌罗汉五百十六身。其底邃窄通幽，阴翳杳霭。侧有蝙蝠洞，蝙蝠大者如鸦，挂搭连牵，互衔其尾。粪作奇臭，古庙高梁，多受其累。会稽禹庙①亦然。由山椒右旋为新庵，王子安亹②、陈章侯洪绶尝读书其中。余往访之，见石如飞来峰，初经洗出，洁不去肤，隽不伤骨，一洗杨髡凿佛之惨。峭壁奇峰，忽露生面③，为之大快。

建炎间，里人避兵其内，数千人皆获免。岭下有水乐洞④，嘉泰间为杨郡王⑤别圃。垒石筑亭，结构精雅。年久芜秽不治，水乐绝响。贾秋壑以厚直得之，命寺僧深求水

---

① 会稽禹庙：大禹庙，在绍兴市南会稽山麓，始建于南朝梁初，庙祀夏禹。

② 王子安亹（mén）：王亹，字子安，别号遁纳，明绍兴人，“云门十子”之一。陈洪绶挚友，曾会同陈洪绶、张岱等刊印《水浒叶子》，明亡为僧。著有《谪杂外纪》《匪石堂诗》等。

③ 生面：指新的局面或境界。

④ 水乐洞：水乐洞洞口有清泉流出，声如金石，十分悦耳。两旁石壁上有“天然琴声”“听无弦琴”等石刻。在洞内到处可听见水声，但见不到水，直至洞口才见清泉如注。

⑤ 杨郡王：杨次山，宋宁宗恭圣仁烈皇后杨桂枝之兄，仪状瑰伟，能文能武，官至少保，累封至会稽郡王。

乐所以兴废者，不得其说。一日，秋壑往游，俯睨旁听，悠然有会，曰："谷虚而后能应，水激而后能响，今水潴[1]其中，土壅其外，欲其发响，得乎?"亟命疏壅导潴，有声从洞涧出，节奏自然。二百年胜概，一日始复。乃筑亭，以所得东坡真迹刻置其上。

苏轼《水乐洞小记》：

钱塘东南有水乐洞，泉流岩中，皆自然宫商[2]。又自灵隐、下天竺而上，至上天竺，溪行两山间，巨石磊磊如牛羊，其声空砻然，真若钟鼓，乃知庄生所谓天籁[3]，盖无在不有也。

袁宏道《烟霞洞小记》：

烟霞洞，亦古亦幽，凉沁入骨，乳汁[4]涔涔下。石屋虚明开朗，如一片云，欹侧[5]而立，又如轩榭，可布几筵。余凡两过石屋，为佣奴所据，嘈杂若市，俱不得意而归。

张京元《石屋小记》：

---

① 潴（zhū）：形容水积聚、聚集。

② 自然宫商：演奏出自然的音乐。宫商，古代五声音阶中的宫音和商音，后泛指音乐。

③ 庄生所谓天籁：《庄子·齐物论》认为"天籁"是发于自然的声响，是最美妙的音乐。后多用来形容自然而美妙的声音。

④ 乳汁：指石钟乳上的水滴。

⑤ 欹侧：倾斜，歪斜。

石屋寺，寺卑下无可观。岩下石龛[1]，方广十笏，遂以屋称。屋内，好事者置一石榻，可坐。四傍刻石像如傀儡，殊不雅驯。想以幽僻得名耳。出石屋西，上下山坡夹道皆丛桂，秋时着花，香闻数十里，堪称金粟世界[2]。

又《烟霞寺小记》：

烟霞寺在山上，亦荒落，系中贵孙隆易创，颇新整。殿后开宕取土，石骨尽出，巉峭可观。由殿右稍上两三盘，经象鼻峰东折数十武[3]，为烟霞洞。洞外小亭踞之，望钱塘如带。

李流芳《题烟霞春洞画》：

从烟霞寺山门下眺，林壑窈窕，非复人境。李花时尤奇，真琼林瑶岛也。犹记与闲孟、无际[4]，自法相寺至烟霞洞，小憩亭子，渴甚，无从得酒。见两伧父携榼至，闲孟口流涎，遽从乞饮，伧父不顾。予辈大怪。偶见梁间恶诗书一板上，乃抉而掷之。伧父跄

---

① 石龛（kān）：供奉佛像或神位的石室。

② 金粟：桂花的别名。因其色黄如金，花小如粟，故称。

③ 武：古时以半步为一武。

④ 闲孟：郑胤骥，字闲孟，嘉定（今上海嘉定）人，与李流芳是姻亲。 无际：汪明际，字无际，号雷庵，嘉定（今上海嘉定）人。少孤力学，事母以孝闻。精易学，旁及诗、画。善画山水，笔致秀逸。著《遨仙阁集》《陶斋佚稿》等。

踉而走。念此辄喷饭不已也。

高丽寺

高丽寺本名慧因寺，后唐天成二年[①]，吴越钱武肃王建也。宋元丰八年[②]，高丽国王子僧统义天入贡，因请净源法师学贤首教。元祐二年[③]，以金书汉译《华严经》三百部入寺，施金建华严大阁藏塔以尊崇之。元祐四年，统义天以祭奠净源为名，兼进金塔二座。杭州刺史苏轼疏言："外夷不可使屡入中国，以疏边防，金塔宜却弗受。"神宗从之。元延祐四年[④]，高丽沈王奉诏进香幡经于此。至正末毁，洪武初重葺；俗称高丽寺。础石精工，藏轮宏丽，两山[⑤]所无。万历间，僧如通重修。余少时从先宜人[⑥]至寺烧香，出钱三百，命舆人推转轮藏[⑦]，轮转呀呀，如鼓吹初作。后旋转熟滑，藏轮如飞，推者莫及。

---

① 天成二年：927 年。

② 元丰八年：1085 年。

③ 元祐二年：1087 年。

④ 延祐四年：1317 年。

⑤ 两山：指杭州的南高峰、北高峰。

⑥ 先宜人：指作者已故母亲。明代五品官之妻、母封赠宜人。

⑦ 舆人：古代吏卒、仆役。 轮藏：能旋转的藏置佛经的书架。设机轮，可旋转，故名。

法相寺

法相寺俗称长耳相。后唐时，有僧法真，有异相，耳长九寸，上过于顶，下可结颐，号长耳和尚。天成二年[①]，自天台国清寒岩来游[②]，钱武肃王待以宾礼，居法相院。至宋乾祐[③]四年正月六日，无疾，坐方丈，集徒众，沐浴，趺跏[④]而逝。弟子辈漆其真身，供佛龛，谓是定光佛后身。妇女祈求子嗣者，悬幡设供无虚日。以此法相名著一时。寺后有锡杖泉，水盆活石。僧厨香洁，斋供精良。寺前茭白笋，其嫩如玉，其香如兰，入口甘芳，天下无比。然须在新秋八月，余时不能也。

袁宏道《法相寺拜长耳和尚肉身戏题》：

轮相[⑤]居然足，漆光与鉴新。
神魂知也未，爪齿幻耶真。
古董休疑客，庄严不待人。
饶他金与石，到此亦成尘。

---

① 天成二年：927 年。

② 天台国清：即天台国清寺。天台国清寺始建于隋开皇十八年（598），晋王杨广承智颤大师遗意而建，南宋列为“江南十刹”之一。 寒岩：天台翠屏山第一大洞，又称“寒岩洞天”。唐代诗人寒山子曾在此长住。

③ 乾祐：疑为乾德之误，因宋无乾祐年号。宋太祖乾德四年，即 966 年。

④ 趺跏：双足交叠而坐。

⑤ 轮相：佛三十二相之一，谓佛足掌有千辐轮形印纹。

徐渭《法相寺看活石》：

莲花不在水，分叶簇青山。
径折虽能入，峰迷不待还。
取蒲量石长，问竹到溪湾。
莫怪掩斜日，明朝恐未闲。

张京元《法相寺小记》：

法相寺不甚丽，而香火骈集。定光禅师长耳遗蜕，妇人谒之，以为宜男[①]，争摩顶腹，漆光可鉴。寺右数十武，度小桥，折而上，为锡杖泉。涓涓细流，虽大旱不竭。经流处，僧置一砂缸，挹注供爨[②]。久之，水土锈结，蒲生其上，厚几数寸，竟不见缸质，因名蒲缸。倘可铲置研池炉足，古董家不秦汉不道矣。

李流芳《题法相山亭画》：

去年在法相，有送友人诗云："十年法相松间寺，此日淹留却共君。忽忽送君无长物，半间亭子一溪云。"时与方回[③]、孟旸避暑竹阁，连夜风雨，泉声轰轰不绝。又有题扇头小景一诗："夜半溪阁响，不知风雨歇。起视杳霭间，悠然见微月。"一时会心，不

① 宜男：多子。
② 挹注：把液体盛出来再注入。 供爨（cuàn）：供烧火煮饭。
③ 方回：邹方回，为李流芳小筑诗社的诗友。

知作何语。今日展此，亦自可思也。壬子[1]十月大佛寺倚醉楼灯下题。

于坟

于坟，于少保公[2]以再造功，受冤身死，被刑之日，阴霾翳天，行路踊叹。夫人流山海关，梦公曰："吾形殊而魂不乱，独目无光明，借汝眼光见形于皇帝。"翌日，夫人丧其明。会奉天门灾，英庙[3]临视，公形见火光中，上悯然念其忠，乃诏贷[4]夫人归。又梦公还眼光，目复明也。公遗骸，都督陈逵密嘱瘗藏。继子冕请葬钱塘祖茔，得旨奉葬于此。

成化二年[5]，廷议始白。上遣行人马暶谕祭[6]，其词略曰："当国家之多难，保社稷以无虞；惟公道以自持，为

---

① 壬子：指万历四十年（1612）。

② 于少保公：于谦，字廷益，号节庵，杭州府钱塘县（今浙江杭州）人。明英宗时任兵部右侍郎。正统十四年（1449），土木之变后，于谦等拥郕王即帝位，任兵部尚书，力驳南迁议，坚守京师，击退也先。英宗回归后复辟，于谦受诬被杀。

③ 英庙：即英宗，下文"裕陵"同。

④ 贷：宽恕，赦免。

⑤ 成化二年：1466 年。

⑥ 行人：明代设行人司，复有行人之官，掌传旨、册封、抚谕等事。　马暶：字季明，浙江平湖人。天顺甲申（1464）进士，任行人，赈河南，奉使封琉球中山王，馈遗无所受，王敬礼之，为立却金亭。

权奸之所害。先帝已知其枉，而朕心实怜其忠。”弘治七年[①]，赐谥曰“肃愍”，建祠曰“旌功”。万历十八年[②]，改谥“忠肃”。四十二年，御史杨鹤为公增廓祠宇，庙貌巍焕，属云间陈继儒作碑记之。碑曰：“大抵忠臣为国，不惜死，亦不惜名。不惜死，然后有豪杰之敢；不惜名，然后有圣贤之闷。黄河之排山倒海，是其敢也；即能伏流地中万三千里，又能千里一曲，是其闷也。

“昔者土木之变，裕陵北狩，公痛哭抗疏，止南迁之议，召勤王之师。虏[③]拥帝至大同，至宣府[④]，至京城下，皆登城谢曰：‘赖天地宗社之灵，国有君矣。’此一见《左传》[⑤]：楚人伏兵车，执宋公以伐宋。公子目夷令宋人应之曰：‘赖社稷之灵，国已有君矣。’楚人知虽执宋公，犹不得宋国，于是释宋公。又一见《廉颇传》：秦王逼赵王会渑池。廉颇送至境曰：‘王行，度道里会遇礼毕还，不过三十日，不还，则请立太子为王，以绝秦望。’又再见《王旦传》：契丹犯边，帝幸澶州。旦曰：‘十日之内，未有捷报，当何如?’帝默然良久，曰：‘立皇太子。’三者，公读书得力处也。由前言之，公为宋之目夷；由后言之，

---

① 弘治七年：1494年。

② 万历十八年：1590年。

③ 虏：指瓦剌军队。

④ 宣府：宣府镇，是明初设立的九边镇之一，因镇总兵驻宣化府得名。

⑤ 此一见《左传》：应为《公羊传·僖公二十一年》，此系误记。

公不为廉颇、王旦，何也？呜呼！茂陵[①]之立而复废，废而后当立，谁不知之？公之识，岂出王直、李侃、朱英下？又岂出钟同、章纶下？”

“盖公相时度势，有不当言者，有不必言者。当裕陵在虏，茂陵在储，拒父则卫辄[②]，迎父则高宗[③]，战不可，和不可，无一而可。为制虏地，此不当言也。裕陵既返，见济[④]薨，郕王[⑤]病，天人攸归，非裕陵而谁？又非茂陵而谁？明率百官，朝请复辟，直以遵晦待时[⑥]耳，此不必言也。若徐有贞、曹、石夺门之举[⑦]，乃变局，非正局；乃劫局，非迟局；乃纵横家局，非社稷大臣局也。或曰：盍去诸？呜呼！公何可去也。公在则裕陵安，而茂陵亦安。若公诤之，而公去之，则南宫之锢，不将烛影斧声乎？东

---

① 茂陵：指明宪宗朱见深，英宗长子，曾因英宗被俘而被废。

② 卫辄：《史记·卫康叔世家》载，卫太子荆聩因罪奔宋，卫人立荆聩子辄为君，是为出公。荆聩欲入国，“卫人闻之，发兵击荆聩”，乃不得入。

③ 高宗：指宋高宗赵构，父徽宗、兄钦宗，皆为金人所掳。

④ 见济：朱见济，明代宗朱祁钰的独生子，景泰三年（1452）立为太子，次年夭折。

⑤ 郕王：明代宗朱祁钰，郕王是他登基之前的封号。英宗复辟后，仍封为郕王。

⑥ 遵晦待时：韬光养晦，等待时机。

⑦ “若徐有贞”句：正统十四年（1449），英宗在土木堡之变中被俘，于谦等拥立其弟朱祁钰为帝。景泰元年（1450），英宗回京，被称为太上皇，幽禁于南宫。景泰八年（1457），副都御史徐有贞、武清侯石亨、太监曹吉祥等趁景泰帝病重之际发动政变，迎英宗复辟，废景泰帝，杀于谦等人，史称“夺门之变”。

宫之废[1]后，不将宋之德昭[2]乎？公虽欲调郕王之兄弟，而实密护吾君之父子，乃知回銮，公功；其他日得以复辟，公功也；复储亦公功也。人能见所见，而不能见所不见。能见者，豪杰之敢；不能见者，圣贤之闷。敢于任死，而闷于暴君，公真古大臣之用心也哉！”公祠既盛，而四方之祈梦至者接踵，而答如响。

王思任《吊于忠肃祠》诗：

涕割西湖水，于坟望岳坟。
孤烟埋碧血[3]，太白[4]黯妖氛。
社稷留还我，头颅掷与君。
南城得意骨，何处暮杨闻。

一派笙歌地，千秋寒食朝。
白云心浩浩，黄叶泪萧萧。
天柱擎鸿社，人生付鹿蕉[5]。

---

① 东宫之废：指景泰帝朱见深原先以英宗长子为太子，景泰三年（1452）被废为沂王。

② 宋之德昭：指宋太祖次子赵德昭，太平兴国四年（979）跟随太宗攻打幽州。军中有一次夜里惊乱，因不知道宋太宗身在何处，有人谋议立赵德昭为皇帝，宋太宗得知此事后很不高兴。回到京师后，宋太宗因为北伐不利，很长时间没有给太原之战的功臣行赏。赵德昭跟宋太宗论说此事，宋太宗大怒说：“等你自己做了皇帝，再行赏也不迟。”赵德昭退朝后自刎而死。

③ 碧血：指为正义死难而流的血。

④ 太白：金星，又名启明星。

⑤ 鹿蕉：谓人间的得失荣辱。

北邙今古讳，几突丽山椒。

张溥《吊于忠肃》诗：

栝柏风严辞月明，至今两袖识书生。
青山魂魄分夷夏，白日须眉见太平。
一死钱塘潮尚怒，孤坟岳渚水同清。
莫言软美人如土，夜夜天河望帝京。

张岱《于少保祠》诗：

平生有力济危川，百二山河去复旋。
宗泽[1]死心援北狩，李纲[2]痛哭止南迁。
渑池立子还无日，社稷呼君别有天。
复辟南宫岂是夺，借公一死取貂蝉[3]。

社稷存亡股掌中，反因罪案见精忠。
以君孤注忧王旦[4]，分我杯羹归太公[5]。

---

① 宗泽：字汝霖，婺州义乌（今属浙江）人，宋将，力主抗金迎还二帝。

② 李纲：字伯纪，邵武（今属福建）人，北宋末宰相，谏阻钦宗南迁。

③ 貂蝉：汉代高官的一种冠饰，借指官位。

④ “以君”句：这里将于谦比作王旦。景德元年（1004），契丹南侵，宋真宗听从寇凖建议，御驾亲征澶州，王旦随行。而担任东京留守的雍王赵元份患重病，王旦受命秘密从军前回京接任留守之职。他食宿在朝，经旬不归家，以确保京城安全。

⑤ “分我”句：楚汉相争时期，项羽担心长期对峙下去对他不利，于是抓了刘邦的父亲，扬言刘邦不投降就杀了他父亲炖成肉羹吃，刘邦听说后说，我们两人是结拜兄弟，答以：“吾翁即若翁，必欲烹而翁，则幸分我一杯羹。”

但使庐陵[①]存外邸，自知冕服返桐宫[②]。

属镂[③]赐死非君意，曾道于谦实有功[④]。

杨鹤《于坟华表柱铭》：

赤手挽银河，君自大名垂宇宙；

青山埋白骨，我来何处哭英雄。

又《正祠柱铭》：

千古痛钱塘，并楚国孤臣，白马江边，怒卷千堆夜雪；

两朝冤少保，同岳家父子，夕阳亭里，伤心两地风波。

董其昌《于少保祠柱铭》：

赖社稷之灵，国已有君，自分一腔抛热血；

---

① 庐陵：唐中宗李显，唐高宗李治第七子，高宗死后即位。武则天称制，显被废为庐陵王。神龙元年（705），武则天被迫让位，显再次登基。

② 冕服：古代帝王举行重大仪式所穿戴的礼服。 桐宫：商代桐地的宫室，相传为商汤陵墓所在地，伊尹曾放太甲于此。桐宫后来也借指被贬的帝王或幽禁帝王的地方。

③ 属镂：吴王夫差赐伍子胥自刎的剑。

④ “曾道”句：据《明史·于谦传》记载，英宗成功复辟后，石亨、徐有贞等人将于谦和当时的大学士王文抓捕入狱，然后又诬陷于谦等人想更换太子，拥立襄王世子为皇帝。于谦并没有多加辩白，认为这是石亨等人的阴谋，争辩也是没有益处的。定案以后，石亨、徐有贞等人请示是否要处死于谦。“英宗尚犹豫曰：‘于谦实有功。’有贞进曰：‘不杀于谦，此举为无名。’”

竭股肱之力，继之以死，独留青白在人间。

张岱《于少保柱铭》：

宋室无谋，岁输卤数万币[①]，和议既成，安得两宫[②]归朔漠；

汉家斗智，幸分我一杯羹，挟求非计，不劳三寸返新丰[③]。

张岱《定香桥小记》：

甲戌[④]十月，携朱楚生住不系园看红叶[⑤]。至定香桥，客不期而至者八人：南京曾波臣，东阳赵纯卿，金坛彭天锡，诸暨陈章侯，杭州杨与民、陆九、罗三，女伶陈素芝。[⑥] 余留饮。章侯携缣素为纯卿画古佛，波臣为纯卿写照，杨与民弹三弦子，罗三唱曲，陆九吹箫。与民复出寸许紫檀界尺，据小梧，用北调说《金瓶梅》一剧，使人绝倒。是夜，彭天锡与罗

---

① “岁输”句：指绍兴十一年（1141）宋金和议，规定宋向金称臣，岁纳银绢二十五万匹。

② 两宫：指被金人掳走的徽、钦二宗。

③ “不劳”句：指没有多费口舌，刘太公就被放归，回了新丰。

④ 甲戌：崇祯七年（1634）。

⑤ 朱楚生：戏曲女艺人。 不系园：一名随喜庵，明末名士汪汝谦园墅。

⑥ 曾波臣：曾鲸，字波臣，福建莆田人，一生往来江浙一带，为人写真。所画人物肖像能抓住最动人处，精心描绘，形象逼真，栩栩如生，有“如镜取影，俨然如生”之誉。 彭天锡：晚明艺人，擅演净、丑戏，以扮演权奸之类的反面人物见长。 陈章侯：即陈洪绶。 杨与民：晚明艺人，善弹三弦说书。

三、与民串本腔戏[①]，妙绝；与楚生、素芝串调腔戏[②]，又复妙绝。章侯唱村落小歌，余取琴和之，牙牙如语。纯卿笑曰："恨弟无一长，以侑兄辈酒。"余曰："唐裴将军旻[③]居丧，请吴道子[④]画天宫壁度亡母。道子曰：'将军为我舞剑一回，庶因猛厉以通幽冥。'旻脱缞衣[⑤]，缠结，上马驰骤，挥剑入云，高十数丈，若电光下射，执鞘承之，剑透室而入，观者惊栗。道子奋袂如风，画壁立就。章侯为纯卿画佛，而纯卿舞剑，正今日事也。"纯卿跳身起，取其竹节鞭，重三十斤，作胡旋舞[⑥]数缠，大噱而罢。

风篁岭

风篁岭，多苍筤篠簜[⑦]，风韵凄清。至此，林壑深沉，迥出尘表。流淙活活，自龙井而下，四时不绝。岭故丛薄

① 本腔戏：即昆剧、昆腔。

② 调腔戏：调腔又称"掉腔"。明末清初流行于浙江绍兴一带，又名绍兴高调、新昌高腔。有人认为是余姚腔的遗音。

③ 裴将军旻：裴旻，善剑舞，与李白诗、张旭草书并称"三绝"，曾官龙华军使。

④ 吴道子：唐代著名画家，开元年间以善画被召入宫廷，历任供奉、内教博士，曾在长安、洛阳寺观作宗教壁画三百余间。吴道子画人物，笔势圆转，衣服飘带如迎风飘扬，后人称为"吴带当风"。

⑤ 缞（cuī）衣：古代丧服，用麻布制成，披在胸前。

⑥ 胡旋舞：由西域传来的西北少数民族舞蹈，以各种旋转动作为主，故称。

⑦ 苍筤：青竹。　篠（xiǎo）：细竹。　簜（dàng）：大竹。

荒密。元丰中，僧辨才淬治洁楚，名曰“风篁岭”。苏子瞻访辨才于龙井，送至岭上，左右惊曰：“远公过虎溪矣[①]。”辨才笑曰：“杜子有云：‘与子成二老，来往亦风流’。”遂造亭岭上，名曰“过溪”，亦曰“二老”。子瞻记之，诗云：“日月转双毂，古今同一丘。惟此鹤骨老，凛然不知秋。去住两无碍，人土争挽留。去如龙出水，雷雨卷潭湫。来如珠还浦[②]，鱼鳖争骈头。此生暂寄寓，常恐名实浮。我比陶令[③]愧，师为远公优。送我过虎溪，溪水当逆流。聊使此山人，永记二老游。”

李流芳《风篁岭》诗：

林壑深沉处，全凭筱簜迷。
片云藏屋里，二老到云栖。
学士留龙井，远公过虎溪。
烹来石岩白，翠色映玻璃。

---

① “远公”句：远公，指慧远，雁门郡楼烦县（今山西宁武）人，东晋高僧。居庐山东林寺，与刘遗民等同修净土，为净土宗之始祖，世人称为远公。相传慧远在庐山修行，三十余年间，不但不下山、入城，送客也从不越过虎溪，否则有虎吼。这里指辨才送苏轼过了风篁岭。

② “来如”句：据《后汉书·循吏传》载，汉合浦郡多产珠宝，原先郡守大肆搜刮，遂使珠宝移向别处。后孟尝为合浦太守，革除旧弊，珠宝复还。后多用“合浦珠还”比喻失物复得或人去复还。这里指辨才一度移居南屏，后仍归龙井。

③ 陶令：指东晋彭泽令陶潜。据说陶潜时常到庐山东林寺拜访慧远大师，一次与道士陆修静相携造访，慧远大师送客途中谈笑而行，不觉过了虎溪，猛虎大吼，主客笑别。

龙　井

南山上下有两龙井。上为老龙井，一泓寒碧，清洌异常，弃之丛薄间，无有过而问之者。其地产茶，遂为两山绝品。再上为天门，可通三竺。南为九溪，路通徐村，水出江干。其西为十八涧[①]，路通月轮山[②]，水出六和塔[③]。下龙井本名延恩衍庆寺。唐乾祐二年[④]，居民募缘改造为报国看经院。宋熙宁中，改寿圣院，东坡书额。绍兴三十一年[⑤]，改广福院。淳祐六年[⑥]，改龙井寺。元丰二年[⑦]，辨才师自天竺归老于此，不复出，与苏子瞻、赵阅道友善。后人建三贤阁祀之，岁久寺圮。万历二十三年[⑧]，司礼孙公重修，构亭轩，筑桥，锹浴龙池，创霖雨阁，焕然一新，游人骈集。

---

① 十八涧：即九溪十八涧，位于西湖之西的群山中，上自龙井起蜿蜒曲折七公里入钱塘江。溪水从龙井四周山岭坡面汇聚到龙井盆地中，形成了“万壑争流下九溪”的美丽景色。

② 月轮山：位于西湖之南的群山中，是一座浑圆的岗丘。

③ 六和塔：位于杭州钱塘江畔月轮山上，又名六合塔，取“天地四方”之意。

④ 乾祐二年：当为乾封二年，667 年。

⑤ 绍兴三十一年：1161 年。

⑥ 淳祐六年：1246 年。

⑦ 元丰二年：1079 年。

⑧ 万历二十三年：1595 年。

一片云

神运石在龙井寺中，高六尺许，奇怪突兀，特立檐下。有木香[1]一架，穿绕窍窦，蟠若龙蛇。正统十三年[2]，中贵李德驻龙井。天旱，令力士淘之。初得铁牌二十四、玉佛一座、金银一锭，凿大宋元丰年号。后得此石，以八十人舁起之。上有“神运”二字，旁多款识，漶漫不可读，不知何代所镌，大约皆投龙以祈雨者也。风篁岭上有一片云石，高可丈许，青润玲珑，巧若镂刻。松磴盘屈，草莽间有石洞，堆砌工致巉岩。石后有片云亭，为司礼孙公所构，设石棋枰于前，上镌“兴来临水敲残月，谈罢吟风倚片云”之句。游人倚徙，不忍遽去。

秦观《龙井题名记》：

元丰二年，中秋后一日，余自吴兴来杭，东还会稽。龙井有辨才大师，以书邀余入山。比出郭，日已夕，航湖至普宁[3]，遇道人参寥，问龙井所遣篮舆，则曰：“以不时至，去矣。”

---

① 木香：草类，本名蜜香，因其香气如蜜。缘沉香中有蜜香，遂讹称此为木香。

② 正统十三年：1448 年。

③ 普宁：普宁寺，位于杭州南屏山下，后周广顺元年（951）建，原名白莲寺，宋真宗大中祥符年间改名普宁寺。

是夕，天宇开霁，林间月明，可数毫发。遂弃舟，从参寥策杖并湖而行。出雷峰，度南屏，濯足于慧因涧，入灵石坞，得支径上风篁岭，憩于龙井亭，酌泉据石而饮之。自普宁凡经佛寺十五，皆寂不闻人声。道旁庐舍，灯火隐显，草木深郁，流水激激悲鸣，殆非人间之境。行二鼓，始至寿圣院，谒辨才于朝音堂，明日乃还。

张京元《龙井小记》：

过风篁岭，是为龙井，即苏端明、米海岳与辨才往来处也[1]。寺北向，门内外修竹琅琅。井在殿左，泉出石罅，甃小圆池，下复为方池承之。池中各有巨鱼，而水无腥气。池淙淙下泻，绕寺门而出。小坐，与偕亭玩一片云石。山僧汲水供茗，泉味色俱清。僧容亦枯寂，视诸山迥异。

王稺登《龙井》诗：

深谷盘回入，灵泉觱沸[2]流。
隔林先作雨，到寺不胜秋。
古殿龙王在，空林鹿女游。
一尊斜日下，独为古人留。

袁宏道《龙井》诗：

---

① 苏端明：即苏轼，曾为端明殿学士。　米海岳：即米芾，别号海岳外史。
② 觱沸（bì fèi）：泉水涌出的样子。

都说今龙井，幽奇逾昔时。
路迂迷旧处，树古失名儿。
渴仰鸡苏佛[1]，乱参玉版师[2]。
破筒分谷水，芟草出秦碑。

数盘行井上，百计引泉飞。
画壁屯云族，红栏蚀水衣。
路香茶叶长，畦小药苗肥。
宏也学苏子，辨才君是非。

张岱《龙井柱铭》：

夜壑泉归，渥洼能致千岩雨；
晓堂龙出，崖石皆为一片云。

九溪十八涧

九溪在烟霞岭西，龙井山南。其水屈曲洄环，九折而出，故称九溪。其地径路崎岖，草木蔚秀，人烟旷绝，幽阒静悄，别有天地，自非人间。溪下为十八涧，地故深邃，即缁流非遗世绝俗者，不能久居。按志，涧内有李岩寺[3]、

---

① 鸡苏佛：茶的别称。鸡苏原为一种植物，其叶淡香，以此喻茶为“鸡苏佛”。

② 玉版师：笋名。

③ 李岩寺：应为理安寺，音近而讹。理安寺古称涌泉禅院，因内有与虎跑泉齐名的山泉胜景法雨泉而得名。五代时高僧伏虎志逢禅师曾栖居于此地，吴越王为之建寺。宋理宗时为了祈求国泰民安，改名理安寺。 阳和王：当为杨和王，即杨存中。

宋阳和王梅园、梅花径等迹，今都湮没无存。而地复辽远，僻处江干，老于西湖者，各名胜地寻讨无遗，问及九溪十八涧，皆茫然不能置对。

李流芳《十八涧》诗：

己酉[1]始至十八涧，与孟旸、无际同到徐村第一桥，饭于桥上。溪流淙然，山势回合，坐久不能去。予有诗云："溪九涧十八，到处流活活。我来三月中，春山雨初歇。奔雷与飞霰，耳目两奇绝。悠然向溪坐，况对山嵯嵲[2]。我欲参云栖，此中解脱法。善哉汪子言，闲心随水灭。"无际亦有和余诗，忘之矣。

① 己酉：指万历三十七年（1609）。

② 嵯嵲（niè）：高耸险峻的山。

卷　五

西湖外景

西 溪

粟山[①]高六十二丈，周回十八里二百步。山下有石人岭，峭拔凝立，形如人状，双髻耸然。过岭为西溪，居民数百家，聚为村市。相传宋南渡时，高宗初至武林，以其地丰厚，欲都之。后得凤凰山，乃云："西溪且留下。"后人遂以名。地甚幽僻，多古梅，梅格短小[②]，屈曲槎丫，大似黄山松。好事者至其地，买得极小者，列之盆池，以作小景。其地有秋雪庵，一片芦花，明月映之，白如积雪，大是奇景。余谓西湖真江南锦绣之地，入其中者，目厌绮丽，耳厌笙歌，欲寻深溪盘谷可以避世如桃源、菊水者，当以西溪为最。余友江道闇有精舍在西溪，招余同隐。余以鹿鹿[③]风尘，未能赴之，至今犹有遗恨。

王穉登《西溪寄彭钦之书》：

留武林十日许，未尝一至湖上，然遂穷西溪之胜。舟车程并十八里，皆行山云竹霭中，衣袂尽绿。桂树大者，两人围之不尽。树下花覆地如黄金，山中人缚帚扫花售市上，每担仅当脱粟之半耳[④]。往岁行

① 粟山：在灵隐寺西。
② 梅格短小：这里指梅树品种属于较为短小的一类。
③ 鹿鹿：同"碌碌"，形容平庸的样子。
④ "每担"句：形容负担较轻。脱粟，糙米，只去皮壳、不加精制的米。

山阴道上，大叹其佳，此行似胜。

李流芳《题西溪画》：

壬子正月晦日[1]，同仲锡、子与自云栖翻白沙岭至西溪。夹路修篁，行两山间，凡十里，至永兴寺。永兴山下夷旷[2]，平畴远村，幽泉老树，点缀各各成致。自永兴至岳庙又十里，梅花绵亘村落，弥望如雪，一似余家西碛山中。是日，饭永兴，登楼啸咏。夜还湖上小筑，同孟旸、印持、子将痛饮。翼日出册子画此。癸丑[3]十月乌镇舟中题。

杨蟠《西溪》诗：

为爱西溪好，长忧溪水穷。
山源春更落，散入野田中。

王思任《西溪》诗：

一岭透天目，千溪叫雨头。
石云开绣壁，山骨洗寒流。
鸟道苔衣滑，人家竹语幽。
此行不作路，半武百年游。

张岱《秋雪庵》诗：

---

① 壬子：指万历四十年（1612）。晦日：阴历每月的最后一天。
② 夷旷：平坦而宽阔。
③ 癸丑：指万历四十一年（1613）

古宕西溪天下闻，辋川诗[1]是纪游文。
庵前老荻飞秋雪，林外奇峰耸夏云。
怪石棱层皆露骨，古梅结屈止留筋。
溪山步步堪盘礴[2]，植杖听泉到夕曛[3]。

虎跑泉

虎跑寺本名定慧寺，唐元和十四年性空师所建[4]。宪宗赐号曰广福院。大中八年[5]改大慈寺，僖宗乾符三年[6]加“定慧”二字。宋末毁。元大德七年[7]重建。又毁。明正德十四年[8]，宝掌禅师重建。嘉靖十九年[9]又毁。二十四年，山西僧永果再造。今人皆以泉名其寺云。

先是，性空师为蒲坂卢氏子，得法于百丈海[10]，来游此山，乐其灵气郁盘，栖禅其中。苦于无水，意欲他徙。梦神人语曰：“师毋患水，南岳有童子泉，当遣二虎驱来。”翼

---

① 辋川诗：王维隐居辋川别业期间，创作了《辋川集》二十首，均为出色的山水田园诗。
② 盘礴：徘徊、流连。
③ 夕曛：黄昏。
④ 元和十四年：819 年。 性空：寰中禅师。
⑤ 大中八年：854 年。
⑥ 乾符三年：876 年。
⑦ 大德七年：1303 年。
⑧ 正德十四年：1519 年。
⑨ 嘉靖十九年：1540 年。
⑩ 百丈海：即怀海，俗姓王氏，福州长乐人，唐代著名的佛教改革家。

日，果见二虎跑地出泉，清香甘冽。大师遂留。明洪武十一年[①]，学士宋濂朝京，道山下。主僧邀濂观泉，寺僧披衣同举梵咒，泉觱沸而出，空中雪舞。濂心异之，为作铭以记。城中好事者取以烹茶，日去千担。寺中有调水符，取以为验。

苏轼《虎跑泉》诗：

亭亭石榻东峰上，此老[②]初来百神仰。
虎移泉眼趁行脚[③]，龙作浪花供抚掌[④]。
至今游人灌濯罢，卧听空阶环玦响[⑤]。
故知此老如此泉，莫作人间去来想。

袁宏道《虎跑泉》诗：

竹林松涧净无尘，僧老当知寺亦贫。
饥鸟共分香积米[⑥]，枯枝常足道人薪。
碑头字识开山偈，炉里灰寒护法神。
汲取清泉三四盏，芽茶烹得与尝新。

凤凰山

唐宋以来，州治皆在凤凰山麓。南渡驻跸，遂为行宫。

---

① 洪武十一年：1378 年。
② 此老：指高僧性空禅师。
③ 行脚：指云游四方的僧人。
④ 抚掌：拍手称快。
⑤ 环玦响：形容水声如同玉佩撞击的声响。
⑥ 香积米：指佛寺的斋饭。

东坡云“龙飞凤舞入钱塘”，兹盖其右翅也。自吴越以逮南宋，俱于此建都，佳气扶舆[①]，萃于一脉。元时惑于杨髡之说，即故宫建立五寺，筑镇南塔以厌之，而兹山到今落寞。今之州治，即宋之开元故宫，乃凤凰之左翅也。明朝因之，而官司藩臬[②]皆列左方，为东南雄会。岂非王气移易，发泄有时也。故山川坛、八卦田、御教场、万松书院、天真书院，皆在凤凰山之左右焉。

苏轼《题万松岭惠明院壁》：

余去此十七年，复与彭城张圣途、丹阳陈辅之同来。院僧梵英，葺治堂宇，比旧加严洁。茗饮芳烈，问：“此新茶耶？”英曰：“茶性，新旧交则香味复。”余尝见知琴者，言琴不百年，则桐之生意[③]不尽，缓急清浊，常与雨旸寒暑相应。此理与茶相近，故并记之。

徐渭《八仙台》诗：

南山佳处有仙台，台畔风光绝素埃。
嬴女只教迎凤入，桃花莫去引人来。
能令大药[④]飞鸡犬，欲傍中央剪草莱。

---

① 扶舆：犹扶摇。盘旋升腾貌。

② 藩臬（fān niè）：指藩司和臬司，明、清两代的布政使和按察使的并称。

③ 桐之生意：指桐木所做的琴的生命力。

④ 大药：道家对外丹的别称。

旧伴自应寻不见，湖中无此最深隈。

袁宏道《天真书院》诗：

百尺颓墙在，三千旧事闻。
野花粘壁粉，山鸟煽炉温。
江亦学之字[①]，田犹画卦文[②]。
儿孙空满眼，谁与荐荒芹[③]？

宋大内

《宋元拾遗记》：高宗好耽山水，于大内中更造别院，曰小西湖。自逊位后，退居是地，奇花异卉，金碧辉煌，妇寺宫娥充斥其内，享年八十有一。按钱武肃王年亦八十一，而高宗与之同寿，或曰高宗即武肃后身也。《南渡史》又云：徽宗在汴时，梦钱王索还其地，是日即生高宗，后果南渡，钱王所辖之地，尽属版图。畴昔之梦，盖不爽矣。元兴，杨琏真加坏大内以建五寺，曰报国，曰兴元，曰般若，曰仙林，曰尊胜，皆元时所建。按志，报国寺即垂拱殿，兴元即芙蓉殿，般若即和宁门，仙林即延和殿，尊胜即福宁殿。雕梁画栋，尚有存者。白塔计高二百丈，内藏佛经数十万卷，佛像数千，整饰华靡。取宋南渡诸宗

① “江亦”句：钱塘江弯曲如“之”字形，故名“之江”。
② “田犹”句：田地呈八卦形。
③ 荐荒芹：比喻微薄的祭品。

骨殖，杂以牛马之骼，压于塔下，名以镇南。未几，为雷所击，张士诚寻毁之。

谢皋羽《吊宋内》诗：

复道垂杨草乱交，武林无树是前朝。
野猿引子移来宿，搅尽花间翡翠巢。

隔江风雨动诸陵[①]，无主园林草自春。
闻说光尧[②]皆堕泪，女官[③]犹是旧宫人。

紫宫楼阁逼流霞，今日凄凉佛子家。
寒照下山花雾散，万年枝上挂袈裟。

禾黍何人为守阍，落花台殿暗销魂。
朝元阁下归来燕，不见当时鹦鹉言。

黄晋卿《吊宋内》诗：

沧海桑田事渺茫，行逢遗老叹荒凉。
为言故国游麋鹿[④]，漫指空山号凤凰。

---

① 诸陵：指南宋六帝陵寝，分别为宋高宗永思陵、宋孝宗永阜陵、宋光宗永崇陵、宋宁宗永茂陵、宋理宗永穆陵、宋度宗永绍陵。

② 光尧：指宋高宗赵构。绍兴三十二年（1162），在位三十五年的赵构禅位于皇太子赵昚，被尊为光尧寿圣太上皇帝。

③ 女官：指高级的宫女，又称宫官，有一定的品秩，且领有俸禄。

④ 游麋鹿：比喻繁华之地变为荒凉之所，暗示国家沦亡。

春尽绿莎迷辇道[1]，雨多苍翠上宫墙。
遥知汴水[2]东流畔，更有平芜与夕阳。

赵孟頫《宋内》诗：

东南都会帝王州，三月莺花非旧游。
故国金人愁别汉，当年玉马去朝周[3]。
湖山靡靡今犹在，江水茫茫只自流。
千古兴亡尽如此，春风麦秀[4]使人愁。

刘基《宋大内》诗：

泽国繁华地，前朝此建都。
青山弥百粤[5]，白水入三吴[6]。
艮岳[7]销王气，坤灵肇帝图[8]。

---

① 辇道：又称御路，指古代中国建筑中皇帝车驾专用的通道。

② 汴水：即汴河。它把黄河和长江联系起来，使各地的粮食和物资得以源源不断地运进开封。

③ 玉马去朝周：玉马指商贤臣微子启。纣王昏乱，启数谏不听，乃去殷而朝周。比喻贤臣另事明主。

④ 麦秀：为商纣王叔父箕子朝周时慨愤而作的《麦秀之诗》。后人常以之与《黍离》并举，来表示亡国之痛。

⑤ 百粤：即百越，泛指江浙闽粤之地。

⑥ 三吴：指代长江下游江南地域。一般意义上的“三吴”指吴郡、吴兴郡和会稽郡。

⑦ 艮岳：宋代著名宫苑。

⑧ “坤灵”句：意为获神灵护佑，得以再建南宋。坤灵，为古人对大地的美称，或指大地的灵秀之气。

两宫千里恨[①]，九子[②]一身孤。
设险凭天堑，偷安负海隅。
云霞行殿起，荆棘寝园芜。
币帛敦和议，弓刀抑武夫。
但闻当宁奏，不见立廷呼。
鬼蜮昭华衮[③]，忠良赐属镂[④]。
何劳问社稷，且自作欢娱。
粳稻来吴会[⑤]，龟鼋出巨区[⑥]。
至尊巍北阙，多士乐西湖。
鹢首[⑦]驰文舫，龙鳞舞绣襦。
暖波摇襞积[⑧]，凉月浸氍毹[⑨]。
紫桂秋风老，红莲晓露濡。
巨螯擎拥剑，香饭漉雕胡[⑩]。
蜗角乾坤大，鳌头气势殊。

---

① “两宫”句：指徽、钦二帝被掳之事。
② 九子：宋高宗赵构为宋徽宗的第九子。
③ 鬼蜮（yù）：指害人的鬼和怪物，比喻阴险的人。 华衮（gǔn）：古代王公贵族的多彩的礼服，常用以表示极高的荣宠，或指君王。
④ 属镂：吴王夫差赐给伍子胥的剑。
⑤ 吴会：唐以后俗称平江府（今江苏苏州）为吴会。
⑥ 鼋（yuán）：大鳖。 巨区：太湖的别称。
⑦ 鹢（yì）首：指船头。因古代多画鹢鸟于船头，故称。或泛指船。
⑧ 襞积：本义是指古代衣袍上的褶裥，引申为堆积、重叠。
⑨ 氍毹（qú shū）：毛织的布或地毯，旧时演戏多用来铺在地上，故常以“氍毹”代指舞台。
⑩ 雕胡：菰米，“六谷”之一。

秦庭迷指鹿[①]，周室叹瞻乌[②]。
玉马违京辇[③]，铜驼掷路衢。
含容天地广，养育羽毛俱。
橘柚驰包贡[④]，涂泥赋上腴[⑤]。
断犀埋越棘，照乘[⑥]走隋珠。
吊古江山在，怀今岁月逾。
鲸鲵空渤澥[⑦]，歌咏已唐虞[⑧]。
鸱革[⑨]愁何极，羊裘[⑩]钓不迂。
征鸿暮南去，回首忆莼鲈[⑪]。

梵天寺

梵天寺在山川坛后，宋乾德四年[⑫]钱吴越王建，名南

---

① “秦庭”句：指鹿为马的典故。比喻故意颠倒黑白、混淆是非。
② 瞻乌：比喻乱世无所归依之民。
③ “玉马”句：指宋恭帝赵㬎与金太后被掳之事。玉马，喻贤臣。
④ “橘柚”句：谓包裹橘柚而进贡天子。后以“包贡”指进贡。
⑤ 上腴：肥沃的土地。
⑥ 照乘：指光亮能照明车辆的宝珠。　隋珠：隋侯之珠，古代与和氏璧同称稀世之宝。
⑦ 鲸鲵：比喻凶恶的敌人。　渤澥：古代称东海的一部分，即渤海。
⑧ 唐虞：唐尧与虞舜的并称，亦指尧与舜的时代。古人以为那时是太平盛世。
⑨ 鸱革：或作“鸱夷革”，皮袋。
⑩ 羊裘：羊皮做的衣服。汉严光少有高名，与刘秀同游学。后刘秀即帝位，严光改名隐身于浙江桐庐富春江畔，披羊裘钓泽中。故后世以“羊裘”指隐者或隐居生活。
⑪ 忆莼鲈：喻思乡归隐。
⑫ 乾德四年：966 年。

塔。治平十年[①]，改梵天寺。元元统中毁，明永乐十五年重建[②]。有石塔二、灵鳗井、金井。先是，四明[③]阿育王寺有灵鳗井。武肃王迎阿育王舍利归梵天寺奉之，凿井南廊，灵鳗忽见[④]，僧赞有记。东坡倅[⑤]杭时，寺僧守诠住此。东坡过访，见其壁间诗有："落日寒蝉鸣，独归林下寺。柴扉夜未掩，片月随行履。惟闻犬吠声，又入青萝去。"东坡援笔和之曰："但闻烟外钟，不见烟中寺。幽人行未已，草露湿芒履。惟应山头月，夜夜照来去。"清远幽深，其气味自合。

苏轼《梵天寺题名》：

余十五年前，杖藜[⑥]芒履，往来南北山。此间鱼鸟皆相识，况诸道人乎！再至惘然，皆晚生，相对但有怆恨。子瞻书。

元祐四年十月十七日，与曹晦之、晁子庄、徐得之、王元直、秦少章同来，时主僧皆出，庭户寂然，徙倚久之。东坡书。

---

① 治平：宋英宗年号（1064—1067），共计四年。此处写治平十年，误。

② 永乐十五年：1417 年。

③ 四明：浙江宁波的别称，因境内有四明山而得名。

④ 灵鳗：俗称"土龙"。

⑤ 倅（cuì）：副。古代州郡长官的副职称为"倅"。这里指熙宁年间，苏东坡任杭州通判（职位亚于太守）。

⑥ 杖藜：谓拄着手杖行走。藜，野生植物，茎坚韧，可为杖。

胜果寺

胜果寺，唐乾宁间，无着禅师建。其地松径盘纡，涧淙潺灂[①]。罗刹石[②]在其前，凤凰山列其后，江景之胜无过此。出南塔而上，即其地也。宋熙宁间，有寺僧清顺住此。顺约介寡交，无大故不入城市。士夫有以米粟馈者，受不过数斗，盎[③]贮几上，日取二三合啖之，蔬笋之供，恒缺乏也。一日，东坡至胜果，见壁间有小诗云："竹暗不通日，泉声落如雨。春风自有期，桃李乱深坞。"问谁所作，或以清顺对。东坡即与接谈，声名顿起。

僧圆净《胜果寺》诗：

深林容鸟道，古洞隐春萝。
天迥闻潮早，江空得月多。
冰霜丛草木，舟楫玩风波。
岩下幽栖处，时闻白石[④]歌。

僧处默《胜果寺》诗：

路自中峰上，盘回出薜萝[⑤]。

---

① 潺灂（chán zhuó）：象声词，形容雨声或水声。
② 罗刹石：江中险石名，在钱塘江中。
③ 盎（àng）：古代的一种盆，腹大口小。
④ 白石：比喻求道隐逸。
⑤ 薜萝：薜荔和女萝。两者皆野生植物，常攀缘于山野林木或屋壁之上。

到江吴地尽，隔岸越山多。
古木丛青霭，遥天浸白波。
下方城郭近，钟磬杂笙歌。

五云山

五云山去城南二十里，冈阜深秀，林峦蔚起，高千丈，周回十五里。沿江自徐村进路，绕山盘曲而上，凡六里，有七十二湾，石磴千级。山中有伏虎亭，梯以石墄①，以便往来。至顶半，冈名月轮山，上有天井，大旱不竭。东为大湾，北为马鞍，西为云坞，南为高丽，又东为排山。五峰森列，驾轶云霞，俯视南北两峰，若锥朋立。长江带绕，西湖镜开，江上帆樯②，小若鸥凫③，出没烟波，真奇观也。宋时每岁腊④前，僧必捧雪表⑤进，黎明入城中，霰⑥犹未集，盖其地高寒，见雪独早也。

山顶有真际寺，供五福神⑦，贸易者必到神前借本，

① 墄（cè）：台阶的梯级。
② 樯（qiáng）：帆船上挂风帆的桅杆，引申为帆船或帆。
③ 凫：水鸟，俗称“野鸭”，似鸭，背部黑褐色，常群游湖泊中，能飞。
④ 岁腊：每年农历十二月初八为年终祭祖的腊祭。
⑤ 雪表：冬雪为丰年瑞兆，古代群臣每于雪后向皇帝奉表献诗祝贺。
⑥ 霰（xiàn）：小冰粒，多在下雪前或下雪时出现。
⑦ 五福神：这里指五路财神，分别为中路武财神赵公明、东路财神招宝天尊萧升、西路财神纳珍天尊曹宝、南路财神招财使者陈九公、北路财神利市仙官姚少司。

持其所挂楮镪[1]去，获利则加倍还之。借乞甚多，楮镪恒缺。即尊神放债，亦未免穷愁。为之掀髯一笑。

袁宏道《御教场小记》：

余始慕五云之胜，刻期欲登，将以次登南高峰。及一观御教场[2]，游心顿尽。石篑尝以余不登保俶塔为笑。余谓西湖之景，愈下愈胜，高则树薄山瘦，草髡石秃，千顷湖光，缩为杯子。北高峰、御教场是其样也。虽眼界稍阔，然此躯长不逾六尺，穷目不见十里，安用许大地方为哉！石篑无以难。

云 栖

云栖，宋熙宁间有僧志逢者居此，能伏虎，世称伏虎禅师。天禧中，赐”真济院“额。明弘治间为洪水所圮。隆庆五年，莲池大师名袾宏，字佛慧，仁和沈氏子，为博士弟子，试必高等，性好清净，出入二氏[3]。子殇妇殁。一日阅《慧灯集》，失手碎茶瓯，有省，乃视妻子为鹘臭布衫，于世相一笔尽勾。作歌寄意，弃而专事佛，虽学

---

① 楮镪（chǔ qiǎng）：祭供时焚化用的纸钱。镪，钱贯，引申为钱。

② 御教场：即将台山，因当年方腊之妹“百花公主”点将而得名。曾是吴越钱王讲武之地，亦为南宋王朝练兵的御教场。

③ 出入二氏：指精通儒、释二家。

使[1]者屠公力挽之，不回也。从蜀师剃度[2]受具，游方[3]至伏牛，坐炼呓语，忽现旧习，而所谓一笔勾者，更隐隐现。去经东昌府谢居士家，乃更释然，作偈[4]曰："二十年前事可疑，三千里外遇何奇。焚香执戟浑如梦，魔佛空争是与非。"当是时，似已惑破心空，然终不自以为悟。

归得古云栖寺旧址，结茅默坐，悬铛煮糜[5]，日仅一食。胸挂铁牌，题曰："铁若开花，方与人说。"久之，檀越[6]争为构室，渐成丛林[7]，弟子日进。其说主南山[8]戒律、东林净土[9]，先行《戒疏发隐》[10]，后行《弥陀疏钞》。一时江左诸儒皆来就正[11]。王侍郎宗沐问："夜来老鼠唧唧，说尽一部《华严经》?"师云："猫儿突出时如何?"自代云："走却法师，留下讲案。"又书颂云："老鼠唧唧，《华

---

① 学使：学政。由朝廷委派到各省主持院试，并督察各地学官的官员，一般由翰林院或者进士出身的京官担任。

② 剃度：出家僧侣剃发受戒的一种仪式。

③ 游方：指僧人、道士为修行问道或化缘而云游四方。

④ 偈：梵语"颂"，即佛经中的唱词。

⑤ 铛：烙饼或做菜用的平底浅锅。 糜：粥。

⑥ 檀越：施主，指以财物、饮食供养出家人或寺院的俗家信徒。

⑦ 丛林：为众僧和合、同学安居的道场。又名檀林。

⑧ 南山：即南山宗，唐朝四分律宗三派之一，以研习及传持戒律为主，创始人为常住终南山丰德寺的道宣。

⑨ 东林净土：即净土宗，汉传佛教十宗之一，根源于大乘佛教净土信仰，因江西庐山东林寺而得名。

⑩《戒疏发隐》：与下文《弥陀疏钞》均为莲池所著，阐发佛理。

⑪ 就正：指向人讨教，请求指正。

严》历历。奇哉王侍郎，却被畜生惑。猫儿突出画堂前，床头说法无消息。大方广佛《华严经》，世主妙严品第一。”其持论严正，诂解精微。监司守相[①]下车就语，侃侃略无屈。海内名贤，望而心折。孝定皇太后[②]绘像宫中礼焉，赐蟒袈裟，不敢服，被衲敝帏，终身无改。斋惟蔬菜。有至寺者，高官舆从，一概平等，几无加豆[③]。

仁和樊令问：“心杂乱，何时得静？”师曰：“置之一处，无事不办。”坐中一士人曰：“专格一物，是置之一处，办得何事？”师曰：“论格物[④]，只当依朱子豁然贯通去，何事不办得？”或问：“何不贵前知？”师曰：“譬如两人观《琵琶记》，一人不曾见，一人见而预道之，毕竟同看终场，能增减一出否耶？”甬东屠隆于净慈寺迎师观所著《昙花传奇》，虞淳熙以师梵行素严[⑤]阻之。师竟偕诸绅衿临场谛观讫[⑥]，无所忤。寺必设戒，绝钗钏声，而时抚琴弄箫，以乐其脾神。晚著《禅关策进》。其所述，峭似

① 监司：有监察州县之权的地方长官的简称。明布政使、按察使因有监察官吏之权，故称监司。 守相：郡守。

② 孝定皇太后：指明穆宗贵妃、明神宗生母李太后，支持张居正变法，笃信佛教，在京城内外建造多处庙宇。

③ 加豆：添加食物以表示尊崇。豆，一种容器。

④ 格物：即格物致知，意为探究事物的原理而获得知识。

⑤ 梵行素严：平素持戒甚严。

⑥ 绅衿：地方上退休的官员和士子，泛指地方上有声望的人。 谛观：审视，仔细看。

高峰、冷似冰者，庶几似之矣。喜乐天之达，选行其诗。平居笑谈谐谑，洒脱委蛇，有永公[①]清散之风。未尝一味槁木[②]死灰，若宋旭所议担板汉[③]，真不可思议人也。出家五十年，种种具嘱语中。万历乙卯[④]六月晦日，书辞诸友，还山设斋，分表施衬，若将远行者。七月三日，卒仆不语，次日复醒。弟子辈问后事，举嘱语对。四日之午，命移面西向，循首开目，同无疾时，哆哪念佛，趺坐而逝。

往吴有神李昙降毗山[⑤]，谓师是古佛。而杨靖安万春尝见师现佛身，施食吴中。一信士[⑥]窥空室，四鬼持灯至，忽列三莲座，师坐其一，佛像也。乩仙[⑦]之灵者云，张果听师说《心赋》[⑧] 于永明。李屯部[⑨]妇素不信佛，偏受师戒，逾年屈三指化，云身是梵僧阿那吉多。而僧俗将坐脱[⑩]时，多请说戒、说法。然师自名凡夫，诸事恐呵责，不敢以闻。化前一日，漏语[⑪]见一大莲华盖，不复能秘其

---

① 永公：指晋僧惠永禅师，为庐山西林寺住持。
② 槁木：已经死亡干枯的树木，形容毫无生气。
③ 担板汉：呆笨、不灵活的人。
④ 万历乙卯：即万历四十三年（1615）。
⑤ 毗山：位于湖州城东，因近城，故名毗山。
⑥ 信士：指信奉佛教的在家男子。
⑦ 乩仙：指扶乩时请托的神灵。
⑧ 《心赋》：是智觉禅师探讨佛理之作，共四卷，为其住持永明寺时所著。
⑨ 屯部：即屯部郎中，官职名。
⑩ 坐脱：即坐化。指修行有素的人，端坐安然而命终。
⑪ 漏语：泄露机密。

往生之奇云。

袁宏道《云栖小记》：

云栖在五云山下，篮舆[1]行竹树中，七八里始到，奥僻[2]非常，莲池和尚栖止处也。莲池戒律精严，于道虽不大彻，然不为无所见者。至于单提念佛一门，则尤为直捷简要，六个字[3]中，旋天转地，何劳捏目更趋狂解，然则虽谓莲池一无所悟可也。一无所悟，是真阿弥，请急着眼。

李流芳《云栖春雪图跋》：

余春夏秋常在西湖，但未见寒山而归。甲辰[4]，同二王[5]参云栖。时已二月，大雪盈尺。出赤山步[6]，一路琼枝玉干，披拂照曜。望江南诸山，皑皑云端，尤可爱也。庚戌[7]秋，与白民看雪两堤[8]。余既归，白民独留，迟雪至腊尽。是岁竟无雪，怏怏而返。世间

① 篮舆：竹藤编的轿子。
② 奥僻：幽隐偏僻。
③ 六个字：佛教净土宗只须念“南无阿弥陀佛”六字，便可往生。
④ 甲辰：指万历三十二年（1604）。
⑤ 二王：即王志坚、王志长。
⑥ 赤山步：即赤山埠，杭州地名，在四眼井与虎跑泉之间。此地邻近赤山，又是西湖西岸上下船的埠头，因而得名。
⑦ 庚戌：指万历三十八年（1610）。
⑧ 两堤：即苏堤、白堤。

事各有缘，固不可以意求也。癸丑阳月[①]题。

又《题雪山图》：

甲子嘉平月九日[②]，大雪，泊舟阊门[③]，作此图。忆往岁在西湖遇雪，雪后两山出云，上下一白，不辨其为云为雪也。余画时目中有雪，而意中有云，观者指为云山图，不知乃画雪山耳。放笔一笑。

张岱《赠莲池大师柱对》：

说法平台，生公[④]一语石一语；

栖真斗室，老僧半间云半间。

六和塔

月轮峰在龙山之南。月轮者，肖其形也。宋张君房为钱塘令，宿月轮山，夜见桂子下塔，雾旋穗散坠如牵牛子。峰旁有六和塔，宋开宝三年，智觉禅师[⑤]筑之以镇江潮。塔九级，高五十余丈，撑空突兀，跨陆俯川。海船方泛者，以塔灯为之向导。宣和中，毁于方腊之乱。绍兴二

---

① 癸丑：万历四十一年（1613）。 阳月：农历十月的别称。

② 甲子：指天启四年（1624）。 嘉平月：农历十二月的别称。

③ 阊门：苏州古城之西门，通往虎丘方向。

④ 生公：世人对晋末高僧竺道生的尊称。

⑤ 智觉禅师：净土宗六祖。俗姓王，讳延寿，字冲玄，号抱一子，浙江余杭人。著有《宗镜录》《心赋》等。

十三年，僧智昙改造七级。明嘉靖十二年毁。中有汤思退等汇写《佛说四十二章》、李伯时石刻观音大士像。塔下为渡鱼山，隔岸剡中诸山，历历可数也。

李流芳《题六和塔晓骑图》：

燕子矶[①]上台，龙潭驿口路。
昔时并马行，梦中亦同趣。
后来五云山，遥对西兴渡。
绝壁瞰江立，恍与此境遇。
人生能几何，江山幸如故。
重来复相携，此乐不可喻。
置身画图中，那复言归去。
行当寻云栖，云栖渺何处。

此予甲辰与王淑士、平仲参云栖舟中为题画诗，今日展予所画《六和塔晓骑图》，此境恍然，重为题此。壬子[②]十月六日，定香桥[③]舟中。

吴琚《六和塔应制[④]》词：

玉虹遥挂，望青山、隐隐如一抹。忽觉天风吹海

---

① 燕子矶：位于江苏南京观音门外，为长江三大名矶之首，有“万里长江第一矶”的称号。燕子矶直立江上，三面临空，形似燕子展翅欲飞，故名。

② 壬子：指万历四十年（1612）。

③ 定香桥：在苏堤映波桥与锁澜桥间，西接花港观鱼。

④ 应制：由皇帝下诏命而作文赋诗的一种活动。

立，好似春雷初发。白马凌空，琼鳌[1]驾水，日夜朝天阙。飞龙舞凤，郁葱环拱吴越。　　此景天下应无，东南形胜，伟观真奇绝。好似吴儿飞彩帜，蹴起一江秋雪。黄屋天临[2]，水犀[3]云拥，看击中流楫[4]。晚来波静，海门飞上明月。

（右调《酹江月》）

杨维桢《观潮》诗：

八月十八睡龙死，海龟夜食罗刹水[5]。
须臾海辟龛赭[6]门，地卷银龙薄于纸。
艮山移来天子宫，宫前一箭随西风。
劫灰欲洗蛇鬼穴，婆留折铁[7]犹争雄。
望海楼头夸景好，断鳌已走金银岛[8]。
天吴一夜海水移，马蹀沙田食沙草。

---

① 琼鳌：传说中海里的大龟或大鳖。

② 黄屋：古代帝王专用的黄缯车盖。 天临：上天照临下土，喻天子之治。

③ 水犀：犀牛的一种，因生活于水中，故名水犀。此处喻水军。

④ 击中流楫：暗用祖逖之典，比喻立志奋发图强，表示宋孝宗意欲恢复中原的远大抱负。

⑤ 罗刹水：罗刹江，即钱塘江。

⑥ 龛赭：龛山与赭山的并称。古时两山夹江对峙，现均处钱塘江南岸。

⑦ 婆留：钱镠小名。 折铁：折铁剑，状似刀，长三尺四寸三分，重仅一斤四两。比喻钱镠仅有弹丸之地。

⑧ 断鳌：据《淮南子·览冥训》记载，女娲断鳌之足以立地之四极。这里比喻南宋爱国臣子在元兵大举南下，临安失守以后，仍然转战浙、闽、粤，力图挽狂澜于既倒。 金银岛：比喻崖山。

崖山[①]楼船归不归，七岁呱呱啼轵道[②]。

徐渭《映江楼看潮》诗：

鱼鳞金甲屯牙帐，翻身却指潮头上。
秋风吹雪下江门，万里琼花卷层浪。
传道吴王渡越时，三千强弩射潮低。[③]
今朝筵上看传令，暂放胥涛[④]掣水犀。

镇海楼

镇海楼旧名朝天门，吴越王钱氏建。规石为门，上架危楼。楼基垒石，高四丈四尺，东西五十六步，南北半之。左右石级登楼，楼连基高十有一丈。元至正中，改拱北楼。明洪武八年，更名来远楼，后以字画不祥，乃更名镇海。火于成化十年，再造于嘉靖三十五年，是年九月又火，总制胡宗宪重建。楼成，进幕士徐渭曰："是当记，子为我草。"草就以进，公赏之，曰："闻子久侨矣。"趋

---

① 崖山：位于今广东江门。南宋祥兴二年（1279），宋朝军队与蒙古军队在崖山进行大规模海战，最后元军以少胜多，宋军全军覆灭，丞相陆秀夫背着年仅八岁的少帝赵昺投海自尽。

② "七岁"句：指德祐二年（1276），南宋恭帝赵㬎向元朝投降。轵道，亭名，位于今陕西省西安市东北。《史记·秦始皇本纪》载："子婴即系颈以组，白马素车，奉天子玺符，降轵道旁。"后遂以"轵道"借指亡国投降。

③ "传道"二句：指吴王夫差强弩射潮之事。

④ 胥涛：即钱塘潮。传说伍子胥尸沉钱塘江后，化为涛神。

召掌计，廪银之两百二十为秀才庐。渭谢侈[1]不敢。公曰："我愧晋公，子于是文，乃遂能愧湜，倘用福先寺事数字以责我酬，我其薄矣，何侈为！"

渭感公语，乃拜赐持归。尽橐中卖文物如公数，买城东南地十亩，有屋二十有二间，小池二，以鱼以荷；木之类，果木材三种，凡数十株；长篱亘亩，护以枸杞，外有竹数十个，笋迸云[2]。客至，网鱼烧笋，佐以落果，醉而咏歌。始屋陈而无次，稍序新之，遂颜其堂曰"酬字"。

徐渭《镇海楼记》：

镇海楼相传为吴越钱氏所建，用以朝望汴京[3]，表臣服之意。其基址、楼台、门户、栏楯，极高广壮丽，具载别志中。楼在钱氏时，名朝天门，元至正中，更名拱北楼。皇明洪武八年，更名来远。时有术者，病其名之书画不祥，后果验，乃更今名。火于成化十年，再建于嘉靖三十五年，九月又火。予奉命总督直浙闽军务，开府于杭，而方移师治寇，驻嘉兴，比归，始与某官某等谋复之。人有以不急病者。予曰："镇海楼建当府城之中，跨通衢，截吴山麓，其

① 谢侈：因财物过多而辞谢。
② 迸云：犹穿云，比喻很高。
③ 汴京：又称汴州、东京、大梁，今河南开封。

四面有名山大海、江湖潮汐之胜，一望苍茫，可数百里。民庐舍百万户，其间村市官私之景，不可亿计，而可以指顾得者，惟此楼为杰特之观。至于岛屿浩渺，亦宛在吾掌股间。高翥长骞，有俯压百蛮气。而东夷之以贡献过此者，亦往往瞻拜低回而始去。故四方来者，无不趋仰以为观游的。如此者累数百年，而一旦废之，使民若失所归，非所以昭太平、悦远迩。非特如此已也，其所贮钟鼓刻漏之具，四时气候之榜，令民知昏晓，时作息，寒暑启闭，桑麻种植渔佃，诸如此类，是居者之指南也。而一旦废之，使民懵然迷所往，非所以示节序，全利用。且人传钱氏以臣服宋而建，此事昭著已久。至方国珍时，求缓死于我高皇，犹知借镠事以请。诚使今海上群丑而亦得知钱氏事，其祈款如珍之初词，则有补于臣道不细，顾可使其迹湮没而不章耶？予职清海徼，视今日务，莫有急于此者。公等第营之，毋浚征于民，而务先以己。”于是予与某官某等，捐于公者计银凡若干，募于民者若干。遂集工材，始事于某年月日。计所构，甃石为门，上架楼，楼基垒石，高若干丈尺。东西若干步，南北半之。左右级曲而达于楼，楼之高又若干丈。凡七楹，础百。巨钟一，鼓大小九，时序榜各有差，贮其中，悉如成化时制。盖历几年月而成。始楼未成时，剧寇满海上，予移师往讨，日不暇至。于今五年，寇剧者禽[①]，来者遁，居者慑不敢来，海始晏然[②]，而楼适成，故从其旧名“镇海”。

张岱《镇海楼》诗：

钱氏称臣历数传，危楼突兀署朝天。
越山吴地方隅尽，大海长江指顾连。
使到百蛮皆礼拜，潮来九折自盘旋。
成嘉到此经三火，皆值王师靖海年。

都护[③]当年筑废楼，文长[④]作记此中游。
适逢困鳄来投辖[⑤]，正值饥鹰自下鞲[⑥]。
严武题诗属杜甫，曹瞒拆字忌杨修。
而今纵有青藤笔，更讨何人数字酬！[⑦]

伍公祠

吴王既赐子胥死，乃取其尸，盛以鸱夷之革，浮之江中。子胥因流扬波，依潮来往，荡激堤岸，势不可御。或

① 禽：通“擒”。
② 晏然：安宁，平静。
③ 都护：指胡宗宪。
④ 文长：指徐渭。
⑤ 投辖：喻主人好客，殷勤留客。
⑥ 鞲：臂套，用皮制成，射箭、架鹰时缚于两臂束住衣袖以便动作。
⑦ “而今”二句：用胡宗宪重酬徐渭（青藤）事，感叹自己怀才不遇。

有见其银铠雪狮，素车白马，立在潮头者，遂为之立庙。每岁仲秋既望[①]，潮水极大，杭人以旗鼓迎之，弄潮之戏，盖始于此。宋大中祥符间，赐额曰“忠靖”，封英烈王。嘉熙间，海潮大溢，京兆赵与权祷于神，水患顿息，乃奏建英卫阁于庙中。元末毁，明初重建。有唐卢元辅《胥山铭序》、宋王安石《庙碑铭》。

高启《伍公祠》诗：

地大天荒霸业空，曾于青史叹遗功。
鞭尸楚墓生前孝，抉眼吴门死后忠。
魂压怒涛翻白浪，剑埋冤血起腥风。
我来无限伤心事，尽在吴山烟雨中。

徐渭《伍公庙》诗：

吴山东畔伍公祠，野史评多无定词。
举族何辜同刈草，后人却苦论鞭尸。
退耕始觉投吴早，雪恨终嫌入郢迟。
事到此公真不幸，镯镂依旧遇夫差。

张岱《伍相国祠》诗：

突兀吴山云雾迷，潮来潮去大江西。
两山[②]吞吐成婚嫁，万马奔腾应鼓鼙。

① 仲秋：秋季的第二个月，即农历八月。既望：农历十五为望，十六为既望。
② 两山：即龛山、赭山。

清浊溷淆天覆地，玄黄错杂血连泥。
旌幢幡盖威灵远，檄到娥江取候齐[1]。

从来潮汐有神威，鬼气阴森白日微。
隔岸越山遗恨在，到江吴地故都非。
钱塘一臂鞭雷走，龛赭双颐噀雪飞。
灯火满江风雨急，素车白马[2]相君归。

城隍庙

吴山城隍庙，宋以前在皇山，旧名永固，绍兴九年徙建于此。宋初，封其神，姓孙名本。永乐时，封其神，为周新。

新，南海人，初名“日新”。文帝[3]常呼“新”，遂为名。以举人为大理寺评事，有疑狱，辄一语决白之。永乐初，拜监察御史，弹劾敢言，人目为“冷面寒铁”。长安中以其名止儿啼。转云南按察使，改浙江。至界，见群蚋[4]飞马首，尾之蓁中[5]，得一暴尸，身余一钥、一小铁

① “檄到”句：相传伍子胥死后为潮神，曾檄令曹娥江与钱塘江同涨同退。
② 素车白马：传说伍子胥尸体沉江后，百姓有时可看到伍子胥乘白马素车立于潮头。
③ 文帝：指明成祖朱棣。
④ 蚋（ruì）：一种吸人畜血液的昆虫。
⑤ 尾：尾随。 蓁：茂盛的草丛或荆棘。

识。新曰：“布贾也。”收取之。既至，使人大市市中布，一一验其端，与识同者皆留之。鞫[1]得盗，召尸家人与布，而置盗法，家人大惊。

新坐堂，有旋风吹叶至，异之。左右曰：“此木城中所无，一寺去城差远，独有之。”新曰：“其寺僧杀人乎？而冤也。”往树下，发得一妇人尸。

他日，有商人自远方夜归，将抵舍，潜置金丛祠石罅中，旦取无有。商白新。新曰：“有同行者乎？”曰：“无有。”“语人乎？”曰：“不也，仅语小人妻。”新立命械其妻，考之，得其盗，则其私也。则客暴[2]至，私者在伏匿听取之者也。凡新为政，多类此。

新行部[3]，微服视属县，县官触之，收系狱，遂尽知其县中疾苦。明日，县人闻按察使来，共迓[4]不得。新出狱曰：“我是。”县官大惊。当是时，周廉使名闻天下。

锦衣卫指挥纪纲者最用事，使千户[5]探事浙中，千户作威福受赇[6]。会新入京，遇诸涿，即捕千户系涿狱。千

---

① 鞫：审讯。
② 暴：突然。
③ 行部：巡行所辖区域。
④ 迓（yà）：迎接。
⑤ 千户：卫所武官名。
⑥ 作威福：凭借职位滥用权力。 赇：贿赂。

户逸出，诉纲，纲更诬奏新。上怒，逮之，即至，抗声陛前曰：“按察使擒治奸恶，与在内都察院同，陛下所命也，臣奉诏书死，死不憾矣。”上愈怒，命戮之。临刑大呼曰：“生作直臣，死作直鬼！”是夕，太史奏文星坠，上不怿[①]，问左右周新何许人。对曰：“南海。”上曰：“岭外乃有此人。”一日，上见绯而立者，叱之，问为谁。对曰：“臣新也。上帝谓臣刚直，使臣城隍浙江，为陛下治奸贪吏。”言已不见。遂封新为浙江都城隍，立庙吴山。

张岱《吴山城隍庙》诗：

宣室殷勤问贾生，鬼神情状不能名。
见形白日天颜动，浴血黄泉御座惊。
革伴鸱夷犹有气，身殉豺虎岂无灵。
只愁地下龙逢[②]笑，笑尔奇冤遇圣明。

尚方特地出枫宸[③]，反向西郊斩直臣。
思以鬼言回圣主，还将尸谏退佥人[④]。
血诚无藉丹为色，寒铁应教金铸身。
坐对江潮多冷面，至今冤气未曾伸。

---

① 不怿：不欢喜。

② 龙逢：关龙逢，夏桀朝名相，因为进谏忠言而被杀。

③ 枫宸：汉宫中多种枫树，后多以指代宫殿。

④ 尸谏：卫大夫史鱼临死遗言以谏其君，后指臣子以死来规劝君主。 佥人：小人。

又《城隍庙柱铭》：

厉鬼张巡[①]，敢以血身污白日；

阎罗包老[②]，原将铁面比黄河。

火德庙

火德祠在城隍庙右，内为道士精庐。北眺西泠，湖中胜概，尽作盆池小景。南北两峰如研山在案[③]，明圣二湖如水盂在几[④]。窗棂门棒凡见湖者，皆为一幅图画。小则斗方[⑤]，长则单条[⑥]，阔则横披[⑦]，纵则手卷[⑧]，移步换影。若遇韵人[⑨]，自当解衣盘礴[⑩]。画家所谓水墨丹青，淡描浓抹，无所不有。昔人言"一粒粟中藏世界，半升铛里煮山川"，盖谓此也。火居道士能为阳羡书生，则六桥三竺，皆是其鹅笼中物矣。

---

① 厉鬼张巡：张巡，邓州南阳（今属河南）人。安史之乱时以真源令坚守睢阳，城陷，向西拜，曰"臣虽为鬼，誓与贼为厉，以答明恩"，后被俘遇害。

② 阎罗包老：包拯，字希仁，庐州合肥（今属安徽）人。曾权知开封府，断案神明，人称"关节不到，有阎罗包老"。

③ 研山在案：砚台在书桌上。

④ 水盂：装盛研墨用水的器皿。 几：案台。

⑤ 斗方：中国书画装裱样式之一，代指一或二尺见方的书画或诗幅页。

⑥ 单条：指单幅的条幅，这里指直幅书画。

⑦ 横披：长条形的横幅书画。

⑧ 手卷：国画装裱中横幅的一种体式，以能握在手中顺序展开阅览得名。因幅度特点为长，故又称"长卷"。又因手卷为横幅，所以也称"横卷"。

⑨ 韵人：风流高雅之士。

⑩ 盘礴：舒展两腿而坐。

张岱《火德祠》诗：

中郎评看湖，登高不如下。
千顷一湖光，缩为杯子大。
余爱眼界宽，大地收隙罅。
瓮牖与窗棂，到眼皆图画。

渐入亦渐佳，长康[①]食甘蔗。
数笔倪云林[②]，居然胜荆夏[③]。
刻画非不工，淡远长声价。
余爱道士庐，宁受中郎骂。

芙蓉石

芙蓉石今为新安吴氏书屋。山多怪石危峦，缀以松柏，大皆合抱。阶前一石，状若芙蓉，为风雨所坠，半入泥沙。较之寓林奔云，尤为茁壮。但恨主人深爱此石，置之怀抱，半步不离，楼榭逼之，反多厄塞。若得础柱相让，脱离丈许，松石间意，以淡远取之，则妙不可言矣。吴氏世居上山，主人年十八，身无寸缕，人轻之，呼为吴

① 长康：顾恺之，字长康，无锡（在今江苏）人。东晋画家。
② 倪云林：倪瓒，字元镇，号云林子，江苏无锡人。元画家。曾自谓其画“逸笔草草，不求形似”。
③ 荆夏：指五代画家荆浩及南宋画家夏圭。

正官[①]。一日早起，拾得银簪一枝，重二铢[②]，即买牛血煮之以食破落户[③]。自此经营五十余年，由徽抵燕，为吴氏之典铺八十有三。东坡曰："一簪之资，可以致富。"观之吴氏，信有然矣。

盖此地为某氏花园（停放棺木处），先大夫[④]以三百金折其华屋，徙造寄园，而吴氏以厚值售其弃地，在当时以为得计。而今至吴园，见此怪石奇峰，古松茂柏，在怀之璧，得而复失，真一回相见，一回懊悔也。

张岱《芙蓉石》诗：

吴山为石窟，是石必玲珑。
此石但浑朴，不复起奇峰。
花瓣几层折，堕地一芙蓉。
痴然在草际，上覆以长松。
濯磨如结铁，苍翠有苔封。
主人过珍惜，周护以墙墉。
恨无舒展地，支鹤[⑤]闭韬笼。

---

① 正官：正式编制内的官员，相对额外官及赠官等而言。此处暗含讽刺，因杭州方言"正官"近"精光"。

② 铢：二十四铢为一两。

③ 食：名词作动词，供养。 破落户：门第败落的无赖弟子。

④ 先大夫：指作者已去世的父亲，曾为鲁献王右长史。

⑤ 支鹤：指支遁的鹤。支遁，字道林，陈留（今河南开封东北）人，晋僧，平生好鹤。

仅堪留几席，聊为怪石供。

云居庵

云居庵在吴山，居鄙[①]。宋元祐间，为佛印禅师所建。圣水寺，元元贞间为中峰禅师所建。中峰又号幻住，祝发[②]时，有故宋宫人杨妙锡者，以香盒贮发，而舍利丛生，遂建塔寺中。元末毁。明洪武二十四年[③]并圣水于云居，赐额曰“云居圣水禅寺”。岁久殿圮，成化间僧文绅修复之。寺中有中峰自写小像，上有赞，[④] 云：“幻人无此相，此相非幻人。若唤作中峰，镜面添埃尘。”向言六桥有千树桃柳，其红绿为春事浅深，云居有千树枫柏，其红黄为秋事浅深，今且以薪以槱[⑤]，不可复问矣。曾见李长蘅题画曰：“武林城中招提[⑥]之胜，当以云居为最。山门前后皆长松，参天蔽日，相传以为中峰手植，岁久浸淫，为寺僧剪伐，什不存一，见之辄有老成凋谢之感。去年五月，自小筑至清波，访友寺中，落日坐长廊，沽酒[⑦]小饮已，裴

---

① 鄙：郊野之处，偏远的地方。

② 祝发：削发受戒为僧尼。

③ 洪武二十四年：1391 年。

④ 赞：一种用于颂扬人物的文体。

⑤ 以薪以槱（yǒu）：用来作为烧火的柴木。

⑥ 招提：指寺院。

⑦ 沽酒：买酒。

回[1]城上，望凤凰、南屏诸山，沿月踏影而归。翌日，遂为孟旸画此，殊可思也。”

李流芳《云居山红叶记》：

余中秋看月于湖上者三，皆不及待红叶而归。前日舟过塘栖，见数树丹黄可爱，跃然思灵隐、莲峰之约，今日始得一践。及至湖上，霜气未遍，云居山头，千树枫桕，尚未有酣意，岂余与红叶缘尚悭与？因忆往岁忍公有代红叶招余诗，余亦率尔有答，聊记于此：“二十日西湖，领略犹未了。一朝别尔归，此游殊草草。当我欲别时，千山秋已老。更得少日留，霜酣变林杪。子常为我言，灵隐枫叶好。千红与万紫，乱插向晴昊。烂然列锦绣，森然建斿旐[2]。一生未得见，何异说食饱。”

高启《宿幻住栖霞台》诗。

窗白鸟声晓，残钟渡溪水。
此生幽梦回，独在空山里。
松岩留佛灯，叶地响僧履。
予心方湛寂，闲卧白云起。

夏原吉《云居庵》诗：

---

① 裴回：亦作“徘徊”，来回走动。
② 斿旐：旌旗。

谁辟云居境，峨峨瞰古城。
两湖晴送碧，三竺晓分青。

经锁千函妙，钟鸣万户惊。
此中真可乐，何必访蓬瀛。

徐渭《云居庵松下眺城南》诗：

夕照不曾残，城头月正团。
霞光翻鸟堕，江色上松寒。
市客屠俱集，高空醉屡看。
何妨高渐离，抱却筑来弹。（城下有瞽目者善弹词。）

施公庙

施公庙在石乌龟巷，其神为施全，宋殿前小校也[①]。绍兴二十年二月朔，秦桧入朝，乘肩舆[②]过望仙桥，全挟长刃遮道刺之，透革不中，桧斩之于市，观者如堵墙，中有一人大言曰："此不了汉[③]，不斩何为！"此语甚快。秦桧奸恶，天下万世，人皆欲杀之，施全刺之，亦天下万世

① 殿前：即殿前司，宋代军事机构。　小校：低级武官名。
② 肩舆：轿子。
③ 不了汉：即"不了事"，本为宋代成语。此处"不了汉"有双关的意思，一方面指刺杀秦桧未成的施全，另一方面讽刺秦桧。

中一人也。其心其事，原不为岳鄂王起见，今传奇以全为鄂王部将，而岳坟以全入之翊忠祠[1]，则施全此举，反不公不大矣。后人祀公于此，而不配享[2]岳坟，深得施公之心矣。

张岱《施公庙》诗：

施殿司，不了汉，刺虎不伤蛇不断。
受其反噬齿利剑，杀人媚人报可汗。
厉鬼街头白昼现，老奸至此掩其面。
邀呼簇拥遮车幔，弃尸漂泊钱塘岸。
怒卷胥涛走雷电，雪巘移来天地变。

三茅观

三茅观在吴山西南。三茅者，兄弟三人，长曰盈，次曰固，季曰衷，秦初咸阳人也。得道成仙，自汉以来，即崇祀之。第观中三像，一立、一坐、一卧，不知何说。以意度之，或以行立坐卧，皆是修炼功夫，教人不可蹉过耳。宋绍兴二十年，因东京旧名，赐额曰“宁寿观”。元至元间毁，明洪武初重建。成化十年，建昊天阁。嘉靖三十五年，总制胡宗宪以平岛夷[3]功，奏建真武殿。万历二十

---

① 翊忠祠：在岳王坟旁，祀刘允升、施全。

② 配享：贤人或有功于国家的人，附祀于庙，同受祭飨。

③ 岛夷：倭寇。

一年，司礼[①]孙隆重修，并建钟翠亭、三义阁。

相传观中有褚遂良小楷《阴符经》墨迹。景定庚申[②]，宋理宗以贾似道有江汉功，赐金帛巨万，不受，诏就本观取《阴符经》，以酬其功。此事殊韵，第不应于贾似道当之耳。余尝谓曹操、贾似道千古奸雄，乃诗文中之有曹孟德，书画中之有贾秋壑，觉其罪业滔天，减却一半。方晓诗文书画，乃能忏悔恶人如此。凡人一窍尚通，可不加意诗文，留心书画哉？

徐渭《三茅观观潮》诗：

黄幡绣字金铃重，仙人夜语骑青凤[③]。
宝树攒攒摇绿波，海门数点潮头动。
海神罢舞回腰窄，天地有身存不得。
谁将练带括秋空？谁将古概[④]量春雪？
黑鳌载地几万年，昼夜一身神血干。
升沉不守瞬息事，人间白浪今如此。
白日高高惨不光，冷虹随身萦城隍。
城中那得知城外，却疑寒色来何方。

---

① 司礼：即司礼监，明朝内廷特有的建制，居内务府十二监之首，二十四衙门之一。

② 景定庚申：1260 年。

③ 青凤：鸟名，传说中五色凤之一，为仙人所骑。

④ 概：古代量粟麦时刮平斗斛的器具。

鹿苑草长文殊死[①]，狮子[②]随人吼祇树。
吴山石头坐秋风，带着高冠拂云雾。

又《三茅观眺雪》诗：

高会集黄冠[③]，琳宫夜坐阑[④]。
梅芳成蕊易，雪谢作花难。
檐月沉怀暖，江峰入坐寒。
暮鸦惊炬火，飞去破烟岚[⑤]。

紫阳庵

紫阳庵在瑞石山。其山秀石玲珑，岩窦窈窕[⑥]。宋嘉定间，邑人胡杰居此。元至元间，道士徐洞阳得之，改为紫阳庵。其徒丁野鹤修炼于此。一日，召其妻王守素入山，付偈云："懒散六十年，妙用无人识。顺逆俱两忘，虚空镇长寂。"遂抱膝而逝。守素乃奉尸而漆之，端坐如生。妻亦束发为女冠，不下山者二十年。今野鹤真身在殿

---

① 鹿苑：又称鹿野苑，古印度地名，为佛说法之处。 文殊：即文殊菩萨，为佛教四大菩萨之一。

② 狮子：相传文殊菩萨的坐骑是一头名为虬首仙的青狮。

③ 黄冠：黄色的冠帽，多为道士戴，后用以指代道士。

④ 琳宫：即仙宫，亦为道观、殿堂的美称。 阑：残、尽、晚。

⑤ 烟岚：山中蒸腾的雾气。

⑥ 岩窦：即岩穴。 窈窕：形容女子气质文静美好，或指宫室、山水幽深，此处取后一义。

亭之右。亭中名贤留题甚众。其庵久废，明正统甲子[1]，道士范应虚重建，聂大年为记。万历三十一年，布政[2]史继辰、范涞构空翠亭，撰《紫阳仙迹记》，绘其图景，并名公诗，并勒石亭中。

李流芳《题紫阳庵画》：

南山自南高峰逦迤而至城中之吴山，石皆奇秀一色，如龙井、烟霞、南屏、万松、慈云、胜果、紫阳，一岩一壁，皆可累日盘桓[3]。而紫阳精巧，俯仰位置，一一如人意中，尤奇也。余己亥[4]岁与淑士同游，后数至湖上，以畏入城市，多放浪两山间，独与紫阳隔阔。辛亥[5]偕方回访友云居，乃复一至，盖不见十余年，所往来于胸中者，竟失之矣。山水绝胜处，每恍惚不自持[6]，强欲捉之，纵之旋去。此味不可与不知痛痒者道也。余画紫阳时，又失紫阳矣。岂独紫阳哉，凡山水皆不可画，然不可不画也，存其恍惚而已矣。书之以发孟旸一笑。

袁宏道《紫阳宫小记》：

余最怕入城。吴山在城内，以是不得遍观，仅匆匆一

---

① 正统甲子：即明正统九年（1444）。
② 布政：即布政使。
③ 盘桓：徘徊，逗留。
④ 己亥：指万历二十七年（1599）。
⑤ 辛亥：指万历三十九年（1611）。
⑥ 不自持：不能自我克制。

过紫阳宫耳。紫阳宫石，玲珑窈窕，变态[1]横出，湖石不足方比，梅花道人[2]一幅活水墨也。奈何辱之郡郭之内[3]，使山林懒僻之人亲近不得，可叹哉。

王穉登《紫阳庵丁真人祠》诗：

丹壑断人行，琪花[4]洞里生。
乱崖兼地破，群象逐峰成。
一石一云气，无松无水声。
丁生化鹤[5]处，蜕骨不胜情。

董其昌《题紫阳庵》诗：

初邻尘市点灵峰，径转幽深绀[6]殿重。
古洞经春犹闷雪，危崖百尺有欹松[7]。
清猿静叫空坛月，归鹤愁闻故国钟。
石髓年来成汗漫[8]，登临须愧羽人[9]踪。

---

① 变态：不同的形态。
② 梅花道人：即元代画家吴镇，字仲圭，号梅花道人。
③ 辱之郡郭之内：置之城内，有所辱没。
④ 琪花：指仙境中玉树之花，或指莹洁如玉的花。
⑤ 丁生化鹤：丁生，丁令威，传说为西汉时期辽东人，曾学道于灵虚山，成仙后化为仙鹤。
⑥ 绀：稍微带红的深青色。
⑦ 欹松：倾倒的松树。
⑧ 石髓：指石钟乳，古人用来服食，也可入药。 汗漫：漫无边际，渺茫不可知。
⑨ 羽人：神话中的飞仙。

图书在版编目(CIP)数据

西湖梦寻/(明)张岱著;王延鹏注译. —长沙:岳麓书社,2020.1
(小品雅集)
ISBN 978-7-5538-1097-3

Ⅰ.①西… Ⅱ.①张…②王… Ⅲ.①小品文—作品集—中国—明代 Ⅳ.①I264.8

中国版本图书馆 CIP 数据核字(2019)第 066675 号

XIHU MENGXUN

西湖梦寻

作　　者:〔明〕张岱
注　　译:王延鹏
责任编辑:张丽琴
责任校对:舒　舍
封面设计:贺红梅

岳麓书社出版发行
地址:湖南省长沙市爱民路 47 号
直销电话:0731-88804152　0731-88885616

2020 年 1 月第 1 版第 1 次印刷
开本:889mm×1194mm　1/32
印张:9.625
字数:200 千字
ISBN 978-7-5538-1097-3
定价:38.00 元

承印:湖南众鑫印务有限公司

如有印装质量问题,请与本社印务部联系
电话:0731-88884129